이순신의 7년
3

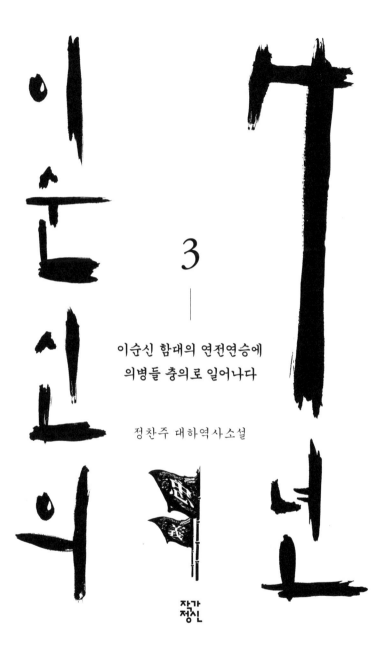

3

이순신 함대의 연전연승에
의병들 충의로 일어나다

정찬주 대하역사소설

작가
정신

개정판을 내면서

　연재원고를 묶어 책으로 낼 때마다 마음은 초조해지기 일쑤다. 단권의 장편소설이 아니라 대여섯 권이 넘어가는 대하소설일 경우에는 더하다. 다음 권에 나가야 할 이야기가 앞쪽 권에 있어서 후회하는 것이다. 2018년 2월쯤 전 7권으로 발간을 마치게 될 『이순신의 7년』도 마찬가지다.

　3권의 2차 금산 전투 이야기인 「조헌과 영규」편과 권율 장군이 지휘하여 승전한 「배티재[梨峙] 전투」편이 바로 그것이다. 이를 4권으로 넘겨야 시기적으로 자연스러운 흐름이 생기니 말이다. 1차 금산 전투 이후에 승전한 것으로 짐작되는 배티재 전투가 이순신 장군의 한산도대첩 앞에 서술되고 있으니 아무리 보아도 순서가 어색했던 것이다. 다만 학문적으로 결론이 나지 않은 채 논란되고 있는 사건 시기는 부득이 나의 상상력으로 보충할 수밖에 없었다는 점을 고백하고 싶다. 학문처럼 역사적 사실을 추적하기보다는 역사적 의미와 정신을 탐색하는 소설이기 때문이다.

그나마 개정판을 내면서 독자들에게 덜 부끄러운 것은 3권에서 4권으로 넘어가는 두 편의 이야기가 내용의 수정 없이 그대로 실린다는 점이다. 이야기 순서가 작가로서 머리 무거웠을 뿐이지 그 서술과 묘사는 조금도 바꿀 필요가 없었던 것이다.

다른 책을 편집, 관리하는 데도 바쁘고 힘들 텐데 작가정신 여러분에게 불편을 드려 미안한 마음 금할 길 없다. 그러나 작가로서 부담이 되어 개정판을 내자고 부탁했을 때 박진숙 대표께서 흔쾌하게 동감해주어 한편으로는 얼마나 고마운지 모르겠다. 독자 여러분께도 너그럽게 이해해주시기를 부탁드린다.

2017년 3월. 이불재에서
정찬주

차례

슬벗

초승달이 졌다. 잠시 후에는 달빛의 푸르스름한 잔광도 자취를 감추었다. 먼바다는 장막을 친 듯 캄캄했다. 칠통 같은 어둠을 흔드는 것은 출렁거리는 파도뿐이었다. 그러나 고둔포 바다는 먼바다와 달리 사위를 분간할 만은 했다. 포구의 불빛이 미역 줄기처럼 희미하게 번져와 어른거렸다. 이순신은 장대에 누웠다가 문득 무언가를 생각해낸 듯 일어났다. 옆에서 뒤척거리던 송희립이 눈을 뜨고 물었다.

"수사 나리, 무신 일이 있습니까요?"

"낮에 봤던 왜선 스무 척이 거제도루 달아났다구 혔제?"

"척후장 보고였지라우."

"여그는 거제도와 지척이 아닌감. 그러니께 탐망선을 보내 망을 봐야 안전헐 겨."

이순신은 왜선 스무 척이 비록 거제도 쪽으로 도망치기는 했지만 미륵도 당포에서 패배한 것을 만회하기 위해 한밤중이라도 기습 공격할지 모른다고 생각했다.

"숯뎅이멩키로 컴컴헌 밤인디 으처코롬 기습헌답니까요?"

"사천에서 당했구, 당포에서두 깨졌으니께 제정신이 아닐지두 물러."

"나리 말씸을 듣고 봉께 잠이 싹 달아나부요잉."

"송 군관이 그런다구 장졸덜 잠은 깨우지 말으야 써. 탐망선에 몇 사람만 태우믄 되니께."

사부나 격군들은 벌써 한밤중인 듯 코를 골며 자고 있었다. 이순신은 사천 해전과 당포 해전을 연거푸 치른 바람에 몹시 지친 장졸들을 깨우고 싶지 않았다. 그러니 탐망선에 탈 장졸들을 선발한다는 것은 여간 고역이 아니었다. 그런데도 송희립은 침투조까지 들먹이고 있었다.

"탐망선도 보내고 침투조도 보내야지라우?"

"침투조 헐 군사가 있었는가?"

침투조 임무는 왜적이 있는 섬에 주민처럼 남아 적정을 파악한 뒤 돌아오는 것이었다. 사지로 들어가는 것과 같았으므로 위험한 임무였다. 그러니 누구라도 침투조는 지원을 꺼려했다.

"지가 한번 돌아보고 오겠습니다요."

"침투조 지원이 읎으믄 탐망선만 보낼 겨."

송희립의 충직한 행동에 이순신은 흡족한 미소를 지었다. 상관이 무엇을 원하는지 간파하고 바로 행동으로 옮기는 군관이 바로 송희립이었다. 송희립은 격군 서너 명을 데리고 대장선에서 내려가 협선에 올랐다. 협선은 순시할 때 타는 날렵한 경쾌선이었다.

그런데 경쾌선이 사라지고 난 직후였다. 대장선으로 조그만 포작선이 하나 느릿느릿 다가왔다. 대장선에서 경계를 서고 있던 수졸이 군호를 짧게 외치자 포작선에서 노를 젓고 있던 군사가 대답했다.

"당파撞破!"

"귀선龜船!"

대장선 경계병이 창을 거두며 물었다.

"누구여?"

"거북선 곁꾼장이여."

"먼 일로 왔다요?"

"사또 나리를 뵈러 왔는디 전해불랑가?"

"알았응께 쬐끔만 지달려부쇼잉."

그러나 이순신은 말소리를 듣고 경계병에게 지시했다.

"곁꾼장을 이짝으루 보내봐."

이순신은 거북선 훈도 정춘에게 격군장이 몸을 사리지 않고 격군들의 사기를 올렸다는 보고를 받았기 때문에 그를 각별하게 격려하고 싶었다. 격군장을 동헌에서 본 지 나흘 만에 또 보는 셈이었다. 말수가 적고 체격이 건장한 그가 이순신 앞으로 와서 엎드렸다.

"용무가 있는 겨?"

"아닙니다요. 사또께 은혜를 갚고자 찾아왔습니다요."

"니는 내게 갚을 은혜가 읎으니께 돌아가거라."

"사또께서는 으째서 그런 말씸을 하십니까요?"

"훈도에게 다 들은 겨."

"아닙니다요. 사또께서 침투조를 찾는다는 야그를 듣고 왔습니다요."

"니 몫은 따로 있는 겨. 그러니께 돌아가거라."

"사또께서는 지 목숨을 살려주셨습니다요. 지는 목숨을 바쳐서라도 은혜를 갚고 싶습니다요."

"니 이름이 뭣이라구 혔는겨?"

"선거필이라 허고 고향은 보성입니다요."

그러자 이순신이 깜짝 놀랐다.

"선거이 전라 병사와는 어떤 사인 겨?"

"보성 선씨 집안의 성님뻘이지라우."

"그날 너를 죽였더라믄 참말루 크게 후회헐 뻔했구나."

이순신은 선거이를 떠올렸다. 함경도 녹둔도 둔전관으로 있을 때였다. 풍년이 든 가을 추수 무렵, 여진족이 곡물을 강탈하려고 침입했다. 이순신이 맞서 싸워 격퇴했으나 아군에게도 피해가 있었다. 이것을 빌미 삼은 북병사 이일의 지시로 감옥에 갇힐 때 이일의 장계를 담당한 계청 군관 선거이가 다가와 따뜻하게 술을 권하며 위로해주었고, 며칠 후에는 온성 부사 이억기와 함께 이순신을 변호하여 백의종군하게 해주었다. 그 뒤 관직을 회복하였으니 이순신은 그때의 일을 두고두고 잊지 못했다.

"무신 말씸이십니까요?"

"내 워치게 선 장군을 잊겄는가!"

선거이는 전라 병마사 겸 부원수로 권율 감사 밑에 있었다.

"성님이 사또께 뭣을 도와주었는디 그랍니까요?"

"일찍이 선 장군의 도움이 읎었다믄 오늘의 내가 워치게 있겄는감."

해시가 조금 지났을 때 송희립이 정철과 정린을 대장선으로 데리고 왔다. 정철은 정춘의 사촌 형이었고 정린은 정철의 친동생이었다.

"수사 나리, 탐망선을 자원한 장수들입니다요. 침투조까정 허겄다고 왔습니다요."

"정철 군관은 척후선 소속이 아닌 겨?"

"예, 수사 나리. 사천 해전 때부터 척후선을 타고 다녔그만이라우."

"군관덜은 다 지 뭇이 있는 겨. 그러니께 침투조는 곤란혀."

이순신이 고개를 젓자 선거필 진무가 나섰다.

"사또, 그라믄 지가 탐망선을 타고 갔다가 거제도에 남겄습니다요."

"위험헌 일인디 선 진무가 나설 텨?"

"반다시 살어서 돌아올께라우."

"선 병사두 만나야 허니께 워치게든 살으야 혀."

탐망선 작전은 두 척으로 이루어졌다. 어부로 위장한 선거필은 포작선을, 탐망선에는 정철과 정린 형제가 탈 계획이었다. 선거필은 왜적이 출몰하는 적진으로 뛰어드는 셈이었다. 이순신은 송희립에게 막걸리를 가져오게 했다. 이순신에게 마음을 나누는 음식이 있다면 두말할 것도 없이 술이었다. 이순신은 선거필에게 석 잔을 권했다. 마음을 담아 주는 잔이었다. 선거필은 사양하지 않고 두꺼비가 파리 잡아먹듯 받아 마시고는 끄윽, 트림을 했다.

"술 마시는 모양이 복스럽구먼. 하하하."

"달달허고 싸헌 막걸리 맛이 기가 맥히그만요."

선거필의 트림에 장대에 찬 공기처럼 돌았던 긴장이 다소 누그러졌다. 정철과 정린도 고개를 돌린 채 마셨다. 옹기에 담아 온 막걸리가 금세 동이 났다. 술을 마실 줄 모르는 정린은 술기운이 오르는지 자꾸 고개를 주억거렸다.

"거제도를 벗어나지는 말게. 가덕도는 위험허니께 난중에 가구."

탐망선과 포작선이 미끄러지듯 대장선 곁을 떠났다. 삐걱삐걱 노 젓는 소리가 점점 멀어졌다. 다시 사위는 적막해지고 대장선 옆구리를 치는 파도 소리만 높아졌다. 이순신은 칠통 같은 바다를 한동안 응시하다가 장대에 누웠다. 탐망선은 돌아올 것이지만 선거필이 탄 포작선은 기약이 없었다. 이윽고 이순신은 거적때기 같은 솜이불을 끌어당겼다. 송희립은 벌써 코를 골고 있었다.

또 하룻밤이 고둔포 바다에서 지나갔다. 이순신은 이른 아침에 고둔포에서 작전상 용이한 당포 앞바다로 연합함대를 이동시켰다. 정박한 곳에서 장졸들 모두가 간밤의 한기로 오들오들 떨고 있기보다는 조금 움직여 몸을 푸는 것이 더 나았다. 이순신은 몇 척의 협선을 당포 선창으로 보냈다. 이틀 전에 도망친 왜적들이 돌아와 분탕질했을 리는 없겠지만 그래도 왜적의 동태를 탐색하도록 지시했다.

사시가 되었을 때 당포 토병 한 사람이 수색대 군관을 따라와 보고했다.

"당포 토병 강탁입니더. 우리 배들을 보고 산에서 달려왔십니더."

"당포 군사는 워디 있는 겨?"

"왜적들이 쳐들어오자 다 도망쳐삐릿십니더. 지도 여태까정 산에 숨어 있었십니더."

수색대 군관이 물었다.

"왜놈덜 시신은 워디에 있당가?"

"없십니더."

이순신이 다시 물었다.

"워째서 읎다는 겨?"

"왜놈들 참말로 독합니더. 지 동료들 시신 머리통만 잘라가꼬 한데 모으더니 불 질러삐릿십니더."

이순신은 그제야 사천 해전이 끝난 하루 뒤 원균 수사가 선창에서 왜군 시신들의 수급을 세 개밖에 베어 오지 못한 것을 이해했다. 다른 해전에서도 마찬가지였다. 왜군들은 후퇴하면서 죽은 동료 시신들의 머리만 잘라 반드시 불태웠다. 조선 수군에게 빼앗기지 않기 위해서였다. 수급은 아군이나 적군이나 상부로부터 전공을 인정받는 첫 번째 조건이었던 것이다.

송희립이 침을 퉤 뱉으며 한마디 했다.

"호로자석딜! 묻어주고 가는 것도 신찮은디 즈그 동료딜 머리통을 잘라 읎애부린다니 헐 말이 읎그만요."

당포 토병 강탁이 고개를 절레절레 저었다.

"냄시가 진동해가꼬 지는 토악질할 뻔했십니다."

"또 본 것은 읎는 겨?"

"허기사 불 지르고 도망치면서 통곡허는 군사도 있었십니다."

"고것이 정상이제."

"그라고 당포 바깥 왜선들은 거제도로 향해 갔십니다."

소선들을 거느린 왜 수군의 대선 스무 척이 거제도로 갔다는 것은 이순신도 척후선의 보고를 들어 알고 있는 사실이었다.

이순신이 강탁을 배불리 먹여 보내자마자 전라 우수영 우수사 이억기가 전선 스물다섯 척을 거느리고 온다는 보고가 올라왔다. 이순신은 대장선 장대에 올라 이억기 군사들을 환영하라고 지시했다. 장졸들이 북과 징, 꽹과리, 나각을 들고 나와 이억기 군사를 맞이했다. 잠시 후 이순신은 대장선으로 올라오는 이억기의 손을 잡았다. 이억기가 예를 갖추어 말했다.

"장군님, 약속을 지키고자 힘써 달려왔습니다."

"유월 사흗날 본영에서 만나기로 헌 약속을 이번에는 내가 불가피헌 이유로 지키지 못했소."

이순신은 원균의 급보를 받고 이억기와 약속한 나흘 전에 여수 본영을 떠나 경상도 바다로 와 있었던 것이다.

"보시오. 우수사가 오니 우리 장졸들이 기뻐 날뛰고 있소. 우덜은 이제 말 그대루 대함대가 됐소."

이억기 휘하 수군의 합세는 거듭되는 전투에 지쳐 있던 전라 좌수영 수군들의 사기를 더할 나위 없이 북돋아주었다. 전라 좌수영 장졸들 중에는 전선 갑판으로 나와 징과 꽹과리를 치며 덩실덩실 어깨춤을 추는 이들도 있었다.

이억기. 명종 16년(1561)에 전주 이씨 심주군沈洲君(이연손)의 아들로 한양에서 태어난 왕실 후손이었다. 정종의 열 번째 아들 덕천군 후손이었으므로 이억기는 어린 나이인 십칠 세에 사복시 내승의 관직을 받았다. 내승은 왕의 말과 수레를 관리하는 하급직으로 왕이 과거와 상관없이 종친의 자제에게 주는 관직이었다.

그런데 무인의 자질이 빼어났던 그는 곧 무과에 1등으로 합격하여 명종 36년(1581) 21세에 경흥 부사(종3품)로 나갔다. 몇 품계를 뛰어넘는 승진이었다. 이순신과는 이십육 세에 온성 부사가 되었을 때 인연을 맺었다. 다음 해 가을에 여진족이 함경도 변방인 녹둔도를 침입했을 때 조산보 만호이자 녹둔도 둔전관인 이순신이 방어를 잘못했다 하여 함경도 북병사 이일의 지시로 하옥되자 계청 군관 선거이와 함께 이순신을 백방으로 변호하여 백의종군시켜 전공을 세우게 하였다. 이후 이억기는 선조 24년(1591)에 잠시 순천 부사가 되었다가 다음 해에는 전라 우수사가 되었다. 이억기의 파격적인 승진은 왕실 종친이라는 신분과 무관치 않았다. 같은 수사이지만 이순신보다 열여섯 살, 원균보다는 무려 스물한 살이나 아래였다.

이억기가 한양에서 먼 외직으로만 도는 것은 선조와 대신들의 견제 때문이었다. 군사를 거느리고 있는 왕실 종친을 두려워하여 지근거리에 두지 않았던 것이다. 그러나 무인 이억기는 권력과 출세에 관심이 없었다. 함경도 변방에서는 무인으로서 여진족을 물리치는 전투 현장에서 보람을 찾았고, 전라 우수영으로 와서는 왜군을 격퇴하는 것에 왕실 종친으로서 자부심을 가졌다. 이순신과는 같은 품계의 수사였지만 나이와 인품을 헤아려 이순신의 지시를 고분고분 따랐다. 무엇보다도 이순신과 이억기는 술을 마다하지 않는 술벗이자 바둑 실력이 엇비슷한 바둑 벗이기도 했다.

착량 앞바다로 나갔다가 돌아온 척후선의 보고를 받은 송희립이 말했다.

"수사 나리, 여그 당포 앞바다는 우리덜이 노출돼분 곳인께 착량 앞바다로 나가는 것이 으쩔께라우?"

"기여."

이순신과 이억기, 원균의 연합함대는 즉시 당포 앞바다를 나와 고성과 거제도 사이에 있는 착량 앞바다로 나아갔다. 판옥선 오십여 척과 협선, 포작선들의 첨자진 대오는 날아가는 두루미 떼처럼 바다를 덮었다. 지금까지 보지 못했던 대함대의 장관이었다. 이순신은 착량 앞바다에서 연합함대를 멈추게 했다. 전라 우수영에서 쉬지 않고 달려온 이억기 휘하의 수군들에게 휴식을 주기 위해서였다. 전라 좌수영 장졸들은 이틀을 쉬었지만 전라

우수영 군사들 중에 특히 격군들이 지쳐 있었다.

"왜적덜이 근방에 있으니께 언제 전투를 치를지 모르오. 그러니께 장졸덜에게 토막잠이라두 자게 하시오."

"장군, 그리 지시하겠습니다."

이순신은 또 옹기 동이에 막걸리를 가져오게 하여 이억기와 주거니 받거니 했다. 할 이야기가 많았다. 1차, 2차 출진의 경험담까지 하다 보니 밤이 되었다. 말린 청어를 안주 삼아 점심은 물론 저녁도 술로 요기했다. 이순신이 이야기하는 도중에 이억기는 의문 나는 점들을 간간이 물었다.

"배끼리 부딪치면 양쪽 다 파손이 되는 것을 보았습니다. 거북선은 그것을 염두에 두고 건조한 것입니까?"

"거북선도 마찬가지요. 철갑을 씌우구 했지만 왜선과 충돌하믄 둘 다 으스슥 깨지지요. 그러니께 내가 말허는 전술의 당파는 조총이 미치지 못허는 곳에서 함포루다가 왜선을 박살 내는 것을 뜻하오."

"장군의 당파 전술은 배끼리 충돌하는 작전이 아니라는 말씀이군요."

"그렇소. 거북선으로 왜선 옆까정 돌격은 하되 들이받는 작전은 없소. 배끼리 충돌하는 전술은 같이 죽자고 허는 미련헌 작전이오."

이순신과 이억기는 삼경이 돼서야 술자리를 파했다. 바닷바람을 쐬며 마시는 술이었으므로 취하지 않았다. 밤이 깊어갈수록 오히려 정신은 말똥말똥해졌다. 그때였다. 노를 젓는 소리가 크게 들려왔다. 탐망선을 타고 나갔던 정춘과 정린이었다. 정춘이 보고했다.

"수사 나리, 한산도와 적도, 화도, 가조도까정 갔다가 선거필 진무를 거제도에 내려주고 오는 길입니다요."

"적정은 워쩐 겨?"

"칠전도 포작덜 야그로는 왜선덜이 거제도에 있지 않고 당항 포로 갔다고 헙니다요."

"선 진무는 워디로 침투헌 겨?"

"향화인이 산다는 장문포로 쥐도 새도 모르게 들어갔습니다요."

향화인向化人이란 왜적에게 포로로 잡혀갔다가 도망쳐 온 사람을 말했다. 왜선들이 당항포로 갔다는 것은 이순신 함대와의 전투를 피하면서 그곳을 노략질하겠다는 의도가 분명했다.

"잠깐이라두 자야 혀. 내일은 전투가 있을 것이니께."

"선 진무가 무사했으면 좋겠습니다요."

"사즉생인 겨. 선 진무야 죽기를 각오하구 들어갔으니께 반다시 살아 돌아올 겨."

이순신은 축시가 돼서야 잠깐 눈을 붙였다. 바다안개는 벌써 대장선과 판옥선, 협선, 포작선들을 이불처럼 뒤덮고 있었다. 이순신에게 누군가가 갑옷을 벗어 덮어주고 갔다. 큰 덩치로 보아 송희립이 틀림없었다.

당항포 해전

바다안개는 사시가 되어서야 걷혔다. 아침 해가 나타나자 바다안개는 휘적휘적 물러가버렸다. 여름의 햇살은 아침부터 따가웠고 바다는 까슬까슬한 비단 자락처럼 반짝거렸다. 격군들은 노를 젓자마자 땀을 흘렸다. 이순신의 연합함대는 미륵도 북단의 착량 앞바다를 빠져나와 아자음포 바다를 지나 고성과 거제도 사이에 있는 바다로 나아갔다. 거제도로 물러선 왜적들을 토벌하기 위해서였다.

그때, 거제도 쪽에서 포작선 한 척이 다가왔다. 포작선에는 무기를 들지 않은 어부 일고여덟 명이 타고 있었다. 어부로 위장한 왜적인지, 아니면 무기를 버리고 투항하는 항왜抗倭인지는 분명하지 않았다. 항왜는 조선군에게 귀순한 왜군을 뜻했다. 정운이 척후선을 타고 나가 검문했다.

"으디 사는 사람이냐?"

"거제도 삽니데이."

"위험헌 곳인디 아척부텀 으디로 가는 것이냐?"

"사또님을 뵈러 갑니데이."

"느그덜, 시방 정신머리가 있는 것이냐? 사또는 느그덜을 만날 정도로 한가헌 분이 아닝께 얼릉 돌아가그라잉."

"우리들도 왜놈들이 지긋지긋허다, 아입니꺼?"

"전시란 말이여. 디질라고 환장혔그만잉."

"왜놈들 정보를 가꼬 왔는디 모라캅니꺼?"

"무신 정본디?"

"사또님 배들이 거제도로 갈라꼬 하는디 왜놈들은 거제도서 당항포로 가삐렀다, 아입니꺼."

"느그들 혹시 왜놈덜 첩자는 아니겄제잉?"

"모라꼬 하십니꺼? 선 진무가 보냈십더. 그래도 믿지 몬하믄 할 수 없십니데이."

"느그덜이 선거필을 참말로 만났단 말이냐?"

"아니라 카믄 우리가 사또님 계신 곳을 우째 알 끼니꺼?"

침투조로 들어간 선거필을 들먹이는 것을 보니 거제도에 사는 사람들이 틀림없었다. 정운은 그들이 타고 온 포작선을 대장선으로 인도했다. 하나같이 얼굴과 손에 상처가 나 있고 옷은 퀴퀴한 누더기를 걸치고 있었다. 이순신은 코를 쥐고 말했다.

"느덜 얼굴이 워째서 그 모냥인 겨?"

"왜놈들에게 잡혀갔다가 죽기 살기로 도망쳐 왔십니더."

"향화인이란 말여?"

"천신만고 끝에 고향으로 돌아왔십니데이."

"여그 온 이유를 말혀봐라."

"우리는 왜놈들이라 카믄 치가 떨립니더. 사또님 배들이 거제도로 온다 캐서 왔십니더. 왜놈들은 거제도에 왔다가 당항포로 갔십니더."

"느그덜이 워치게 우덜 배가 거제도로 간다는 것을 안 겨?"

"선거필 진무가 알려줬십니더."

"선 진무는 잘 있는 겨?"

"포구 사람들이 숨겨주고 있는 기라요. 안심하셔도 됩니더."

"왜적이 당항포로 갔다는 것은 나도 알고 있다."

"그렇십니꺼?"

"어젯밤에 탐망선장에게 보고를 들었다. 우덜 배는 시방 당항포로 가고 있느니라."

거제도에서 온 어부들이 헛수고를 했다는 듯 실망한 얼굴을 했다. 그러나 이순신의 연합함대를 보더니 표정을 바꾸었다.

"사또님, 지들은 왜놈들이 한 놈도 살아 돌아가지 몬하게 용왕님께 빌겠십니더."

"느덜은 얼릉 거제도로 돌아가 선 진무를 도와주구 지시를 받도록 혀."

이순신의 연합함대는 가조도 옆구리를 보면서 창포만을 향해 북진했다. 고성 당항포는 마산 창포만 초입의 섬인 양도에서 왼쪽으로 길쭉한 자루처럼 들어가 있는 바닷가에 있었다. 연합함대는 당항포 바다의 수심을 알지 못했으므로 바로 진입할 수는 없었다. 연합함대는 양도 바다에서 멈추었다. 진해성은 양도 바다 오른쪽 멀리에 있었다. 그런데 놀랍게도 진해성 밖 오 리쯤 떨어진 곳에 조선군의 깃발들이 펄럭이고 있었다.

"저건 우덜 군사 깃발이 아닌 겨?"

"나리, 맞습니다요."

"왜적의 위장 전술인지 모르니께 정찰혀봐."

척후장 김완이 나서서 이순신의 지시를 받았다. 김완은 척후선을 타고 깃발이 꽂힌 해안으로 접근하여 담력이 대단한 수졸을 보냈다. 탐문하러 간 수졸이 곧 돌아왔다. 날렵하게 생긴 수졸이 김완에게 보고했다.

"첨사 나리, 함안 군수 유숭인 나리가 왜적을 추격하여 여그까정 왔다고 헙니다요."

"함안서 여그까정 추격했단 말이고?"

"유숭인 군수의 군사는 모다 기마병이라고 허그만요. 천백 멩이나 말입니다요."

"수사 나리께 보고는 내가 할 끼다."

이순신은 척후선을 보내고 난 뒤 장수들을 불러 당항포의 지형을 알고자 했다. 송희립이 무상 진무를 시켜 몇몇 군관들을 불렀다. 어영담과 우치적, 이운룡과 이영남이 대장선으로 올라와 이순신 앞에 섰다. 당항포 해전을 치르기 위한 1차 작전 회의였다. 2차 작전 회의는 공격 개시 전에 원균, 이억기와 함께 전술과 전략을 짤 계획이었다. 원균의 부하이면서도 이순신을 더 따르는 소비포 권관 이영남이 먼저 말했다.

"당항포는 버선코멩키로 짚이 있는디 다행인 것은 바다가 넓으니께 들어가는 디는 걱정 읎그만요."

"수심은 워뗘?"

"왜적덜 배가 들어갔다 카믄 우리 배도 작전하는 데 문제는 읎겄십니더."

옥포 만호 이운룡은 당항포를 몇 번 가본 적이 있으므로 자신 있게 말했다. 입을 꾹 다물고 있던 영등포 만호 우치적도 한마디 했다.

"수사 나리, 우덜이 한꺼번에 공격허기보담두 서너 척을 몬자 보내 건드려보는 것이 워쩌겄습니까요?"

"좋은 생각이여."

장수들 중에서 나이가 가장 많은 어영담이 무겁게 입을 열어 말했다.

"당항포 바다가 동서루 질게 뻗어 있으니께 첨자진으루 들어 간 뒤 북쪽에 있는 당항포를 앞에 두구서는 동서루다가 일자진 을 쳐야 헐 것입니다요."

"어 현감 작전대루 혀봐유."

일자진을 친다면 서쪽 끄트머리의 전선은 고성에서 흘러온 소소강(고성천) 기슭까지 갈 터였다. 이순신은 바다가 잔잔하 므로 공격을 미루고 싶지 않았다. 군관들이 각자의 배로 돌아간 뒤, 이번에는 원균과 이억기를 불러서 공격 작전과 전술을 확정 했다. 회의라기보다는 이순신이 자신의 공격 복안을 말하고 동 의를 얻는 방식이었다.

"몬자 척후선을 보내구 신호가 오믄 우덜 전선 서너 척을 바다 어귀에 매복하여 후방을 든든허게 헌 뒤 일제히 들어갑시다. 이번에는 유인작전까정 써서 적을 섬멸헙시다."

"우리 군사가 매복해 있을 지형지물이 있겠소? 여기는 시야가 트인 바다인데 말이오."

원균의 말에 이순신은 바로 대답했다.

"당항포 바다는 질이가 십여 리 된다는구먼유. 그러니께 초입 해안쪽으루다가 붙어 있으믄 은폐가 가능헐 거구먼유."

이억기도 이순신의 작전에 동조했다.

"서너 척을 바다 어귀에 매복시켜 뒷문을 지키게 하고 당항포를 틀어막은 뒤 공격하는 것이 좋을 것 같습니다."

이순신은 척후선을 먼저 보낸 뒤 매복조 네 척을 당항포로 가는 어귀에 배치시켰다. 한 식경쯤 지나 척후선에서 쏜 신기전이 소리를 내며 후방으로 날아왔다. 왜선이 당항포에 정박하고 있다는 신호였다.

"첨자진으루 출발혀!"

연합함대는 첨자진 대오로 일제히 노를 저어 당항포 바다로 진입했다. 당항포 바다 남북의 길이는 이십여 리로 작전하기에 좁지는 않았다. 연합함대는 당항포를 북쪽 정면에 두고 즉시 전투 대형인 일자진 대오로 바꾸었다. 그러자 백여 척의 전선과 협선, 포작선들이 고기 두름처럼 소소강 서쪽 기슭부터 매복조가 있는 동쪽으로 이어졌다.

검은 칠을 한 왜선들은 대선이 아홉 척, 중선 네 척, 소선 열세 척이 당항포구에 닻을 내리고 있었다. 대선 가운데서도 가장 큰 안택선에는 3층 누각이 솟아 있었다. 나무는 단청을 하고 벽은 흰색 회칠을 한 모습이 마치 불전 같았다. 앞에는 푸른 일산이 세워져 있고 누각 밑에는 검은 비단 휘장이 둘러져 있는데, 휘장에는 흰 매화가 커다랗게 그려져 있었다. 휘장 안에는 전투모를 쓴 왜군들이 줄지어 얼굴만 내밀고 있었다.

대선 네 척은 포구 안쪽으로부터 나와 한곳에 모여 있는데 모두 검은 깃발을 꽂았고, 깃발들에는 흰 글씨로 나무묘법연화경南無妙法蓮華經이라는 일곱 글자가 쓰여 있었다. 네 척의 왜선들은 흰 깃발에 열십자가 그려진 다른 왜선들과 차이가 났다. 아마도 네 척을 지휘하는 왜 수군 대장은 불자인 모양이었다.

공격은 왜선들이 먼저 했다. 멀리서 조총을 쉬지 않고 쏘아댔다. 탄알이 싸락눈처럼 전선 앞에서 쏟아졌다. 철환도 마찬가지였다. 철환이 우박처럼 날아와 바다에 떨어졌다. 연합함대까지는 미치지 못했다. 함대 앞에서 눈을 어지럽게 할 뿐이었다. 이순신은 칼을 치켜들며 무섭게 외쳤다.

"거북선 돌격혀!"

징과 북이 울리고 깃발들이 올라가자, 거북선이 왜의 대선을 향해 돌진했다. 거북선은 왜의 대선 옆구리까지 돌격한 뒤에는 천자, 지자총통을 쏘아댔다. 왜의 대선들은 순식간에 부서져 힘을 쓰지 못했다. 곧 침몰할 듯 검은 연기를 피웠다. 거북선은 1차 임무를 수행하고는 재빨리 뒤로 빠졌다. 그러자 뒤에서 기다리고 있던 전선들이 서로 번갈아 드나들며 총통과 화살과 철환을 쏘아 왜군의 혼을 빼놓았다. 왜군은 공격할 엄두를 내지 못하고 우왕좌왕했다. 조총 소리가 산발적으로 들릴 뿐 위협적인 공격을 하지 못했다.

이순신은 공격의 속도를 조절했다. 사천 해전이나 당포 해전 때 일시에 화력을 다 퍼부었지만 왜군들이 배를 버리고 산으로 도망치는 바람에 모조리 추포하지 못했던 것이다. 이번에는 그런 실수를 되풀이하지 않으려고 유인작전을 폈다. 송희립에게 지시했다.

"공격만이 능사는 아닌 겨."

"여그서 끝낼라고 그랍니까요?"

"아녀. 왜적덜을 바다로 끌어내야 다 잡을 수 있다니께."

"거짓으로 포위를 풀고 물러나는 시늉을 허자는 말씀인게라우?"

"기여. 우덜이 포위를 푸는 척허구 퇴군허믄 적덜은 틀림읎이 배를 타구 달아날 겨."

"그때 좌우에서 다시 포위해 때려잡자는 작전이그만이라우."

"송 군관은 얼릉 우덜 전선 장수덜에게 작전을 알려야 혀."

전투 전부터 치밀하게 계산된 유인작전이었다. 포구를 막고 몰아치듯 공격하면 왜군이 육지로 상륙하여 도망칠 것이므로 바다로 불러내 끝내버리자는 작전이었다. 1차 출진 때와 2차 출진인 사천, 당포 해전의 실수를 되풀이하지 않고자 시도해보는 유인 전술이었다. 왜선들은 대부분 불타 무용지물이 됐거나 부서져 침몰했지만 육지로 도망치는 왜군들을 다 붙잡지는 못했던 것이다.

그런데 작전을 수령하지 못한 군관들이 일자진을 풀지 않고 버텼다. 퇴군하지 않고 포위를 계속하며 공격했다. 이순신이 다시 송희립에게 소리쳤다.

"송 군관! 저그 장졸덜은 워디 수군인 겨?"

"이억기 수사 장졸덜이그만요."

"전령을 다시 보내게."

연합함대이다 보니 명령이 제대로 전달되지 않고 일사불란하지 못했다. 특히 원균 휘하의 장졸들이 자주 엇나갔다. 그러나 곧 그들도 이순신의 작전대로 움직였다. 연합함대의 일부가 일자진을 풀고 뒤로 퇴군하자 3층 누각이 있는 안택선이 그 틈으로 빠져나가려고 달려들었다. 안택선은 검은 돛을 두 개나 펴 속도를 냈다. 중선과 소선들은 안택선 앞뒤를 호위하며 노를 재촉했다. 마치 회오리바람이 불듯 굴러가는 모습이었다.

후퇴하는 척하며 물러섰던 연합함대는 일시에 왜선들을 사면에서 포위했다. 이번에도 가장 먼저 돌격하는 전선은 거북선이었다. 거북선의 공격 목표는 늘 적장이 탄 안택선이었다. 거북선이 안택선 옆구리로 달려가 천자, 지자총통을 쏘아 3층 누각을 부줬다. 곧바로 전선들이 쫓아가 안택선에 불화살로 화공을 가했다. 비단 장막과 돛이 먼저 불길에 휩싸였다. 층각에 앉았던 왜장이 누군가의 화살에 맞아 굴러 떨어졌다.

안택선의 왜장이 죽자, 왜군들은 필사적으로 도망쳤다. 바다는 지옥으로 변했다. 왜군들은 피로 물든 바다에 뛰어들거나 철환에 맞아 죽었다. 왜군 중에서도 일부는 검은 돛을 편 왜선 네 척에 나누어 타고 북쪽으로 달아나려 했다. 그러나 이순신과 이억기의 장졸들은 패를 갈라서 접전하며 포위 공격을 멈추지 않았다. 또다시 왜군이 배를 버리고 산으로 올라 북쪽으로 도망치려 했다. 이번에는 작전상 놓아주지 않았다. 힘껏 쫓아가 머리 마흔세 급을 베고 왜선은 한 척만 남겨두고 모두 불태워 없애버렸다. 왜선 한 척을 남겨둔 것은 이순신이 사천 해전부터 구사해 온 작전이었다. 뭍에 오른 왜군을 다 잡지 못했을 때 배로 유인하기 위한 작전이었다.

이순신은 날이 어둑해져서야 공격 중지 명령을 내렸다. 이억기에게 바다 어귀로 나가 밤을 보내는 것이 좋겠다고 말했다.

"이 수사, 양도 바다로 물러나 결진하는 것이 좋겠지유?"

"장군, 날이 더 어두워지기 전에 정박할 곳으로 이동하는 것이 좋겠습니다."

"다 사로잡지 못헌 것이 아숩지만 벨 수 읎구먼유."

연합함대는 양도 바다로 물러나와 결진하고 밤을 보냈다. 작전 중이므로 모든 전선들은 소등을 했다. 쉰한 척의 전선과 쉰척의 협선과 포작선으로 이루어진 연합함대는 양도 바다에 새로 생긴 섬처럼 보였다. 그렇지 않아도 당항포로 들어가는 초입의 바다에는 어부들이 사는 양도, 송도, 수우도 등과 무인도인 돌섬들이 많았다.

연합함대의 장졸들은 캄캄한 어둠 속에서 국물 없는 주먹밥으로 저녁을 해결했다. 불을 켜면 위치가 노출되므로 배식 당번들이 준비한 주먹 보리밥으로 허기를 겨우 면했다. 그러나 대부분의 장졸들은 선실 바닥으로 내려가 잠을 청했다. 경계를 서는 불침번이 깨울 때까지 정신없이 코를 골았다. 선실의 냉기가 뼛속으로 파고들었지만 뒤척거리는 사부와 격군들의 잠을 깨우지는 못했다.

이른 새벽에 방답 첨사 이순신이 찾아왔다. 어제 저녁 당항포 산으로 도망친 왜적들이 일부러 남겨둔 왜선 한 척을 타고 빠져나갈지 모르니 미리 바다 어귀로 나가겠다고 보고했다.

"수사 나리, 당항포 산으로 올라간 적들이 필시 남겨둔 배를 타고 새벽녘에 몰래 나올 것입니다."

"이 첨사가 나가 포획 작전을 펼 겨?"

"명령만 내려주십시오."

"얼릉 가봐."

이순신 첨사가 간 뒤에 몇 명의 장수가 더 왔다. 원균, 기효근, 이몽구, 김완, 우치적 등이었다. 모두 전공을 세우고자 새벽같이 대장선으로 올라와 연합함대의 총대장 이순신에게 자신을 보내달라고 요청했다. 그러나 방답 첨사 이순신이 가장 먼저 달려와 총대장의 허락을 받아버린 탓에 모두들 낙심하여 돌아갔다.

왜적 포획 작전권을 먼저 따낸 이순신 첨사는 즉시 당항포 바다 어귀로 수하의 전선을 타고 나갔다. 이순신 첨사는 군관 김성옥에게 전선을 외산 마을 바다에 매복시키라고 지시했다. 부하들은 이순신의 지시에 아무도 이의를 달지 않았다. 전선 중에서도 이순신 첨사의 전선이 가장 군기가 엄했다. 군율이 지나치게 엄해서 부하들이 때때로 불만을 터뜨리기도 했지만 기질이 용맹한 데다 신분이 왕실 후손이었으므로 항명하는 자는 없었다. 이순신 첨사는 전혀 다른 두 얼굴을 가지고 있었다. 태종의 아들인 양녕대군의 후손으로 문인 기질과 수영을 잘하는 등 무인의 소질을 반반씩 타고났던 것이다.

"겯꾼장은 들어라. 당항포 바다 어귀 중에서도 외산 마을 바다는 매복하기가 가장 좋은 곳이다. 지형이 턱처럼 북쪽으로 튀어나와 당항포에서는 보이지 않을 것이다."

"노를 저서 번개같이 그짝으로 달리겠습니다요."

"사부들도 듣거라. 백병전이 치러질 것이다. 필히 칼과 창을 준비해야 한다. 백병전은 왜놈들이 잘한다지만 저놈들은 이미 사기가 죽었다. 도망가는 데 정신이 팔려 싸움은 시늉만 할 터이니 가차 없이 공격해서 한 놈도 살려주어서는 안 될 것이니라."

이순신 첨사의 서릿발 같은 지시는 장졸들을 압도했다. 실수한 부하들에게 곤장을 가혹하게 휘둘러 인심을 잃기도 했지만 전투에 임해서는 스스로 앞장을 서 믿음을 주었다.

"이 무기는 외갈고리 요구금要鉤金이다. 또 이 무기는 장군께서 개발한 발이 네 개인 사조구四爪鉤다. 사조구에 걸리면 왜선은 절대로 도망가지 못하고 끌려올 것이니라."

이순신 첨사의 전선이 외산 마을 바다에 도착했을 때였다. 척후선이 외산 마을 바다 쪽으로 신기전을 쏘아 신호를 보냈다. 예상했던 대로 판옥선만 한 왜선 한 척이 바다 어귀 쪽으로 나오고 있었다.

순간, 이순신 첨사의 눈에 불꽃이 튀었다. 허공에 칼을 휘두르는 그의 목소리가 화포처럼 튀어나왔다.

"공격하라! 공격하라!"

공격 명령이 떨어지자마자 천자, 지자총통이 불을 뿜었다. 화포장들이 눈을 부릅뜨고 포수들을 다그쳤다. 사부들도 맹렬하게 장전과 편전을 쏘아댔다. 이윽고 불화살이 날아가 왜선에 불을 붙였다. 불시에 일격을 당한 왜적들은 얼이 빠져버린 듯 공격을 하지 못했다. 당황하여 당항포로 돌아가려 했지만 이미 늦었다. 이순신 첨사 부하들이 요구금을 던졌다. 그러나 요구금이 왜선에 잘 걸리지 않자, 용감한 수졸 몇이서 무거운 사조구를 들고 가서 왜선에 맸다. 비로소 왜선이 꼼짝달싹 못 한 채 아군의 전선 쪽으로 끌려왔고, 그사이 백여 명의 왜적들 가운데 반이 바다로 뛰어들어 죽었다.

왜선에서 지휘하는 왜장은 젊었다. 나이는 이십사오 세쯤으로 건장하고 잘생겼으며 화려한 옷을 입고 있었다. 그는 동요하지 않고 칼을 잡고 서서 부하 예닐곱 명과 함께 두렵지 않은 듯 항전하고 있었다. 그러나 태연자약한 그의 모습에 첨사 이순신은 더욱 흥분했고 독이 올랐다.

"가소로운 놈, 내 화살을 맞고 뒈져라!"

이순신 첨사가 왜장에게 있는 힘을 다하여 장전을 날려 맞혔다. 옆에 있던 부하들도 잇달아 십여 발을 쏘자 마침내 젊은 왜장이 비명을 지르며 바다로 떨어졌다.

"왜장의 목을 베어 오라."

왜장 옆에 있던 부하 여덟 명도 군관 김성옥 등이 쏜 화살에 맞아 죽었고, 배 위로 올라간 수졸들에게 목이 베였다. 왜선을 점령한 이순신 첨사의 부하들은 선실까지 샅샅이 수색했다. 왜선의 뱃머리에는 햇볕을 가리기 위해 양방凉房을 만들었는데, 방 안의 장막이 화려하기 그지없었다. 방 안의 궤에서 나온 문서는 왜인 삼천사십여 명의 분군기分軍記였다. 각각의 이름 아래는 서명과 함께 피가 발려 있는 것으로 보아 대장에게 맹세한 문서가 분명했다. 궤에서 나온 분군기 여섯 축 외에도 갑옷, 투구, 창, 칼, 총통, 범가죽으로 된 말안장 등이 나왔다.

"노획물과 왜장의 머리는 내가 따로 전하께 올려 보낼 것이니라."

이윽고 진시가 되자 이순신 첨사는 왜선을 불태우라고 명했다. 왜선의 양방부터 막 불에 타는 순간이었다. 원균과 남해 현령 기효근, 미조항 첨사 김승룡 등이 전선을 타고 달려와 바닷물에 빠져 죽은 왜군들을 건져내어 목을 잘랐다. 시체를 뜯어 먹고 사는 들짐승처럼 바다에 떠 있는 왜군의 목을 잘랐는데 순식간에 오십여 급이나 되었다.

이순신 첨사의 군관 김성옥이 칼을 갑판에 내던지며 불평을 터뜨렸다. 김성옥의 칼에는 아직도 왜적의 피가 묻어 있었다. 그의 날랜 칼에 왜적 십여 명이 피를 뿜으며 죽었던 것이다.

"싸움은 우덜이 하구 전공은 겡상도 우수영 장수덜이 가져가니 이게 될 말인 겨?"

김성옥과 수졸들이 얻은 것은 왜적 여덟 개의 수급이나 원균 등이 뒤늦게 와서 줍다시피 한 수급은 쉰 개가 넘었다. 전공을 빼앗긴 셈이었으므로 김성옥은 분통을 터뜨리지 않을 수 없었다. 공무에 있어서 욕심이 과하고 공사가 불분명하여 상관으로부터 지적받기도 했던 김성옥으로서는 참을 수 없는 일이었다.

김성일 문하에서 문과를 준비하다가 뒤늦게 타고난 기질대로 무과로 전향한 이순신 첨사도 부아가 치밀긴 했지만 이를 악물었다.

"김 군관, 참으시게. 저렇게 공을 세워봐야 뒷사람들의 웃음거리밖에 되지 않겠나. 수사께서는 수급의 숫자보다 용감하게 싸우는 데 공이 있다고 했네."

연합함대의 총대장 이순신은 작전을 마치고 돌아온 방답 첨사 이순신이 건네주는 분군기를 보고는 고개를 끄덕였다. 왜군은 일찍부터 조선을 침략하고자 부대별로 나누어 준비했고, 왜 수군 모두가 자신의 피를 발라 왜장에게 충성을 맹세한 것으로 보였다. 그러고 보니 왜 수군은 부대별로 깃발이 달랐다. 1차 출진 때 옥포에서 격퇴시켰던 왜선의 깃발은 붉은색이었고, 사천 해전 때의 왜선의 깃발은 흰색이었으며, 당포 해전 때의 왜선의 깃발은 황색이었는데, 당항포 해전 때의 깃발은 검은색이었다.

율 포 해 전

갑자기 눅눅한 바람이 불었다. 거제도 쪽에서 비구름을 몰고 오는 마파람이었다. 비구름 장막은 바닷길을 분간하지 못하게 했다. 하늘과 바다가 함께 어두워진 뒤부터 우박처럼 굵은 장대비가 쏟아지기 시작했다. 내리꽂히는 빗방울들이 전선들과 바다를 세차게 두들겼다. 바다가 서서히 용트림하듯 꿀렁꿀렁하더니 마침내 크게 꿈틀거렸다. 양도 앞바다에 정박해 있던 연합함대의 작은 배들은 견디지 못했다. 둥근 성처럼 겹겹이 결진하고 있던 대오가 흐트러졌다. 닻을 내린 판옥선은 그런대로 견뎌냈지만 협선과 포작선들은 치솟아 오른 파도를 뒤집어썼다.

"당항포루 다시 돌아가야 허겄다."

"예, 수사 나리."

"거그서 정박할 것입니까요?"

"아녀, 그냥 피항혔다가 나올 겨. 당항포 정박은 기분이 쪼깐 그려."

이순신이 당항포에서 정박하고 싶지 않은 것은 당항포 해전에서 여러 명의 전사자와 상당수의 부상자가 나왔기 때문이었다. 지금까지의 전투와 달리 당항포 해전은 바다에서 왜군과 맞붙어 싸운 까닭에 아군의 피해도 다소 있었던 것이다. 그러나 왜군을 완전하게 소탕하려면 바다로 유인하는 작전을 세울 수밖에 없었다. 아군의 피해를 어느 정도 감수해야만 했다. 함포 사격으로 왜군의 진을 박살 낸 뒤 공격하는 작전은 아군의 피해를 최소화시킬 수는 있지만 왜군이 뭍으로 상륙하여 도망쳐버리는 단점이 있었다.

"전사자는 워치게 처리헌 겨?"

"전선 장수덜이 고향으로 보낼 것입니다요. 여름이라 시신이 금시 썩어분당께요."

"바닷물을 자주 뿌려서라두 온전허게 보내야 써."

"산 사람맹키로 말짱허게 잘 보낼 것입니다요."

"사후니께 더 각별허게 신경 써야 혀. 순절헌 장졸들이니께."

총알이나 철환에 맞아 죽은 전사자는 이순신이 탄 대장선의 정병 김말산, 우후선을 탄 화포 진무 장언기, 순천 사부로 1선을 탄 사삿집 종 배귀실, 순천 격군인 사삿집 종 막대, 보자기 내은석, 보성 사부로 1선을 탄 관노 기이, 흥양의 전장箭匠(화살쟁이)이며 관노로 1선을 탄 난성, 사도 사부로 1선을 탄 진무 장희달, 여도선 사공인 토병 박고산, 여도 격군 박궁산 등이었다. 또한 흥양 사부로 1선을 탄 목동 손장수는 뭍으로 올라간 왜군을 쫓다

칼에 찔려 죽었으며, 순천 사부로 1선을 탄 보인保人 박훈, 사도 사부로 1선을 탄 진무 김종해는 왜군의 화살에 숨을 거두었다.

"수사 나리, 당항포 싸움에서 전사자가 처음으로 나왔는디 원인을 분석해봐야겠습니다요."

"송 군관은 뭣 땜시라구 생각허는 겨?"

"유인작전꺼정은 좋아부렀는디 포위헌 뒤 사면에서 공격허다봉게 우리덜끼리도 피해를 준 것 같그만이라우."

"내 판단두 그려. 선봉대 1전선 장졸덜 피해가 클 수밖에 읎었던 겨. 1전선과 왜 대선이 붙어 있는 바람에 그리 된 겨. 바다에서 사면공격은 위험헌 작전이여."

"그런갑습니다요."

"이번 2차 출진에서는 우리 군사가 왜적덜을 을매나 죽인 겨?"

"불태운 왜선 숫자는 확실해뻔집니다만 왜적덜 전사자 숫자는 지 짐작일 뿐입니다요. 사천에서 이천 맹, 당포에서 이천 맹, 당항포에서 오천 맹 정도는 죽인 것 같그만요."

"왜선 한 척에 이백 명으루 계산혔구먼."

"긍께 당항포에서 우리덜 사상자가 나왔지만서도 왜놈덜에 비하믄 우리덜 피해는 아조 쬐깐허지라우."

이순신의 연합함대는 당항포 바다 쪽으로 서둘러 발선했다. 장대비를 동반한 돌풍이 멈출 때까지만 당항포에 들어가 있기로 했다. 당항포는 양도 바다와 달리 깊숙한 포구이므로 거제도 너머에서 일어난 비바람이 덜할 것이었다. 당항포 바다 어귀로 들어서자마자 파도가 눈에 띌 만큼 순해졌다.

"그래두 해전을 치룬 포구이니께 경계는 철저히 혀."

"당항포에 있던 왜적덜의 씨를 말려부렸는디 또 나타날께라우?"

척후장 정운이 물었다.

"안전허니께 들어오기는 혔지만 그래두 비만 개면 여그는 나가야 혀."

"정박할 곳이 아니란 말이그만요."

"기여."

"송 군관, 장졸덜은 다시 이동헐 때까정 푹 쉬라구 혀."

"잠을 재우겠습니다요."

"잠을 자든, 각력을 허든, 장기를 두든 자유여."

돌풍과 장대비는 연합함대가 당항포까지 항진하는 동안 거짓말같이 멈추었다. 비구름도 순식간에 사라지고 하늘이 차츰 푸른 방죽처럼 뚫렸다. 비구름에 가려졌던 수평선과 섬들이 나타나자 바닷길도 분명해졌다. 이순신은 약속한 대로 장졸들에게 휴식을 주기 위해 연합함대를 당항포 앞에서 정지시켰다.

"휴식허기루 혔으니께 여그서 멈출 겨."

"한나절은 쉬어야 허겄지라우?"

"기여. 쉰 뒤에는 고성 땅 말우장 앞바다루 갈 겨."

이순신은 장졸들에게 자유 시간을 주기로 하고 자신부터 투구를 벗었다. 조금 전까지 바다가 험악했으므로 당장 왜군의 기습은 없을 것이었다. 왜군도 어딘가에 피항하고 있을 것이므로 이순신은 이때를 이용해 모든 장졸들이 쉬도록 했다.

장졸들은 말 그대로 상관의 간섭이 없는 자유 시간을 가졌다. 이순신은 이억기 휘하의 전선부터 위로하기 위해 순시했다. 선실 내부로 들어가 두 다리를 쭉 뻗고 쉬는 수졸들을 격려했다. 의원에게 치료를 받고 있는 수졸들은 선실 중간에 있었다. 해전에서 왜군의 총알과 화살을 맞아 머리나 어깨를 싸매고 있는 수졸들이었다. 앉아서 치료받는 모습들이 중상은 아닌 듯했다. 이순신은 그들의 손을 잡아주면서 등을 두드려주었다. 원균 휘하의 전선은 한 척이었으므로 금세 지나쳤다. 선실에서 대부분 홑이불을 뒤집어쓴 채 자고 있었으므로 조용히 물러섰다.

전사자와 부상자는 대장선 수군이나 전선 가운데 공격 선봉으로 나선 1전선의 장졸들이었다. 이순신 휘하의 선봉대 장졸들이 대부분이었다. 협선이 전사자를 고향으로 실어 나를 준비를 하고 있었고, 부상자는 의원이 승선한 전선에서 치료를 받고 있었다. 이순신은 부상자들에게 일일이 다가가 위로하며 선실을 돌았다. 부상자들은 이순신이 가까이 오면 구부정하게 앉은 자세로 소속을 밝혔다.

"1전선을 타는 순천 사부 유귀희입니다요. 여그 선실은 모다 총알에 부상당헌 사람덜이그만요."

"중상이 아니라 다행이여. 약을 발랐으니께 곧 나을 겨."

"광양선을 타는 겯꾼 보자기 남신수입니다요."

수졸들은 해상 유랑민인 포작들 중에서도 마을에 정착하여 바닷속에 들어가 해물을 뜯거나 조개를 캐서 먹고사는 사람을 보자기라고 불렀다.

"끼니는 잘 챙겨 묵구 있는 겨?"

"배불리 묵고 있습니다요."

총알이나 철환에 부상을 당한 수군들이 더 있었지만 모두가 경미했다. 흥양 수군인 선장 박백세와 격군 보자기 문세, 훈도인 정병 진춘일, 사부인 정병 김복수, 내노內奴 고붕세, 낙안 사부로서 협선을 타는 조천군, 수군 선진근, 무상인 사삿집 종 세손, 발포 수군인 사부 박장춘, 토병 장업동, 화포 수군 우성복도 가벼운 부상자들이었다.

"여그는 왜적 화살에 부상당헌 수군덜인 겨?"

"수사 나리, 그렇습니다요."

송희립의 말이 떨어지자마자 누워 있던 부상자가 겨우 일어나 앉은 채 말했다.

"방답 첨사 나리의 종 언룡입니다요."

"워디서 부상당헌 겨?"

"당포에서 왜놈이 쏜 화살에 왼팔을 쪼깐 다쳤그만요."

"지는 최난세라고 하는디 능성에서 왔그만요."

"지원해 온 겨?"

"지 말고도 몇이 더 왔지라우."

"지는 장흥에서 왔어라우. 낙안 협선을 타고 있는 고희성입니다요."

화살을 맞은 경상자는 또 있었다. 광양 수군인 광양선 화포장 서천룡, 사부 백내은손白內隱孫과 흥양 사부로서 1선을 타는 정병 배대검, 격군인 보자기 끝손[末叱孫], 보성 수군으로 1선의 군관 김익수, 사부 오언룡, 무상인 보자기 흔손이 그들이었다. 뿐만 아니라 사도 군관으로 1선의 진무성과 임홍남, 사부 김억수와 진언량, 신선新選 허복남과 조방 전광례, 화포장 허원종, 토병 정어금과 여도선의 사부 석천개, 유수柳水 선유석도 의원의 치료를 받고 있는 부상자들이었다. 그러나 반드시 왜군의 화살을 맞은 부상자들이라고 단정할 수는 없었다. 아군이 잘못 쏜 화살에 부상당한 수졸도 섞여 있을 것이기 때문이었다.

떠들썩한 곳은 전사자나 부상자가 없는 이순신 휘하의 전선들이었다. 전선 갑판으로 나와 장수들이 심판을 보는 가운데 팔씨름과 각력을 하고 있었다. 사부와 화포, 격군 대표들이 나와 자기 소속의 명예를 걸고 자웅을 겨뤘다. 자기 소속 수군이 이길 때마다 함성이 터졌다.

"우리덜이 이겼다!"

팔씨름은 싱겁게 빨리 끝났다. 그러나 각력은 뒤로 갈수록 시합 시간이 길어졌다. 마침내 격군과 사부 대표가 한 사람씩 남았다. 최종 승자를 겨루는 결승인 셈이었다. 격군 대표로 나선 사람은 포작 출신으로 나이가 든 박만덕 진무였고, 사부 대표는 팔 굵기가 다리만 한 장사로 화살을 가장 멀리 쏘는 천남근 진무였다.

시합이 시작되자마자 천남근은 나이 든 박만덕을 힘으로 밀어붙였다. 갑판 가장자리에서 돛대까지 밀려간 박만덕은 어깨와 허리를 한껏 낮추어서야 겨우 중심을 잡고 버텼다. 마치 황소가 머리를 맞대고 있듯 힘겨루기를 하는 두 사람의 배에서는 굵은

땀방울이 비 오듯 떨어졌다. 아무래도 젊은 천남근의 완력이 더 셌다. 처음부터 박만덕을 억센 팔로 잡아당기며 자신의 어깨로 내리눌렀다. 박만덕은 기술로 위기를 넘기곤 했다. 천남근의 힘을 역이용해 방어했다. 일방적으로 밀리다가도 안다리걸기와 밧다리걸기로 천남근이 함부로 공격하지 못하게 막았다. 그때마다 박만덕을 응원하는 격군들이 큰 소리로 훈수를 했다.

"박 진무님, 호미걸기로 끝내불지라우!"

"두더지맹키로 밑으로 파고들어가 뒤집기를 허란 말이오!"

"천 진무님! 심이 좋으니께 잡채기로 잡아땡겨 던져뻔지랑께요."

그런데 각력 시합은 예상과 다른 승패가 났다. 박만덕이 호미걸기로 들어오는 천남근의 사타구니 사이로 재빨리 머리를 들이밀고 파고들어가 천남근이 힘을 못 쓰는 사이 순식간에 뒤집기로 천남근을 넘어뜨린 것이다. 천남근이 쿵 하는 소리를 내며 갑판에 나가떨어졌다. 천남근의 적수가 되지 못할 것 같았던 박만덕이 뒤집기 기술을 걸어 승자가 되는 순간이었다. 갑판에 모인 장졸들이 상대도 안 돼 보이던 박만덕이 이기자 해전에서 승전한 것처럼 징과 꽹과리를 치며 환호했다.

"와아! 와아!"

이순신은 상으로 막걸리를 내놓았다. 송희립을 시켜 동이째 가져오게 하였다.

"각력은 심으루다가 허는 것이 아녀. 해전두 마찬가지여."

"늙은이 박만덕이 탱탱헌 천남근을 눌러뻔집니다요."

"각력두 해전멩키로 전술과 작전이 승패를 가른다니께."

이순신은 전선을, 이몽구와 송희립은 협선과 포작선을 돌았다. 연합함대의 배들이 백여 척에 이르렀으므로 한 바퀴 도는 데만 한나절이 걸렸다.

이순신의 연합함대는 당초 계획대로 당항포를 나와 저녁 무렵에 고성땅 말우장(현 동해면 추정) 바다 가운데 정박했다. 안전하기는 해도 바다에서 보내는 밤이라 장수와 수졸들은 깊은 잠을 자지 못했다. 곯아떨어지더라도 금세 깨어나는 토막잠일 뿐이었다. 바다의 한기와 배의 흔들림 때문에 꼭두새벽 묘시가 되자 저절로 눈이 떠졌다. 게다가 전시의 불안과 긴장감이 더욱 잠을 쫓았다. 장졸들 대부분이 어둑한 새벽부터 칠게처럼 갑판으로 슬슬 나와 팔다리를 이리저리 움직이거나 슬그머니 바지춤을 내리고 바다에 오줌발을 갈겼다.

이순신은 주로 이른 새벽에 연합함대의 작전을 개시했다. 한기에 움츠러든 장졸들의 몸도 풀어주고 왜군에게 노출됐을지도 모를 전선의 위치를 옮기기 위해서였다. 이순신의 연합함대는 조심스럽게 동쪽으로 발선했다. 천성과 가덕도에 왜군이 있을 것 같아 탐망선부터 먼저 보낸 뒤 척후선을 앞세우고 항진했다. 연합함대는 웅천 땅(현 창원 구산면) 증도 앞바다에 이르러서 진을 쳤다. 가덕도와 거제도는 지척의 거리에 있었다. 언제 전투가 벌어질지 모르기 때문에 장졸들은 국물 없는 주먹밥으로 아침을 때웠다.

이순신의 예감은 그대로 적중했다. 천성, 가덕도로 정찰 나갔던 탐망선이 돌아와 보고했다. 탐망선장은 이전 진무였다. 이전의 수군 전포戰袍는 피가 벌겋게 젖어 있었다. 짚신에도 핏자국이 선명했다.

"왜놈 배덜은 한곳에 모여 있지 않고 쬐끄만 포구에 멫 척씩 있는 것 같습니다요."

"대규모가 아니라는 말인 겨?"

"여그저그에 멫 척씩 돌아댕깁니다요."

왜 수군의 작전이 바뀐 것인지 판단하기에는 아직 일렀다. 포구에 함대로 정박해 있다가 이순신 연합함대의 공격을 받아 큰 피해를 보았으므로 소규모로 산개해 있을 수도 있고, 실제로 전선들이 분멸焚滅되어 왜선의 숫자가 줄어든 것일 수도 있었다.

"옷의 피는 워디서 묻은 겨?"

"왜적 피지라우."

"왜적을 죽인 겨?"

"예, 나리."

이전은 이순신 주위에 있는 장수들에게 자랑하듯 어깨를 두어 번 으쓱거린 뒤 큰 목소리로 말했다.

"가덕 바다를 정찰 중에 왜놈 시 멩이 탄 쬐깐헌 배를 발견했습니다요. 왜놈덜이 우리덜을 보고는 북쪽으로 내빼는디 놔두면 안 되겠기에 우리덜도 디져라고 쫓아갔습니다요."

"기여. 살려주믄 화근이 되는 겨."

"있는 심을 다해 쫓아가 화살로 시 놈을 다 쏴 죽였습니다요.

그라고 왜놈 머리통을 벴지라우."

"탐망선에 있는 겨?"

"그란디 머리 시 개 중에서 한 개는 뺏겼그만이라우."

"누구헌티 말여?"

"경상 우수사 부하겄지라우. 우리덜이 벤 왜놈 머리통을 불쌍놈같이 생겨묵은 군관이 칼을 들고 협박하더니 한 개를 갖고 가부렀습니다요."

"두 급이라두 가져와봐."

그러자 이전이 대장선에 밧줄로 묶여 있는 탐망선을 향해 소리쳤다.

"오수야! 왜놈 머리통을 가져와부러라."

"예."

탐망선에는 여러 명의 사부와 격군들이 있었는데 오수는 전라 좌수영 소속의 토병이었다. 오수는 탐망선에서 왜군 머리 두급의 머리채를 양손에 나눠 쥐고 대장선으로 올라왔다. 갑판에 있던 장졸들이 피 묻은 왜군 머리를 보자마자 환호성을 터뜨렸다. 오수는 이순신 앞으로 나아가 무릎을 꿇고는 왜군 머리를 바쳤다.

"나리, 억울합니다요. 한 개를 더 가져왔어야 허는디요."

"한심혀. 군관이란 작자가 위력으루 강탈해가다니 도적질이 따루 읎구먼."

"그래도 나리께서 지덜 공을 알아주신게 심이 납니다요."

"니덜에게 나는 술을 내릴 겨. 군사는 이기구 나서 마시는 한

잔 술맛이 최고인 겨. 송 군관, 탐망선 장졸들에게 막걸리를 내
줘야 쓰겄네."

"나리, 고맙습니다요."

"왜적이 또 있을지 모르니께 천성으루 바루 가 정찰 잘혀."

막걸리 한 동이가 탐망선에 내려지자 수졸들이 이전을 헹가
래 친 뒤 갑판을 빙빙 돌았다. 이순신도 송희립도 그런 그들을
보면서 흡족해했다. 탐망선은 곧 가덕도 바다 무인도 너머로 가
물가물 사라졌다.

이순신은 연합함대 장졸들에게 정오 전에 점심을 먹였다. 정
오부터는 또 다른 작전을 펴기 위해서였다. 증도 바다에서 한나
절 동안 적정을 살폈지만 특별한 징후가 없었으므로 거제도 북
단인 영등포 앞바다로 이동할 필요가 생겼던 것이다. 영등포 앞
바다로 간다는 것은 왜군과의 거리를 더욱더 좁힌다는 의미였
다. 탐망선의 보고대로 왜선이 소규모로 움직이고 있는 것은 확
실했고 연합함대의 전력으로 보아 크게 걱정할 필요가 없었다.

과연, 왜선은 함대의 규모를 줄여서 움직이고 있었다. 이순신
의 연합함대가 영등포 앞바다에 이르렀을 때였다. 왜 대선 다섯
척과 중선 두 척이 율포에서 나와 부산 쪽으로 가기 위해 움직이
고 있었다. 그러나 이순신의 연합함대가 부산으로 가는 바다의
길목을 차단하고 있자, 왜선들은 율포 앞바다로 나와 거제도 남
쪽 바다로 도망치려 하였다.

여름의 바닷바람은 대부분 남쪽에서 불어오는 마파람이었다.
연합함대나 왜선에게는 역풍이었다. 역풍을 만났을 때는 격군들

의 사기가 무엇보다 중요했다. 연합함대 중에서도 이순신 휘하 격군들은 해전을 치를수록 사기가 충천했다. 연전연승의 자신감에서 솟구쳐 나온 전의였다. 사기는 격군들의 정신력을 배가시켰고 그들을 용맹스럽게 했다.

이순신의 전선들이 먼저 치고 나갔다. 율포 앞바다 오 리까지 왜선을 추격했다. 역풍이므로 힘들기는 왜선들도 마찬가지였다. 역풍이 불 때의 돛은 무용지물이었다. 격군들이 젓는 노의 힘만으로 배가 달렸다. 우후선을 타고 있는 이몽구가 소리쳤다.

"저놈들 보그래이. 배 안에 있는 짐짝을 던지고 있데이! 우리 양민들에게 훔친 물건 아이가."

"보물이라도 벨 수 읎지라우."

"배를 개봅게 혀서 도망칠라고 그란갑네잉."

"택도 읎는 소리여."

전라 좌수영 전선들은 곧 왜선들을 따라잡았다. 장졸들은 전의가 독처럼 가득 올라 있었다. 우후선의 이몽구가 가장 먼저 왜 대선 한 척을 붙잡아 머리 일곱 개를 벴다. 수졸들은 뒤따라 배에 뛰어올라 선실을 수색했다. 바다에 뛰어든 왜군까지 창이나 갈고리로 끌어당겨 죽일 시간은 없었다. 이몽구는 왜 대선을 바닷가까지 사조구로 끌고 가서 불을 질렀다. 다른 전선의 장수들도 이몽구와 경쟁하듯 왜선을 쫓았다. 사도 첨사 김완도 왜 대선 한 척을 잡아서 왜군 머리 스무 개를 벴고, 녹도 만호 정운도 왜 대선 한 척을 붙잡아 왜군 머리 아홉 개를 벴다. 광양 현감 어영담과 가리포 첨사 구사직은 협력하여 왜 대선 한 척을 바닷가로 몰아붙여 불태워버렸는데 그때 구사직은 왜군 머리 두 개를 벴다. 여도 권관 김인영 역시 왜군 머리 한 개를, 소비포 권관 이영남도 협선을 타고 왜군을 쫓아 머리 두 개를 벴다. 빈 배가 된 왜선 한 척까지 마저 불을 놓았다.

당항포 해전과 달리 율포 해전은 아군의 완벽한 승리였다. 전사자도 부상자도 없었다. 더구나 왜군은 살아 도망치는 군사 없이 전멸이었다. 연합함대 장졸들의 화살과 철환을 맞아 죽거나, 바다에 뛰어들어 익사한 왜군의 숫자는 수백여 명에 달했다.

이순신 연합함대의 징과 북이 울리고 나팔과 나각 소리가 가덕, 천성, 몰운대(현 부산 다대포)까지 울려 퍼졌다. 뒤따라와 이삭 줍듯 왜군의 머리를 베던 원균과 이억기 휘하의 장졸들도 모처럼 갑판에서 두 팔을 치켜들고 외쳤다.

"천세! 천세!"

여세를 몰아 연합함대는 몰운대까지 두 편으로 나누어 수색하며 나아갔다. 그러나 왜선은 감쪽같이 가덕도 주변의 작은 섬으로 도망쳐버리고 없었다. 장수들은 낙동강을 거슬러 양산까지 들어가고 싶어 했지만 그러기에는 위험이 따랐다. 연합함대가 작전을 펴려면 수심이 깊고 강폭이 넓어야 했다. 그렇다고 왜군이 점령하고 있는 부산포까지 나아갈 수도 없었다. 그랬을 때 후방을 장담할 수 없었다. 연합함대의 후미가 안전하지 못했다. 가덕도 주변의 섬이나, 양산 등에 숨어 있는 소규모의 왜선들이 합세해서 후방을 칠 수도 있었다. 할 수 없이 초저녁에 연합함대는 하룻밤을 보내기 위해 거제도 온천량 송진포로 물러났다. 적어도 거제도의 율포에서 영등포, 송진포까지는 안심할 수 있었다. 왜 수군은 이순신의 연합함대가 이동 중인 경상우도 바다에서는 힘을 쓰지 못했다. 바다를 알지 못하는 젊은 왜장들은 도망치느라 정신이 없었다.

반달

거제도 송진포 바다에서 하룻밤을 보낸 이순신의 연합함대는 웅천 앞바다로 올라가 방어 대형으로 결진했다. 적이 나타나면 즉시 공격대형으로 바꿀 수 있는 결진이었다. 배들이 결진하여 다음 작전을 기다릴 때 가장 바빠지는 배는 탐망선이었다. 반면에 함대가 작전지역으로 이동할 때는 척후선이 앞장서 나아가 적정을 수색 정찰했다. 이순신은 탐망선을 왜선들이 은밀하게 출몰하는 가덕, 천성, 안골포, 제포 등지로 나누어 보냈다.

그러나 앞서거니 뒤서거니 속속 돌아와 보고하는 탐망선장들의 첩보는 하나같았다. 왜선들의 종적을 샅샅이 살폈으나 그림자도 발견하지 못했다는 것이었다.

"나리, 왜놈덜이 아조 짚은 디로 숨어뻔져부렀습니다요."

"코빼기도 안 보인당께요."

이순신은 사천포 해전에서 다친 자신의 어깨를 만졌다. 접전

중에 왜군의 총알이 스친 자리였다. 군관 장수들에게는 경상이니 걱정하지 말라고 했지만 상처 부위가 아물지 않고 있었다. 그곳이 흐물흐물해진 뒤부터 진물이 멈추지 않았다. 갑옷을 입고 있어서 부하들이 보지 못하고 있을 뿐이었다.

이순신은 탐망선장들의 보고를 받고 난 뒤 송희립을 불렀다.

"당포로 갈 겨."

"미륵도가 거제도보담 안전하지라우."

당포만 해도 왜선들을 다 소탕해버린 곳이었다. 왜군들이 주둔하고 있는 부산포 쪽에서는 후방인 셈이었다.

"송 군관, 의원을 불러와."

"어깨가 또 쑤십니까요?"

"진물이 자꼬 나서 그려."

"날씨가 더운디도 갑옷을 걸치고 겨싱게 그라지라우."

"이 사람아, 작전 중인디 장수가 갑옷을 벗으야 쓰겄는가?"

"진물이 심헌게라우?"

"기여."

"의원을 불러올랍니다요."

2차 출진하여 첫 해전을 치렀던 5월 29일 사천포 해전에서 당한 부상이니 꼭 열흘 만의 치료였다. 물론 이순신이 스스로 간단한 치료를 하지 않은 것은 아니었다. 뽕나무를 태워서 만든 잿물과 바닷물을 상처 부위에 아침저녁으로 발라왔다. 그러나 뽕나무 잿물과 바닷물로 상처를 씻는 것은 염증이 나지 않게 하는 임시방편일 뿐이었다. 완치하려면 의원이 칼을 대야 했지만 전투

중이니 뒤로 미뤄야 했던 것이다. 의원이 대장선으로 올라와 이순신의 상처를 살펴보더니 놀랐다.

"나리, 총알이 어깨뼈 밑에 있는 거 같그만요."

"뼈를 뚫었단 말여?"

"그랬으믄 큰일 나불었습니다요. 날아온 총알이 어깨뼈 우에서 멈췄지라우."

"워치게 혔으믄 좋겠는가?"

송희립이 의원을 대신해서 말했다.

"총알을 빼야지라우."

이순신이 갑갑해하는 송희립을 보더니 웃으며 말했다.

"송 군관이 뺄 겨?"

"지야 돌팔인께 의원이 해야지라우."

의원이 품속에서 끝이 송곳처럼 뾰쪽하고 예리한 칼을 꺼냈다. 이순신 주위로 대장선의 화포장과 사부장, 격군장이 다가와 수술을 지켜보았다. 의원이 이순신의 어깨뼈 부위를 가늠해보더니 순식간에 칼을 댔다. 칼끝은 진물이 흐르는 상처 속으로 쑥 들어갔다. 의원이 장수들의 일그러진 얼굴을 보더니 한마디 했다.

"나리, 쬐끔만 참으시면 됩니다요."

"괜찮으니께 천천히 혀."

이순신의 얼굴은 정작 태연했다. 머릿속으로는 행재소에 올릴 장계의 내용을 구상하고 있었다. 의원에게 상처를 맡긴 것은 2차 출진을 끝내겠다는 생각에서였다. 전투가 계속 이어질 상황이라면 갑옷을 벗지 않았을 터였다. 이순신은 본영에서 작성할 장계의 내용 중에 귀진하는 이유를 몇 가지로 정리해보았다.

'왜적을 가덕에서 수색하여 잡은 날 그대로 부산으로 향하여 왜 종자를 섬멸하려고 하였사옵니다. 하지만 연일 대적을 만나 해상에서 전전하며 싸우느라고 군량은 이미 다 바닥이 나고, 군사들은 매우 피곤하고, 전상자도 적잖게 발생하여 우리의 지친 군사로 편안하게 숨어 있는 적과 대적함은 실로 병가의 좋은 방책이 아닌 듯하옵니다.

하물며 양산강梁山江은 지세가 매우 좁아서 겨우 배 한 척의 뱃길밖에 안 되는 데다, 적선이 연일 머물러서 이미 험고한 곳에 거점을 마련하고 있기에 우리가 싸우려고 하면 적이 출전하지 않을 것이고 우리들이 물러나자니 도리어 약함을 보이게 될 것이옵니다. 설령 부산으로 향한다 하더라도 양산의 적들이 서로 호응하여 뒤를 둘러쌀 것이니 타도의 군사로서 외롭게 깊이 쳐들어가 응원군의 후속 없이 앞과 뒤로 적을 맞는다는 것은 만전의 계책이 아니옵니다.

뿐만 아니라 본도 병사(최원)의 공문 내용에 "한양을 침범한 흉악한 무리들이 조운선을 빼앗아 타고 서강西江을 거쳐 내려온다" 하였는데 조운선을 빼앗아 탄다는 것은, 결코 그럴 리가 없겠지만 뜻밖의 변도 염려하지 않을 수 없사옵니다.

그러나 가덕 서쪽에서 마음대로 출몰하던 적들은 이미 많은 배가 불타 없어졌으며 사상자도 많았습니다. 산으로 도망하여 잡히지 않았던 적들은 필시 부산 등지로 가서 우리 군사의 위엄을 자세하게 말하여 이후부터는 적들도 뒷일을 염려하고 두려워

하여 함부로 싸우지 못할 것이옵니다.'

총알은 어깨뼈 밑쪽에 박혀 있었다. 의원은 칼끝으로 총알을 감지했다. 단번에 뽑아내려면 생살을 조금 잘라야 했다. 의원이 미안한 표정으로 말했다.

"나리, 쪼깐 아플 틴디 참으쇼잉."

"내 걱정허지 말라니께!"

"관우가 환생허신 거 같습니다요."

이순신이 미소를 지었다. 의원이 『삼국지』에서 보았던 관우關羽를 자신과 비교하고 있기 때문이었다. 관우가 팔에 화살을 맞았을 때 당시 최고의 의원이었던 화타華陀가 활촉을 빼내는 동안 아무 일도 없는 것처럼 천연덕스럽게 바둑을 두었던 것이다.

"그라믄 니가 화타 같은 명의라는 말인 겨?"

"아이고, 지는 명의가 아닙니다요."

송희립이 의원을 거들고 나섰다.

"나리와 관우는 차원이 달라불제잉. 관우는 화살이고 나리께서는 총알이란 말이여. 안 그런가?"

"맞지라우. 장군님과 관우를 으쳐케 대겠습니까요? 상대가 되지 않지라우."

결국 손톱만 한 총알이 나왔다. 이순신을 둘러싸고 있던 장수들이 총알을 보려고 고개를 들이밀었다. 그러나 이순신은 의원에게 총알을 받더니 바다에 던져버렸다. 어깨를 움직일 때마다 나타나던 통증이 거짓말처럼 사라졌다.

연합함대는 전선을 당포 바다로 옮겨 정박했다. 후방인 당포에서 하룻밤을 보낼 것이었다. 이순신은 왜선에서 구해 온 우리나라 사람 중에 두 사람을 대장선으로 불렀다. 이순신은 왜선을 수색하여 자국인을 구해 오는 것도 왜군의 목을 베는 것과 다름없는 공을 주었다. 해전 때마다 '왜선을 불태울 때는 우리나라 사람을 각별히 찾아서 보호하고 함부로 죽이지 말라'고 지시했다.

2차 출진 중에 왜군 포로가 되었다가 살아 온 사람은 남녀 아홉 명이었다. 그중에서도 일곱 명은 나이가 너무 어리거나 포로가 된 날짜가 짧아서 왜군의 소행을 잘 알지 못했다. 그러니 첩보를 얻기 위해 코흘리개 조무래기들까지 심문할 필요는 없었다. 이순신에게 먼저 불려 온 사람은 당항포 바깥 바다에서 녹도만호 정운이 왜 대선에 올라가 구해 온 사삿집 종 억만이었다.

"워디 사는 누군 겨?"

"동래에 사는 종 억만입니더."

"몇 살인 겨?"

"올해 열세 살이 됐십니더."

억만은 나이와 달리 조숙했고 당장 노를 저을 만큼 체구가 컸다. 머리는 왜인같이 깎았지만 눈과 코는 영락없이 조선 소녀였다. 이순신의 심문에 억만은 자세하게 대답했다.

"동래 동문 밖 연지동에 살고 있었지예. 난리가 나가꼬 바로 부모를 따라 성안으로 들어갔십니더. 날짜는 기억이 안 나지만예 4월이었십니더. 왜적이 무섭게 몰려와 성을 다섯 겹으로 싸고예 남은 적들은 들판에 흩어져 있었십니더."

억만의 대답 중에는 왜군의 전술 정보도 있었다.

"맨 앞장에 선 왜적은 갑옷을 입고예 군사들은 큰 지게를 가꼬 있었고예 광대 가면을 쓴 놈 백여 명이 성에 바짝 붙어 대나무 사다리를 세워꼬 성을 넘었십니더. 성을 넘어와서는 닥치는 대로 인정사정없이 죽였십니더."

"니는 워치게 살아남았느냐?"

"쉰네는 이러지도 저러지도 몬하고 있는 새에 부모와 오라비를 잃고 울고 있었십니더. 그때 왜놈이 제 손을 낚아채더니 부산으로 끌고 갔지예. 거기서 대엿새 머문 뒤 배로 옮겨졌십니더. 배 안에서 또 죽을 고비를 넘겼지예. 왜놈 일고여덟 명이 쉰네를 죽일라꼬 칼을 휘두를 때 저를 끌고 왔던 왜놈이 몸으로 막아주고는 선실 바닥에 숨겨주었십니더."

억만은 왜 수군이 저지른 노략질의 만행도 말했다. 왜 수군은 전쟁을 하러 온 군사인지 아니면 노략질을 하러 온 도적 떼인지 분간할 수 없었던 것이다.

"부산에 머무르고 있는 왜놈 배는 원래 몇 척인지 알 수 없었십니더. 쉰네는 배에 실린 지 대여섯 날이 지난 뒤 큰 배 삼십여 척과 함께 우도로 향했십니더. 배들 가운데 누각이 있는 배에 장수가 있는지 여러 배들이 그 아래로 모여 명령을 듣는 것 같았십니더. 어떤 때는 두세 척씩 패를 나누어 도적질을 하고, 여염집에 불 지르고 칼로 소나 말을 해치고 포목과 곡식, 잡물을 배에 실어 나르는데 어떤 때는 하루에 두세 번이나 도적질하였십니더."

억만은 진해성 부근까지 왜군을 추격한 함안 군수 유승인의 이야기까지도 했다. 이미 이순신이 당항포 해전 바로 전에 척후 선장의 보고를 받아 알고 있는 사실이었다.

"지나온 섬들이나 마을들 이름은 알지 몬하지만 6월 5일에 네 척이 한 패가 되가꼬 진해 선창으로 가서 왜놈들 반은 진해성으로 들어갔십니더. 그런데 얼마 지나지 않아 진해성 밖에 수천 명의 우리 군사가 들이닥치자 왜놈들은 급히 배로 돌아와 바다 가운데로 도망갔십니더. 그때 바람에 펄럭이는 돛을 단 우리 큰 배들이 서쪽 바다를 턱 가로막고 있으니까예 왜놈들은 어디로 숨지 몬할 것을 알고 입술이 타고 목이 마르고예 기운이 다 꺾여 큰 배를 내삐린 채 작은 배로 갈아타더니 멀지 않은 포구로 도망쳤십니더. 쉰네와 어저께 잡힌 진해 사는 절집 종 나근내는 배와 함께 내삐렀기에 살아났십니더. 왜적들은 활과 칼, 철환을 가졌고예 아침저녁으로 주는 밥에는 모래와 흙이 섞여 있어 묵기 참말로 심들었십니더. 그 밖에 다른 일은 말이 서로 달라가꼬 잘 알아들을 수 없었십니더."

열네 살 된 천성 수군 정달망 역시 녹도 만호 정운이 율포 앞바다에서 접전할 때 구해 온 소년이었다. 이순신은 어린 나이에 왜군의 포로가 된 정달망이 가엾어 심문하기에 앞서 정운에게 지시했다.

"잘 보살피구 배고프지 않게 혀. 고향으로는 난리가 평정된 뒤에 돌려보내구."

"수사 나리, 그럴랍니다요."

정달망은 포로가 되기 전부터 굶기를 예사로 했는지 얼굴이 누렇게 떠 있었다. 그러나 왜군에 대한 전의는 똘망똘망한 눈빛처럼 살아 있었다.

"난리가 난 뒤 부모를 따라 산으로 들어갔십니더. 근데 묵을 것이 떨어져가꼬 앉아서 굶고만 있을 수가 없었십니더. 천성에서 가까운 들판으로 내려가 보리 이삭이라도 주울라꼬 하다가 왜놈에게 붙잡혔십니더. 하도 배가 고파 정신이 맹해져서 그때 날짜를 기억하지는 몬하겠지만서도예 그기 아마 6월 초였을 낍니더. 그날 왜놈들은 영등포 근방 기슭에다 배를 대놓고 빼앗은 물건을 햇볕에 말리고예 바람을 쏘이고 있었십니더. 그때 우리 수군이 벼락치듯 공격해 와가꼬 왜놈들은 엎어지고 넘어지면서 허둥지둥 닻줄을 끊은 뒤 소리 지르며 바깥 바다로 도망치다가 붙잡혔십니더."

이순신은 심문했던 억만이와 정달망을 정운의 배로 돌려보냈다. 당포 앞바다는 반달이 떠 훤했다. 5월 마지막 날 새벽에 출진하여 그믐달이 반달로 변할 때까지 바다에서 풍찬노숙하며 왜적과 싸웠다. 반달이 대장선 선수 너머 바다에도 떨어져 비쳤다. 하늘의 반달과 바다의 반달이 짝을 이루고 있었다. 문득 아산에 있는 아내 방연희가 떠올랐다. 여장부 같으면서도 마음이 여려서 눈물도 많은 아내였다.

"수사 나리, 어깨는 으쩌십니까요?"

"총알이 빠져 그런지 시원혀."

"푹 주무시고 나믄 더 좋아져불 것입니다요."

"송 군관은 아내가 생각나지 않는감?"

"오늘 이상허그만요. 달을 봉께 안사람 얼굴이 떠올라불그만요."

"나도 그려."

"술 있는감?"

"쪼깐 남았지라우. 오늘 나리 어깨에 칼을 댔는디 마실 수 있을께라우?"

"적당히 마시믄 술도 음석이여. 약이란 말여."

"알겠습니다요."

송희립은 재빨리 선실로 들어가 막걸리를 가져왔다. 이순신이 자주 마시는 막걸리를 항상 준비해두는 것도 송희립의 임무 중 하나였다.

"또 누굴 부를께라우?"

"아녀. 오늘 같은 날은 달을 보구 외롭게 마셔야 술맛이 나는 겨."

송희립이 사발에 막걸리를 가득 따라 이순신 앞에 내밀었다. 사발을 받은 이순신이 말했다.

"내가 술을 따라줄 테니께 희립이두 요로코롬 혀."

이순신이 송희립의 잔에 막걸리를 부은 다음 일어섰다. 송희립이 까닭을 모른 채 어리둥절한 얼굴을 하자 이순신이 말했다.

"이리 오란 말여. 첫 사발의 술은 말여, 바다에 뜬 달에게 주라니께."

"수사 나리, 시방 고사 지내는 것입니까요?"

"어허, 모르는 소리. 반달이 희립이 아내란 말여. 아내에게두 술 한 잔 권허라니께."

"하하하. 술이 땡겨불라고 헙니다요."

이순신과 송희립은 선수에 나란히 서서 바다에 비친 달을 향해 술을 부었다. 그런 뒤 장대로 돌아와서 막걸리를 마시기 시작했다. 안주는 말린 청어와 2차 출진 동안 장졸들이 세운 전과였다.

"왜선을 분멸한 숫자는 얼만 겨?"

"이른두 척이지라우."

"아따! 술맛 나는구면."

"지도 마찬가지로 땡기는그만이라우."

"왜놈 머리는 멫 급인 겨?"

"야든여덜 갠디 모다 왼쪽 귀때기를 잘라 소금에 절여 궤짝 속에 넣어뒀그만요."

"잘혔어. 임금님이 좋아허실 겨."

"근디 지는 왜놈덜 머리만 생각허믄 술맛이 싹 달아나불 것 같다니께요."

"또 고 야그인 겨?"

"생각만 허믄 성질이 나분당께요. 우리덜 화살에 맞아 디진 왜놈덜이 많은디 머리를 벤 것이 적은께 그라지라우."

"고건 내 책임두 있는 겨. 허지만 전공을 탐내어 싸우지 않고 죽은 왜적의 머리를 베려구 서로 다투다가 도리어 해를 입을 것이 뻔허지 않은감. 그러니께 사살헌 뒤에 비록 목은 베지 못하더라두 심써 싸운 자를 제일의 공로자루 논허겄다는 것이 내 지론이란 말여. 원균허고 이억기 수사와 그의 장수덜이 벤 것은 멫 급인 겨?"

"앞장서서 싸운 우리덜허고 비교가 안 될 만치 많당께요. 이백 개나 돼뻔져라우."

"수급 숫자에 신경 쓰지 말으야 써."

송희립은 수급의 숫자를 중요하게 여기지 않는 이순신을 이해하지 못했다. 더욱이 경상도 연해안에 사는 보자기들이 화살에 맞아 죽은 왜군의 머리를 많이 베어 왔지만 이순신이 돌려보낸 적도 있었던 것이다.

"겡상도 보자기덜이 나리를 믿고 왜놈덜 머리통을 가져온 것도 돌려보내시다니 섭섭합니다요."

"고건 송 군관이 잘못 생각헌 겨. 나는 전라도 대장이 아닌가? 겡상도 보자기덜이 가지구 온 수급을 받는다는 것은 온당치 않은 겨. 그러니께 원균 수사에게 갖다 바치라구 헌 겨."

이순신이 생각하는 전공 평가 방식은 확고했다. 적의 수급 숫자보다는 힘써 싸우는 아군의 전투 정신을 강조했다. 송희립이 항의한다고 해서 이순신의 태도가 바꾸어질 리 없었다. 송희립도 이순신의 생각을 알고는 있지만 아쉬워서 다시 한 번 더 끄집어냈을 뿐이었다.

"왜적의 물품 중에 미곡이나 포목 등은 우리 군사덜에게 나누어주게. 왜적의 군용 물품 중에 희귀헌 것은 별지에 기록하여 행재소루 올려 보내구."

"예, 수사 나리."

반달이 중천에 이른 해시가 넘어 이순신과 송희립은 술자리를 파했다. 송희립은 자기 자리로 가 바로 드르렁드르렁 코를 골았다. 그러나 이순신은 엎치락뒤치락하며 잠을 이루지 못했다. 눈을 감자마자 마음속에도 반달이 또 하나 떠서 또렷하게 비쳤다. 문득문득 어머니를 모시고 사는 아내가 떠올라 잠이 달아났다.

다음 날.

이순신은 경상도와 전라도의 공동 경비 구역인 남해도 미조항 앞바다에 이르러 연합함대를 파진罷陣하고 원균과 이억기의 함대와 헤어졌다. 각 함대는 각자 군영이 있는 수영으로 출발했다. 이순신 함대와 이억기 함대는 전라도, 원균 함대는 경상도로 향했다.

신산한 날

　순천부에서 온 기생 청매는 승설의 옆방에 둥지를 틀었다. 그
러나 그녀는 전라 좌수영에 온 이후 신분이 기생에서 의녀로 바
뀌었다. 잠은 선암사에서 차출된 다모 승설의 옆방에서 잤고, 일
은 본영 건물 중에서 두 번째로 큰 장인청의 의관방으로 가서 했
다. 의관방에서는 의원 네댓 명과 의녀 서너 명이 본영의 부상자
장졸들을 치료하고 있었다. 때로는 고약한 냄새를 풍기며 부패
하기 시작한 전사자들의 시신을 염하기도 했다. 청매는 의녀들
중에서 나이가 가장 많았고 나머지 어린 의녀들은 열한두 살로
약재 심부름을 주로 했다.

　이순신의 왼쪽 어깨 치료는 주로 청매가 맡았다. 처방은 의관
방의 우두머리 의원이 내리지만 치료는 의녀가 했던 것이다. 청
매는 날마다 아침저녁으로 동헌을 드나들었다. 이순신의 왼쪽
어깨에 난 상처를 치료하기 위해서였다. 총알을 빼낸 상처 부위

에서 진물은 더 이상 흐르지 않았지만 노란 고름이 자꾸 비쳤다.

청매는 소금물에 적신 솜으로 고름을 닦아냈다. 통증을 느끼지 않는 것으로 보아 상처는 아물어가고 있는데, 눈곱 같은 고름이 자꾸 비치고 땀띠가 생기는 것은 여름철의 후텁지근한 날씨 탓이었다.

"인자 나은 거 같으니께 올라오지 마라."

"더운 여름이라 고름이 자꼬 나온다고 헙니다요."

"닦어내구 있으니께 곧 읎어지지 않겠느냐?"

"의관 말씀인디 찬바람이 불거나 상처를 깨깟이 혀야 생살이 얼릉 차분답니다요."

이미 아물었을 상처가 여름이라 더디었다. 그래도 진물이 어제부터 멈추었으니 다행이었다. 고름만 비치지 않으면 바로 그 자리에 딱지가 들어앉고 생살이 돋을 터였다. 그나마 상처가 왼쪽 어깨에 났기 때문에 이순신은 공무를 보는 데 덜 불편했다.

이순신이 본영으로 돌아와서 본 첫 공무는 행재소에 보낼 장계를 쓰는 일이었다. 붓을 잡는 것은 오른손이니 덧난 상처가 그리 불편하지는 않았다. 이순신은 어깨 상처를 조심스레 닦아내고 있는 청매에게 물었다.

"사는 디 에러움은 읎느냐?"

"승설 성님이 잘 봐주고 있습니다요."

"의녀가 되구 보니께 으쩌드냐?"

"일을 배우고는 있지만 에럽습니다요."

"좌수영에 기생청은 있으나 기생은 읎다. 장졸덜 군기를 다잡느라구 내가 읎애버린 겨. 그것이 니가 의녀가 된 까닭인 겨."

"쇤네는 기생이든 의녀든 여그서 살 수 있응께 좋습니다요."

"앞으루 더욱더 심들어질 겨."

난리가 끝나지 않고 해전이 계속되는 동안에는 전사자와 부상자들이 본영으로 실려 올 것이고, 따라서 의원이나 의녀는 밤낮없이 바쁠 것이 뻔했다.

"쇤네는 의녀로 일하다가 은젠가는 의원이 되고 잡습니다요."

"여자가 의원 되는 일이 워디 쉽겠느냐?"

"한양으로 올라가 어의 밑으로 가믄 구실아치라도 된다고 들었습니다요."

"가고 싶은 겨?"

"아닙니다요. 쇤네는 여그가 그만입니다요."

"구실아치라두 되구 싶으믄 한양으루 가야 된다구 누가 그러더냐?"

"승설 성님이 그랬그만요."

"기여. 어의가 아닌 변방 의원 밑에 있으믄 맨날 허드렛일이나 챙기는 의녀루 살아야 헐 겨."

이순신의 말처럼 전시 중에 변방 수영의 의녀가 하는 일은 힘들고 고됐다. 의녀들은 의원의 지시를 받아 전사자의 시신을 염하는 일부터 부상자들의 수발을 드는 일까지 온갖 궂은일을 다했다. 의녀는 청매처럼 양민 출신도 있지만 대부분은 관노에서 차출했다. 물론 관노 중에서 아무나 데려다 의녀를 만드는 것은 아니었다. 외모나 품성을 보고 나서 기초적인 의학 지식을 가르

친 뒤 의관방에 소속시켰다.

2차 출진 때도 본영의 유군遊軍 군관으로 남았던 유기종이 보고하러 들어왔다. 이순신도 데리고 온 피난민들 처리가 궁금하던 참이었다. 청매에게 치료를 받다 말고 유기종에게 물었다.

"오갈 디 읎는 겡상도 보자기덜은 워치게 된 겨?"

"모다 본영서 가차운 장생포로 보냈습니다요."

"지금까정 이백 명이나 되는디 정착헐 땅이 있는 겨?"

"기술이 있는 사람은 석보창으로 갈 거고, 부지런한 사람은 망마산 산자락을 일구면서 살 것입니다요."

"가족을 델꾸 온 사람이 많으니께 편안허게 정착헐 수 있도록 혀야 써."

"멩심허겄습니다요."

"석보창에서 무기는 잘 나오는 겨?"

"2차 출진 때 가지고 나간 사조구도 석보창 대장깐서 중덜이 맹근 것입니다요."

"석보창 자리가 무기를 맹그는 명당이여. 쇠를 생산허는 구봉산 사철소가 가차우니께 말여."

전라 좌수영 부근의 산자락에서 철이 난다는 것은 행운이었다. 구봉산 사철소에서 제련한 철을 석보창으로 보내 화살촉부터 총통, 거북선의 철갑까지 만들어 전라 좌수영 군기고를 가득 채웠던 것이다.

이순신은 청매에게 먹을 갈게 한 뒤 방금 유기종에게 보고받은 대로 장계 초안을 작성했다.

'무릇 적을 토멸할 때이옵니다. 남해 동쪽의 웅천 등 예닐곱 고을의 노인과 남녀 피난민들이 산골에 잠복하여 있다가 신 등이 적선을 추격하는 것을 목도하고서 다시 살아날 길을 얻은 것같이 기뻐하지 않는 사람이 없었사옵니다. 그들이 와서 적의 행방을 세세히 말해주었는데, 그 행색이 극히 비참하고 불쌍하여 왜선에서 노획한 쌀과 포목 등의 물건을 고루 나누어주었습니다. 그들 중에서도 귀화인과 보자기들은 가족은 물론 이웃 친척까지 함께 본영 성내로 끊임없이 들어와서 전후에 들어온 사람만 해도 이백여 명에 이른바, 각기 제 직업에 따라 부지런히 일하여 오래 편안히 살도록 하기 위해 본영에서 가깝고, 땅이 기름지고 인가가 많은 장생포 부근의 산자락에 정착하여 살게 하였습니다.'

승설이 보성 갈평(회천)에서 가져온 발효차를 우려서 가지고 들어왔다. 기생청을 다시청으로 사용하고 있는데, 군관들의 다시가 시작되기 전에 동헌으로 먼저 차를 들이는 게 승설의 첫 일과였다. 차를 마시는 데도 서열이 정해진 셈이었다.

"청매두 마시구 가그라."

"쉰네는 나가서 마시겠습니다요."

"나를 치료허구 있으니께 괴안찮다."

그러나 청매는 자신이 낄 찻자리가 아니라고 여겼던지 물러앉았다. 승설 역시 이순신과 유기종에게 차를 따를 뿐 마시지 않았다.

"한양으루 가구 싶은 겨?"

"쇤네는 우리 좌수영 관내의 차를 자랑하고 잡습니다요. 다른 뜻은 읎습니다요."

"시방은 난리가 나서 올라가지 못허고 있겄지만 오래전부텀 갈평과 웅점 다소에서 진상하지 않았느냐?"

"올라갔던 차가 어처코롬 우려졌는지는 알지 못헙니다요."

"우리는 방법에 따라 차 맛이 달라진다는 겨?"

"예, 우리 애기 다모덜에게도 갈쳐주고 있습니다요."

"근디 시방은 아녀. 한양을 수복헌 뒤라야 가능헐 겨."

"그냥 한번 해본 소리그만요. 쇤네는 여그를 떠나지 않겄습니다요."

사실, 승설은 한양으로 갈 생각이 조금도 없었다. 난리가 끝나 육조 거리의 다시청이 열린다 하더라도 상경하여 그곳의 다모가 되고 싶지 않았다. 선암사로 다시 돌아가 아침저녁으로 목탁 치고 염불하는 것이 승설의 꿈이었다. 곡우 전후에는 차나무 어린 잎으로 작설차를 만들어 불전에 먼저 올린 뒤 맑은 향을 한 모금 맡을 것이며, 하지 무렵에는 차나무 큰 잎으로 발효차를 만들어 두었다가 추운 겨울철에 몸이 따뜻해질 때까지 마시고 싶은 것이 승설의 바람이었다.

청매와 승설이 동헌방을 나간 뒤 유기종이 말했다.

"수사 나리, 신여량 군관이 나리를 뵙고 싶다는디요."

"신 군관은 워디에 있는 겨?"

"권율 광주 목사 부장으로 있다가 임금님을 평양까정 호종헀는디 시방은 흥양 고향집에 온 모양입니다요."

"전하를 호종혔다구 허니 들어볼 말이 많을 겨."

이틀 전이었다. 신여량이 무과 동기인 유기종에게 흥양 통인을 보내 자신의 소식을 알려왔던 것이다. 이순신은 언젠가 유기종이 자랑했던 신여량을 분명하게 기억하고 있었다. 권율 광주목사가 조정에 계청하여 자신의 부장으로 삼았을 정도로 행동이 대담하고 출중한 재략을 가진 군관이었다.

"늦어도 오후 나절에는 흥양 협선을 타고 올 것입니다요."

"본영에 도착하믄 바루 동헌으로 올려 보내게."

이순신은 출진할 때 거북선 선장, 즉 돌격장 선발을 가장 고심했다. 지용智勇을 갖춰야 하고 무엇보다 이순신의 작전 명령에 복종하는 장수여야 했다. 전공을 탐내서 싸우거나 용맹스럽다고 하더라도 냉철하지 못한 장수는 거북선 선장이 될 수 없었다. 이순신은 거북선 선장으로 본영의 급제 이기남과 군관 이언량을 일찌감치 사천포 해전 이전부터 낙점했고, 순천 선소에서 건조될 거북선 선장으로는 박이량과 신여량을 염두에 두고 있었다.

오후가 되어 이순신은 활쏘기 훈련장인 사장射場을 둘러보았다. 아직도 회복이 안 된 왼쪽 어깨 때문에 습사대에 오르지는 않았다. 습사대 뒤에 있는 사정射亭으로 올라가 활쏘기 훈련장을 점검했다. 2전선 사부장으로 지금까지 사장을 관리해오고 있는 늙은 진무가 허둥지둥 달려와 사정 섬돌 앞에 섰다.

"저그 과녁 쪼깐 보그라."

"보고 있습니다요."

"진무 눈에두 보이는 겨?"

"과녁 시 개가 보입니다요."

"과녁 앞에 웃자란 풀은 안 보이는 겨?"

그제야 사장 진무가 이순신이 지적하는 바를 알아차렸다. 개망초와 억새풀이 2차 출진 동안 자라나서 과녁을 반쯤 덮고 있었다.

"죄송합니다요."

"진무도 출전허지 않았는감. 그러니께 태만은 아녀."

"당장 풀을 베겠습니다요."

"우덜 활이 왜적의 총을 이긴 건 사부덜이 평소에 훈련을 잘 혀서 그런 겨."

"멩심허겠습니다요."

"사부청에 전달혀. 날마다 한두 번씩은 사부덜을 델꾸 와 활을 쏘라구 말여."

"예, 사또 나리."

이순신은 사정을 내려와 습사대로 올라갔다. 진무가 뒤따라와 습사대 옆에 놓인 활을 잡으며 만류했다. 사장 진무도 이순신의 왼쪽 어깨 부상을 알고 있었다.

"사또 나리, 안 됩니다요. 무리허시믄 큰일 나분당께요."

"총알을 뺐으니께 괴안찮을 겨."

"메칠은 쉬셔야 헌당께요."

"어깨는 놔두구 팔 심으루다만 쏠 티니께 걱정 말어."

진무가 최고 지휘관인 수사의 의지를 꺾을 수는 없다. 그러나 팔의 힘으로만 활을 쏜다는 것은 말이 되지 않았다. 활은 온몸의 힘뿐만 아니라 정신력까지 합쳐서 쏘는 것이기 때문이었다. 진무는 별수 없이 활과 화살통을 이순신에게 내주었다. 다행히 이순신은 1순, 다섯 발만 쏘았다.

"네 발 적중입니다요."

"한 발은 어깨에서 뚝 허는 소리가 나서 심을 주지 못혔네."

"그렇다믄 다 맞춘 거나 다름읎습니다요."

이순신에게 듣기 좋은 소리로 아부를 하는 것이 아니었다. 언제인가 캄캄한 밤중에 습사대로 올라가 1순을 쏘아 서너 발이나 과녁을 맞혔던 이순신은 전라 좌수영의 명궁수 중 한 사람이었다.

"여그 있지 말구 얼릉 사부청으루 가서 내 지시를 전혀."

"당장 사부청으로 가겠습니다요."

전라 좌수영 관내 장수들은 물론 사부들을 모두 명궁수로 훈련시키는 것이 이순신의 목표였다. 1, 2차 출진을 나가서 해전마다 승전한 데는 왜적을 사살하는 사부들의 몫도 컸다.

"저기 구봉산 산자락에 모인 사람덜은 누군 겨?"

"겡상도에서 온 피난민덜이 밭을 일구고 있습니다요."

"장생포가 옥토라서 그짝으루 보냈는디 저 사람덜은 워째서 저그 있는 겨?"

"피난민덜이 몰리다 봉께 구봉산까정 온 것 같습니다요."

이순신은 남문 진해루에 남은 채 진무를 사부청으로 보냈다. 졸고 있던 남문 수문장 진무가 진해루로 뒤늦게 올라와 고개를 숙였다. 그러나 이순신은 책임을 추궁하지 않았다. 2차 출진에서 돌아온 군사들은 하나같이 피로한 데다 다소 긴장이 풀어져 있었다. 2차 출진의 열하루 동안 밤낮없이 긴장해 있었기 때문이었다. 아마도 문지기 수졸들은 그늘을 찾아가 졸고 있을 터였다.

진해루 누각 기둥은 비바람에 삭아 거칠거칠했다. 이순신은 신산한 세월이 곰삭은 것 같은 기둥의 까칠한 감촉이 좋아 두 팔로 껴안았다. 그러자, 지난해 여수로 부임해 온 이후의 일들이 하나둘 떠올랐다. 관내의 진을 순시 점고하던 일, 소포 바다에 철쇄를 횡설하던 일, 화살과 화약을 만들던 일, 봉수대를 정비하던 일, 성을 복구하고 해자를 파던 일, 거북선을 비밀리에 건조하던 일, 활쏘기 훈련을 시키던 일, 본영 앞바다에서 함포 사격 훈련을 하던 일, 기생청의 기생들을 없애버린 일, 도망자를 잡아 효수하던 일 등등의 순간들이 생생하게 머릿속을 스쳐 지나갔다.

누각 아래를 내려다보니 어느새 문지기 수졸들이 돌아와 창을 들고 부동자세로 서 있었다. 순시를 돌던 송희립이 두 수졸을 보더니 소리쳤다.

"아무 일 읎지야?"

"사또께서 와 겨십니다요."

"경계는 항상 잘 서야 쓴다잉. 알겄지야?"

"여부가 있겄습니까요."

"근디 니는 으째서 눈곱을 달고 있당가? 자다가 막 일어난 사람맹키로 말여."

"아따, 군관님. 아척에 세수를 못 해부렀그만요."

"송희립이 눈은 못 속인다잉. 으디서 자고 왔그만. 입가에 흐건 것은 침이 아니고 뭣이당가?"

"아이고, 구신이네요. 한 번 봐주시쇼, 군관님."

"알았어. 당포에서 느그덜이 잘 싸웠지야? 긍께 요번에는 봐줘분다잉."

순시를 돌던 송희립 역시 수졸들의 근무 태만을 눈감아주었다. 그것도 수졸들에게는 승전에 대한 보상이라면 보상이었다. 오히려 이순신이 송희립을 타박했다.

"송 군관은 너무 고지식혀. 수졸덜을 어지간히 닦달허라니께."

"지가 멜갑시 다그치지는 않그만이라우."

"2차 출진혀서 열하루 동안 밤낮으루다가 고생혔으니 많이 고단헐 겨."

"긍께 군기가 다 풀어져뻔져도 괴안찮다는 말씸입니까요?"

"고건 택도 읎는 소리여. 군사덜이 고생혔으니께 에지간허믄 모른 척허자, 그 말여."

"알겄습니다요. 근디 어깻죽지는 으쩝니까요?"

"활을 쏴봤는디 괴안찮혀."

송희립은 말문이 막힌 듯 잠시 입을 벌리고 있었다. 어깨 상처가 아직 완전히 아물지 않아 치료를 받고 있는데도 활을 쏘았다니 기가 막혔다.

"놀랜 겨?"

"기가 맥힙니다요. 그러시다가 어깨에 이상이 오믄 으짤라고 그럽니까요?"

"네 발 맞혔으니께 체통은 지킨 겨."

74

"체통이 문제당가요? 시방 의원을 부르겠습니다요."

송희립이 강하게 반발했다. 이순신은 마지못해 의원의 진료를 받아보기로 했다. 송희립이 놀란 것은 당연했다. 이순신은 전라 좌수영 함대만의 대장이 아니었다. 경상 우수영 함대와 전라 우수영 함대로 이루어진 연합함대의 총대장이었다. 그러니 이순신의 부상이 오래간다는 것은 곧 연합함대의 손실인 것이다.

유기종의 보고대로 신여량은 흥양의 협선을 타고 본영 군관들이 퇴근하는 술시에 왔다. 신여량은 유기종의 안내를 받아 바로 동헌 마루로 올라와 이순신 앞에 엎드려 신고했다. 신여량은 각력 선수처럼 키와 몸집이 컸다. 팔척장신이어서 바윗덩어리 하나가 동헌 마루에 놓인 듯했다. 이순신은 호상에 앉았다가 일어나 그의 팔을 잡아끌었다. 팔 역시 나무토막처럼 단단했다.

"호종했다는 말을 들었네."

"서행 길에 호종 군관으로 차출돼 따라나섰그만요."

"호위한 장졸덜이 다 도망쳐버렸다는디 을매나 고상혔는 겨?"

"어가를 호위한 것은 가문의 영광이지라우."

"흥양에는 휴가를 받아 온 겨?"

"아닙니다요. 어가가 5월 7일 대동강을 건넌 뒤부터는 평양성 군사가 임금님을 호위하게 되야서 할 일이 읎어져버린 바람에 고향 부모님을 뵙고자 온 것입니다요."

"권율 목사헌티 복귀헐 겨?"

"반다시 고럴 생각이었는디 고향에 일이 하나 생겨부렀그 만요."

이순신은 자신의 휘하에 두고 싶어 은근히 신여량의 의중을 떠보았다. 그러나 신여량은 고향에 일이 있다며 당장에는 이순 신을 따르지 않을 것 같은 태도를 취했다. 유기종이 옆에 있다가 한마디 건넸다.

"나리께서는 자네를 원하신당께."

"고향에 와봉께 집안 성제덜이 원근 각처의 사람덜을 모아 의 병을 맹글었지 뭔가. 나를 총대장으로 삼아뻔졌네. 긍께 나는 오 도 가도 못 허게 돼부렀단 마시."

신여량의 말은 사실이었다. 사촌 동생 신여극과 아우 신여정 이 일가친척, 집안 노비, 마을 사람 등을 모아 군사 훈련을 하고 있던 차에 신여량이 오자 의병 총대장으로 추대해버린 것이다.

"의병 조직은 된 겨?"

"예, 수사 나리. 지가 맹글었습니다요."

"그렇다믄 좌수영으루 오는 것이 심들겄구먼."

신여량이 당장에 전라 좌수영으로 자원하는 것은 불가능했다. 이미 흥양에서 의병을 모병하여 자신이 총대장, 사촌 형제인 신 여극이 부대장, 종숙인 신영해가 좌부장, 아우인 신여기가 우부 장, 흥양 장사壯士 박필대가 중군장이 되어 출전을 준비하고 있 기 때문이었다.

그런데 신여량은 선조가 6월 11일에 평양을 떠났다는 것을 모 르고 있었다. 우리 군사가 고니시의 왜군에 맞서 평양성을 사수

하고 있는 줄만 알고 있었다. 물론 이순신도 마찬가지였다. 선조가 평양도 버리고 의주로 가고 있다는 사실을 아는 사람은 아무도 없었다.

암군 1

이순신 함대가 사천포 해전에서 처음으로 거북선을 앞세워 왜선들을 거의 분멸시킨 뒤 사량 바다로 물러나 결진하고 있을 때였다. 평양 행재소의 선조와 신하들은 배수의 진을 친 임진강 방어가 무너졌다는 급보에 우왕좌왕하고 있었다. 평양성도 안심할 수 없게 된 선조는 신하들을 모아놓고 자신의 거취를 의논케 했다. 선조 자신이 평양을 지키느냐 마느냐의 문제였다. 정철이 먼저 신하들을 둘러보면서 안절부절못하는 선조의 심중을 읽고 말했다.

"평양은 한양처럼 죽음으로써 지켜야 할 곳은 아니오. 한웅인 대장을 시켜 이곳을 지키게 하고 행차를 모시고 나가는 것이 옳지 않겠소?"

판단이 빠르고 현실을 잘 꿰뚫어보는 정철의 말에 병조 참판 심충겸, 예조 참판 이덕형도 찬동한다는 표시로 고개를 끄덕였다. 정철은 마음속으로 평양성도 한양과 임진강처럼 방어선이 허망하게 무너질 것이라고 판단했다. 정철은 현실을 무시한 채 명분과 자존심 때문에 평양 방어를 고집할 것이 아니라 피신해서라도 나라의 활로를 모색해야 한다고 믿었다. 그러나 고지식하고 자기주장이 강한 윤두수는 강하게 반대했다.

"평양을 떠난다는 것은 매우 불가한 일이오. 우리나라 경계는 남북이 불과 수천인데 북도로 가면 땅이 다하여 더 갈 데가 없소. 압록강을 건너갈 수 있다 해도 한 번 건너가면 다시 돌아오기 어려우니 비록 아침저녁을 살아간들 무슨 유익함이 있겠소. 평양은 사면이 매우 험해 방어하기 쉽고, 군사가 만 명이 넘고 양식도 역시 넉넉하니 여기서 한 걸음만 떠나도 국사를 그르치는 것이오."

윤두수의 의견에 교리 이유징과 병조 좌랑 박동량이 가세했다. 명분론과 현실론은 방패와 칼 같았다. 모두 없어서는 안 될 가치이므로 서로 인정하고 타협해야지 그렇지 않을 때는 대립하고 갈등할 수밖에 없었다. 방패는 어떤 칼도 다 막을 수 있다는 식이고, 반면에 칼은 어떤 방패도 다 뚫는다고 주장하기 때문이었다.

부원군 유성룡은 어찌 된 일인지 입을 꾹 다물고만 있었다. 조의朝議 때 단 한 번 다음과 같이 방비 계책을 말했을 뿐이었다.

"오늘의 형세는 경성 때와는 달라 인심이 자못 굳사옵니다. 또 앞으로는 강물이 막아주고 있고 서쪽으로는 명나라가 가깝습니다. 수일만 굳게 지킨다면 명나라 원군이 반드시 올 것이니 이에 의지해 적을 물리칠 수 있사옵니다."

유성룡은 격론에 휩쓸리고 싶지 않았다. 외지의 장수들을 불러들여서 평양 방비를 논해야 할 다급한 시간에 대신들이 임금의 거취를 놓고 갑론을박하는 논의 자체가 한탄할 노릇이었다. 유성룡은 다른 신하들이 눈치채지 못하게 긴 한숨을 쉬었다. 그러나 좌의정 윤두수는 자신의 의견을 관철시키기 위해 선조에게 또 주청하고 있었다.

"국사가 이에 이르렀으니 급히 요동에 구원을 청하고 또 원수와 여러 장수가 돌아오기를 기다려 전하께서는 죽음으로써 방어하기를 꾀하소서."

선조는 이미 파천 길을 결심하고 있는 상태였다. 왜적을 물리칠 기회를 찾고자 한양을 떠났는데 평양인들 버리지 못할 이유가 선조에게는 없었다. 임금인 자신이 왜적에게 붙잡혀 수모를 당할 수는 없다는 생각에 사로잡혀 백성은 안중에 없었다.

"국사는 이미 경들에게 맡겼으니 잘 판단하시오."

행재소 신하들은 하루 종일 선조의 거취를 놓고 탁상공론만 했다. 저녁에는 장수 이빈이 선조를 면대한 뒤 윤두수와 같은 의견으로 아뢨다.

"평양성 외에는 지킬 만한 곳이 없사옵니다. 다른 의견을 다시 낼 것이 없사옵니다."

다음 날에도 선조의 파천에 대한 결론은 나지 않았다. 신하들의 의견이 여전히 분분했다. 그때 상주 전투에서 패배하여 와신

상담하고 있던 이일의 장계가 올라왔다.

'신이 군사 삼천을 거느리고 행재소로 가겠사오니 평양을 굳게 지키시고 다른 계책은 내지 마소서. 신이 힘을 다하고 명을 다하여 죽음을 바치겠사옵니다.'

이일의 장계는 선조가 평양성을 떠나서는 안 된다는 신하들에게 힘을 실어주었다. 윤두수가 전날과 같은 주장을 또 폈다.

"온 성안 사람들은 모두 전하와 함께 죽더라도 이 성을 지키기를 원하옵니다. 만일 행차가 나가게 된다면 성은 일시에 무너질 것이옵니다. 인심이 이만하면 족히 적을 방어할 수 있을 것이옵니다. 더구나 이 성 밖 어디에 피난하고 계실 것이옵니까. 소신은 여기 말고 어디가 튼튼한 곳인지 모르겠사옵니다."

"경의 말은 너무 답답하오."

어찌할 바를 모르는 선조의 얼굴빛은 창백했고 목소리는 기가 꺾여 있었다. 임금의 위엄은 조금도 찾아볼 수 없었다. 신하들은 선조의 처량한 모습이 민망하여 감히 우러러보지 못했다. 정철이 마지못해 윤두수의 말을 또 반박했다.

"좌상 의견이 일리는 있소. 하지만 전하의 천안天顏을 보시오. 신하 된 자로서 어찌 만류해서 억지로 성을 지키시게 한단 말이오."

윤두수도 고집스럽게 지지 않고 정철을 쳐다보면서 목소리를 높였다.

"공은 어찌해서 국사를 그르칠 의견을 내고 있는 것이오. 만약에 한양을 굳게 지킬 계획이 일찍 있었더라면 어찌 이 지경이 되었겠소. 공이 이 성을 지키고 싶지 않거든 행차를 혼자 모시고 가는 게 옳을 것이오."

정철의 의견에 찬동했던 이덕형이 말했다.

"지금 국토가 줄어서 함경도 하나만 온전히 남았으나 함흥부는 군사가 많고 양식이 풍부해서 왜적을 족히 막고 땅을 지킬 수 있을 것이오."

심충겸이 옳다는 듯 고개를 크게 끄덕였다. 그러자 윤두수가 이덕형의 말을 잘랐다.

"함흥의 형세는 여기에 반도 미치지 못하오. 만일 적이 닥치면 다시 갈 곳이 있겠소이까. 또 적이 북도에는 가지 않는단 말이오?"

점심 후에도 행재소 신하들의 논란은 수그러들지 않았다. 윤두수와 정철의 의견 대립 때문이었다. 그러나 선조가 윤두수를 행재소 밖으로 내보내고 나자 분위기는 돌변했다.

"좌상, 이일은 왜 아직 오지 않소? 성을 지킬 장수가 왜 아직 오지 않는단 말이오. 어서 나가 수소문해 알아보시오."

선조는 찬반 의견 없이 어제부터 대신들의 의견을 묵묵히 듣고만 있는 이조판서 이원익에게 물었다.

"경은 할 말이 없소?"

"신이라고 왜 입이 없겠사옵니까? 평양성을 지킬 절차는 지금 대신들이 마련하고 있는 줄 아옵니다. 하오나 전하께서 평양성에 계실 것인지 다른 곳으로 이주할 것인지를 빨리 결정해야 하옵니다. 만약 죽음으로써 지키신다면 모르겠지만 그렇지 못하다면 역시 형편에 따라 다른 조치를 취해야 하옵니다."

이원익은 찬반이 아닌 타협 의견을 내놓았다. 도승지로 있다가 병조판서로 자리를 옮긴 이항복 역시도 말없이 듣기만 하다가 아뢨다.

"병조는 바로 그 일을 담당하는 해당 관아인데도 어떻게 결정될지 모르기 때문에 아직 조치를 취할 수 없사옵니다. 모든 일은 미리 준비하여야 대처할 수 있고 갑작스럽게 하면 유익한 대처를 할 수 없사옵니다."

선조의 결심이 무엇보다 중요하다는 이항복의 말끝에 한성판윤 홍여순이 뜬금없이 중전의 일을 보고했다. 아침에 양덕을 방어하기 위해 순찰사로 삼아 보내려고 했으나 역마를 모두 달라는 등 여러 가지 핑계를 대며 가지 않은 홍여순이었다. 역마를 모두 달라는 말은 선조 일행을 묶어버리기 때문에 결코 허락할 수 없었다.

"아침에 지시를 받고 빈청으로 나가보았사옵니다. 일이 급하게 되어서야 행차를 떠나게 된다면 정작 중전마마께서 거동하시기 어려울 수 있사옵니다."

"중전의 일이 그러한가?"

선조는 중전을 걱정하는 홍여순을 내치지 못했다. 자신에게 불리한 명을 이리저리 피하면서도 어수선한 와중에 중전의 안위를 생각하는 신하는 홍여순뿐이었던 것이다. 이원익도 홍여순의 말을 받아 아뢨다.

"전하, 빨리 결정하시는 것이 좋겠사옵니다."

선조는 방금 들어온 대사간 정곤수에게 의견을 물었다.

"무슨 할 말이 있소?"

"만약 전하께서 의주로 옮겨 가시려면 먼저 백성들을 타일러 이해하도록 해야 하옵니다."

정곤수는 평양 성민들의 반발을 예견하고 있었다. 차분하고 소탈한 데다 덕이 있어 관민이 모두 좋아하는 정곤수다운 의견이었다.

"의견들이 일치하지 않아 대감을 부른 것이오. 내 생각에는 여기 평양은 안전한 곳이 아니오. 임금과 신하들이 모두 왜적의 칼날에 죽을 수는 없소. 나는 피난 가고 싶은데 대신들이 따르지 않으니 어찌하면 좋겠소?"

"좌의정 윤두수의 생각은 전하께서 평양성을 굳게 지키시는 것이었지만 지금은 그 역시 결코 그렇게 말하고 있지 않사옵니다."

선조를 따르지 않는 대신들이란 윤두수와 그의 의견에 동조하는 신하들을 말했다. 그러나 조금 전에 정곤수가 만난 윤두수의 생각은 오전과 완전히 달라져 있었다. 행재소 안으로 들기 전에 윤두수와 애기를 나누었는데 임금이 평양을 떠나서는 안 된다는 자신의 주장을 내려놓고 있었던 것이다. 놀랍게도 슬그머니 입장을 바꿔버린 셈이었다.

선조는 즉시 윤두수를 불러들였고 윤두수는 선조 앞으로 나아갔다. 선조가 하소연하듯 간절하게 물었다.

"좌상의 생각이 바뀌었다는데 사실이오?"

"행재소 밖에 있는 사람들의 말은 들어볼 만했사옵니다."

"어서 말해보시오."

"전하께서 이 성을 지키지 않으시고 물러나신다면 머물 곳은 세 군데가 있사옵니다. 급히 영변으로 가서서 무기를 정비하여 강변 군사를 불러 모아 지키시다가 일이 위태해지면 의주로 가서서 명나라에 호소하는 것이 상책이오며, 멀리 강계로 가시어 여러 고을의 군사를 모아 성에서 한두 달을 지탱하시다가 일이 급해지면 배를 타고 중국의 관전보로 내려가는 것이 둘째 계책이온데, 함흥은 그 형세를 신이 잘 아는 바 성은 크지만 낮고 사면에 험한 곳이 없어서 근처 토병을 불러들이면 북쪽 야인들이 허함을 타서 침범할 것이고, 남도로 향하다가는 길이 험하여 적이 뒤를 밟으면 반드시 곤경에 빠질 것이옵니다."

그래도 일부 신하들은 함흥 쪽이 안전하다고 말했다.

"북도는 길이 험하고 궁벽하여 적이 반드시 가지 않을 것이오. 그러니 함흥은 지킬 수 있을 것이오."

"그 의견도 맞는 말이오. 우상은 중전의 행차가 함흥으로 출발하는 데 만전을 기하시오."

선조는 우의정 유홍과 좌참찬 최황에게 며칠 안으로 중전을 시위하여 함흥으로 떠나라는 명을 내렸다. 윤두수가 또 아뢨다.

"이일은 묵은 장수라 반드시 좋은 의견이 있을 것이옵니다. 행재소 밖에 도착했다 하니 그의 의견을 들어 결정지으시기 바라옵니다."

"이일을 불러들이라."

상주 전투의 패장답지 않게 이일의 걸음걸이는 당당했다. 이미 목숨을 내어놓은 듯 대신들에게도 굽실거리지 않았다. 그가 미간을 찡그리며 이를 악물 때마다 허연 수염이 꿈틀거렸다.

"패장이지만 나는 그대를 살려주었소. 공을 세워 보답하기 바라오."

"전하, 신의 목숨을 기꺼이 바치겠사옵니다."

"그대에게 묻노니 내가 평양성을 지켜야 하는가, 아니면 떠나야 옳은가?"

신하들이 이일의 입을 주시했다. 장수의 입에서 무슨 말이 나오는지 긴장하며 쳐다보았다. 이일의 허연 턱수염과 콧수염이 동시에 움직였다.

"장계를 올릴 때만 해도 소장은 삼천여 군사로 평양성을 지킬 수 있다고 판단했사옵니다. 허나 황해도를 거쳐 평양으로 들어오면서 왜적의 규모를 알 수 있었사옵니다. 왜적은 이십오만여 명이며 평양성을 향해 포위하고 있는 형국이옵니다. 억울하지만 이미 우리는 왜적을 당할 수 없사오니 평양을 버려야 하고 함흥으로 가야 하옵니다."

함흥이란 말이 나오자 윤두수는 어두운 낯빛으로 바뀌었다. 정철도 마찬가지였다. 그러나 이일은 젊은 시절에 함경도에서 여진족의 침입을 막아낸 적이 있었으므로 지리에 밝은 함흥을 추천한 것이다.

이일이 행재소 밖으로 나왔을 때 심충겸은 그의 등을 어루만지며 말했다.

"순변사야말로 참다운 장수외다."

이덕형도 이일을 만나 기쁘다면서 말했다.

"오늘 뵈니 장수라 부를 만한 까닭을 알겠습니다."

그러나 함흥을 추천한 이일에게 실망한 윤두수는 한마디 내뱉고는 가버렸다.

"실성한 사람과는 말도 나눌 수 없군!"

결국 선조의 파천은 하루 반나절 만에 결론이 났다. 선조의 뜻대로 정리가 된 셈이었다. 선조가 평양을 수성해야 한다고 큰소리쳤던 윤두수가 반대 의견 쪽으로 돌아서자 선조는 모든 신하들에게 동의를 받았다고 안심했다. 이제는 평양을 떠나 어디로 갈 것인지가 중요한 문제라고 생각했다. 선조는 격론을 벌이느라고 지쳐 있던 대신들을 물리치고 난 뒤, 임시변통이나 잔 계책에 밝은 홍여순에게 물었다.

"여기서 영변까지 가려면 며칠이나 걸리오?"

"닷새 걸리옵니다."

"영변에서 강계까지는 며칠 길이오?"

"육칠 일 걸리옵니다."

홍여순 옆에 서 있던 승지 홍진이 깜짝 놀랐다. 선조가 스스럼없이 강계를 들먹이고 있었다. 홍진은 자신의 귀를 의심했다. 선조 앞으로 나와 서둘러 아뢨다.

"전하, 이 일은 중대한 문제이옵니다. 강계로 옮겨 가시는 것에 대한 논의는 대신들을 불러 결정해야 하옵니다."

"그렇다면 대신들을 불러 들어오게 하라. 백성들을 타일러 깨우치는 일을 왜 빨리 하지 않는가?"

선조 자신이 평양을 떠날 수밖에 없는 이유를 성민들에게 설명하고 이해를 구하라는 말이었다. 어명을 전하는 것은 승지의 몫이었다. 영의정 최홍원이 머리를 조아렸다.

"전하, 오늘 안으로 승지를 시켜 반드시 조치하겠사옵니다. 대동관으로 평양의 부로父老들을 모두 불러 이해를 시키겠사옵니다."

밖으로 나갔던 대신들이 행재소 안으로 우르르 몰려 들어오자, 선조는 조금 전에 물었던 질문을 마저 했다.

"강계의 형세는 어떠한가? 각자의 의견을 말하시오."

"소신은 귀양 가 있던 강계에서 왔사옵니다. 강계는 매우 춥고 궁벽한 변방으로 풍토가 지극히 나쁘고 식량을 조달하기 어려운 곳이옵니다."

윤두수 생각도 모처럼 정철과 같았다.

"예로부터 천하의 중심지에 있으면 일을 도모할 수 있었지만 한쪽 구석으로 들어가면 지휘할 수 없었사옵니다."

"그렇다면 안 되겠다."

"영변이 어떠하겠사옵니까?"

유성룡도 윤두수의 의견에 동의했다.

"영변에는 함흥으로 가는 길이 있으니 우선 영변으로 피하시는 것이 좋겠사옵니다."

"좋다. 속히 백성들을 타이르도록 하시오."

이덕형도 어제 정곤수가 말했던 것과 같이 아뢨다.

"성안 백성들이 전하께서 다른 곳으로 옮겨 가신다고 하면 불안해할 것이옵니다. 타이를 때 여기를 최대한 힘껏 지켜내겠다는 뜻도 함께 말씀해주시는 것이 좋겠사옵니다."

"평양을 지켜낼 수 있겠소?"

"전하, 그것은 장담할 수 없사옵니다."

이원익이 망설이지 않고 솔직하게 아뢨다. 자신의 양심을 속이고 싶지 않아서였다. 선조가 평양성을 지켜야 된다고 주장했던 대신들의 생각도 이미 그렇게 돌아가 있었다.

"여러 장수들이 모두 패하였으니 대세는 이미 기울어졌사옵니다. 감당할 만한 장수도 없사옵니다."

이덕형이 이원익의 말에 못을 박듯 실토했다. 선조는 이덕형을 차마 쳐다보지 못하고 이항복에게 물었다.

"병조판서 생각에는 영변이 어떻다고 보시오?"

"신은 영변에 가본 적이 없사옵니다."

실제로 이항복은 살아생전에 영변 땅을 밟아본 적이 없었다. 이항복이 대답을 못 하자 홍여순이 대신 아뢨다.

"영변에서 길을 잡으면 영원을 넘어 북도까지 갈 수 있사옵니다."

"왜적들이 양덕 등에 퍼져 있으면 어찌할 것이오. 당연히 맹산 길을 거쳐 가야 하니 그대가 먼저 가서 살펴보시오."

선조의 명이었다. 풀이 죽어 있던 선조의 목소리가 자못 단호하여 홍여순은 내심 놀랐다. 어제 자신을 양덕 방어를 위해 순찰사로 보내려 하였다가 그러지 못한 데 대한 선조 나름의 응징 같았다.

선조는 이희득이 선전관 한 사람을 대동하고 가겠다고 하자, 휘하 군사 두세 명을 더 데리고 가도록 허락했다.

저녁이 되어 선조는 성안 백성들을 타이르기 위해 함구문含毬門으로 나갔다. 함구문 마당에는 평양의 늙은이들과 군사와 성민들이 모여 웅성거리고 있었다. 선조는 낮에 신하들과 파천을 결정해놓은 것이 부담스러워 최홍원에게 말했다.

"영상, 평양의 부로들에게 무어라 말해야 하오?"

"전하, 한양 수복을 위해 어쩔 수 없이 피난은 가지만 세자와 대신들과 장수들이 남아 평양성을 방어할 것이니 성민들도 죽음으로써 지켜야 한다고 타이르시옵소서."

"내 말을 백성들이 믿겠소?"

"전하의 진심을 믿는다면 백성들이 성을 지키겠다고 맹세할 것이옵니다."

"아니오. 내가 성을 떠난다고 하면 백성들은 버림을 받았다고 할 것이오."

선조는 함구문에 올라 거짓말을 했다. 행재소는 평양을 떠나지 않을 것이니 평양의 백성들은 죽음으로써 성을 지켜야 한다고 말했다. 그제야 늙은 부로들이 감격했다. 뿐만 아니라 혈기 있는 성안 사람들이 두 손을 번쩍 치켜들며 목숨을 내놓겠다고 맹세했다. 다음 날에도 선조는 대동관으로 나아가 강변 고을의 토병들을 불러 모아놓고 반드시 성을 지켜야 한다는 뜻으로 타일렀다.

6월 6일. 이순신의 연합함대는 당항포 해전에서 승리했고, 연전연승으로 수군의 기세가 크게 올라 있을 때였다. 그러나 평양 행재소의 분위기는 몹시 어수선했다. 선조가 윤두수에게 명하여 김명원 이하를 거느리고 평양을 방어하라고 했지만 평양 성민들은 선조의 거취만 바라보고 있었다. 윤두수는 선조의 행차를 서둘렀다. 2, 3일 안으로는 선조와 세자가 떠나야 한다고 판단했다.

"인심들은 전하의 거취만 보고 있사옵니다. 행차가 곧 성을 나가면 세자마마가 비록 여기 남아 있어도 소용없을 것 같사옵니다."

"어찌해야 좋겠소?"

"신들이 힘껏 지킬 터이오니 세자마마는 반드시 여기 머물 필요가 없사옵니다."

날이 바뀌어 시간이 흐를수록 행재소의 질서는 더욱 흔들렸다. 부제학을 겸하게 된 심충겸은 아침과 낮으로 손바닥 뒤집듯 의견을 달리해서 아뢨다. 아침에는 '평양을 떠날 필요가 없사옵니다' 하더니 낮에는 '적세가 이미 중화 땅에 이르렀으니 행차를 서둘러야 하옵니다'라고 번복했다.

밤이 되자 하루 종일 행재소의 소식을 탐문하다가 초조해진 평양의 늙은이들이 대동관 문밖에 모여들었다. 임금과 신하들을 믿지 못하니 더욱 불안했다. 관아의 녹봉을 받아본 적이 있는 늙은 부로 몇 명이 나서서 그나마 성안 사람들의 분노를 달래고 있었다. 성민들은 나라를 망친 신하들을 거명하며 폭발하기 일보

직전이었다.

이윽고 평양 성민들이 대동관에서 들은 선조의 거취는 실망 그 자체였다.

"전하께서 평양을 나가는 대신 세자마마께서 평양성을 지킬 것이오."

부로들 앞에 서서 행재소의 소식을 전하는 승지 심희수의 목소리는 떨렸다. 심하게 덜덜 떠는 그의 목소리는 슬프게 들렸다. 나라의 앞날이 캄캄하고 원망스러워 부로들이 먼저 통곡했다. 대동관으로 달려온 관원들도 임금이 평양을 떠날 것이라는 말을 듣고는 울음을 터뜨렸다.

8일, 왜적의 선봉이 대동강 가에 이르자 마침내 선조는 신하들에게 떠날 준비를 하라고 명하였다. 명을 받은 승지 노직이 종묘 위패를 모시고 먼저 행재소 임시 궁문을 나섰다. 임시 궁문까지 몰려온 성민들과 아전, 토병들이 기다렸다는 듯이 폭도로 변했다. 창과 칼을 들고 종묘 위패를 든 관원들에게 달려들었다. 종묘 위패가 땅에 떨어져 처참하게 나뒹굴었다.

폭도로 변한 주동자가 종묘 위패를 발로 짓이기며 소리쳤다.

"너희들이 평시에 국록만 도적질해 먹고 국사를 그르쳐 이 지경이 되지 않았는가! 성을 버리고자 하면서 우리를 속여 성안으로 불러들이고는 어찌 적의 손에 죽게 하는가!"

감사 송언신이 임시 궁문으로 나아가 앞장서 외치는 주동자 세 명의 목을 베었다. 주동자의 목에서 솟구친 피가 종묘 위패를 붉게 물들였다. 그제야 모였던 사람들이 하나둘 뒷걸음질 치며 흩어지기 시작했다.

종묘 위패를 뒤따르려던 신하들의 얼굴빛은 모두 사색이 돼버렸다. 그나마 당황하지 않은 사람은 유성룡뿐이었다. 유성룡이 임시 궁문 섬돌에 서서 나이 먹은 토관土官을 불러 꾸짖었다.

"너희들이 힘을 다해 굳게 지키려는 것은 충성스럽기는 하지만 어찌 궁문까지 와서 전하를 모시는 신하들을 놀라게 한단 말인가. 조정에서 방금까지도 성을 지킬 공론을 하고 있으니 너희들이 끝까지 진정하지 않는다면 죄를 면치 못하리라."

유성룡의 열변에 토병들이 무기를 버리고 물러갔다. 그러나 유성룡의 설득은 그뿐이었다. 10일, 선조의 행차 하루 전날에 궁녀들이 먼저 나가다가 사고가 났다. 성민들이 도끼와 몽둥이를 들고 나와 신하들을 기다리고 있다가 달려들었다. 궁녀들 앞에서 말을 타고 가던 홍여순이 상처를 입고 떨어졌다. 늙은이들과 아녀자들은 궁문 밖을 에워싼 채 울었다.

"우리가 성 밖으로 나가지 않음은 상감마마만 믿고 죽기로써 성을 지키려 한 것이오. 헌데 갑자기 우리를 버리려 하니 이는 우리를 죽이는 것이오."

백성들이 궁문을 부수었다. 신하들이 놀라 물러났고 당황한 승지들이 궁문으로 나와 '임금이 떠나기를 중지한다'고 소리쳤으나 아무도 믿지 않았다. 도망치듯 물러가는 신하들에게 야유를 퍼부었다. 이유징이 판자에 거친 행동을 멈추라는 뜻으로 '정행停行'이라고 크게 써서 사람을 시켜 지붕에 올라가 두루 보였으나 소용없었다.

"금관자, 옥관자 붙인 도적놈들아! 후한 녹을 먹고도 왜적을 막지 못하고 또 임금을 부추겨서 우리를 내버리고 가게 하느냐!"

그래도 선조는 11일에 줄행랑치듯 평양을 빠져나와 영변으로 향했다. 최흥원과 정철이 어가를 따랐고, 윤두수, 유성룡, 김명원, 이원익, 송언신, 병사 이윤덕 등은 성을 지키기 위해 평양에 남았다. 또한 11일은 지난달에 어가를 평양까지 호종했던 신여량이 전라 좌수영으로 내려가서 이순신을 만난 날이었다. 어두운 임금[暗君]과 신하 일행이 평양 성민을 버리고 떠나는 날, 전라 좌수사 이순신은 흥양 출신인 신여량의 자질을 눈여겨보면서 다음 해전에는 어떤 전술로 공격해야 하는지를 궁리하고 있었다.

암군 2

선조가 떠나버린 평양성은 전염병이 번지고 있는 것처럼 흉흉했다. 전의를 상실한 장졸들은 긴 창을 질질 끌며 서성거렸고 성민들은 흠칫거리며 마지못해 장수들의 지시를 따랐다. 관민 모두가 왜군이 밀려오면 어디론가 피신할 생각만 하고 있었다. 평양성을 지키겠다고 남은 대신들도 맥이 풀려 무기력하기는 마찬가지였다. 말을 타고 다니며 소리치는 장수도 있었지만 대부분 넋이 나간 얼굴에다 잰걸음으로 몰려다녔다. 뜨거워진 염천의 햇살 탓만은 아니었다.

윤두수와 유성룡, 김명원과 이원익은 임시 지휘부가 꾸려진 연광정 앞에서 왜군을 격퇴할 확실한 방비 계책 없이 우거지상으로 심란해하고 있었다. 방비 전략이라는 것이 고작 삼사천 명의 군사와 성안 장정들로 성을 지키는 것이었다. 송언신은 대동문을, 이윤덕은 부벽루 너머 강나루를, 자산 군수 윤유후는 장경

문을 각라 지키기로 하였다. 왜군에게 수비하는 군졸로 보이도록 흰 옷가지를 을밀대 소나무 가지마다 듬성듬성 걸어놓기도 했다.

이때, 선조의 행차는 순안을 지나고 있었다. 순안을 지나는 동안에도 선조는 답답하여 호종하는 신하들을 불러 자신의 행선지와 방비 계책을 묻곤 했다. 행선지는 함경도 함흥과 평안도 의주로 갈렸고, 계책이란 명나라의 구원을 요청하는 일 말고는 아무것도 없었다. 이항복과 이덕형이 서로가 같은 계책을 다투어 아뢨다.

"일이 급하옵니다. 신을 시켜 단기單騎로 명나라에 달려가서 구원의 글을 올리도록 청하옵니다."

선조는 하룻밤 머물 숙천에 이르도록 두 신하 중에 누구를 청원사請援使로 보낼지 결정하지 못했다. 그러자 심충겸이 아뢨다.

"천하의 일은 세勢뿐이옵니다. 지금 명나라의 세가 우리를 구원할 수 있다면 두 신하가 가지 않더라도 명의 군사가 자연히 나올 것이며, 명나라의 세가 우리를 구원할 만한 세가 아니면 비록 두 신하가 같이 가더라도 명의 군사는 오지 않을 것이옵니다. 더욱이 항복은 병조판서로 있으니 멀리 떠날 수 없사옵니다."

"충겸의 말이 옳다. 덕형이 요동으로 가서 청병을 하라."

이덕형은 망설이지 않았다. 날은 이미 어둑했지만 바로 오랜 친구인 이항복과 남문으로 나갔다. 이덕형은 자신이 타고 있는 늙은 말을 원망했다.

"날랜 말이 아니어서 밤낮으로 빨리 못 가는 것이 한스럽네."

반면에 이항복의 말은 이틀 길을 하루 만에 달릴 수 있는 준마였다. 이항복은 그 자리에서 자신이 타고 있던 준마를 내어주며 말했다.

"원병이 오지 않는다면 자네는 나를 저승에서나 찾을 수 있을 것이니 다시 만날 생각을 하지 말게."

"그리 된다면 내 뼈를 노룡령盧龍嶺(중국 국경 고개)에 묻더라도 다시 압록강을 건너지 않겠네."

두 사람은 굵은 눈물을 흘리며 작별했다. 이덕형이 탄 준마가 번개처럼 빠르게 남문을 빠져나갔다. 이항복은 이덕형이 뜻을 이루고 돌아오리라는 것을 굳게 믿었다. 침착하고 일찍이 문학에 통달하여 상대를 설득시키는 논리와 재주가 뛰어난 친구이기 때문이었다.

왜군 대장 고니시가 충주까지 올라왔을 때 이덕형은 홀로 적진으로 향했을 만큼 배짱도 두둑했다. 선조가 평양성을 떠나기 이틀 전에도 마찬가지였다. 왜군이 포로를 시켜 협상을 하자고 편지를 보내왔던 바 그때도 이덕형은 장수 박성경만을 데리고 나갔다. 조각배로 대동강 가운데서 만난 왜군의 협상 대표는 고니시의 명을 받고 온 군종 승려 겐소였다. 그는 왜란 전부터 조선을 가끔 드나들어 조선말을 조금 할 줄 알았다. 협상이 성사될 리 없었음에도 불구하고 왜군의 공격을 지연시키고자 나갔던 것인데 이덕형과 겐소의 대화는 처음부터 어그러졌다.

이덕형이 겐소에게 대뜸 물었다.

"이번 거사가 무슨 명목이오?"

"우리가 길을 빌려 명나라에 조공하려 하는데 조선이 허락하지 않으므로 일이 이렇게 된 것이니 지금이라도 한 가닥 길을 비켜주어 명나라에 들어가게만 해주면 조선은 무사할 것이오."

이덕형은 기가 막혀 헛헛헛 웃었다. 그러나 곧 헛웃음을 거두고 엄중하게 말했다.

"그대의 나라는 조선과의 화친 약속을 배반했소. 그러니 할 말이 있다면 먼저 군사를 물러가게 한 뒤에 하시오."

겐소가 합장을 하고는 더듬거리는 말투로 억지를 부렸다.

"조선과 서로 통할 말이 있는데도 동래에서부터 한성에 이르도록 말을 전할 수 없었으므로 결국 여기까지 왔소."

"지금 말이 다 통했으니 군사를 물리시오."

이덕형이 단호하게 말하자 겐소가 고개를 뒤로 젖히며 본색을 드러내어 오만하게 대꾸했다.

"우리는 앞으로만 갈 줄 알지 뒤로는 한 걸음도 물러갈 줄을 모르오."

옆에서 대화를 듣고 있던 박성경이 불끈하여 칼집에서 칼을 빼려 하자 이덕형이 눈짓으로 말렸다. 겐소 뒤에도 왜군 장수 한 명이 눈을 부릅뜨고 서 있었다. 겐소와 협상하기 위해 떠나올 때 이덕형은 이항복에게 화친을 의논해보다가 안 되면 박성경을 시켜 겐소를 죽이겠다고 했는데, 이항복이 작은 이익을 취하기 위해 결코 의리가 없는 왜적의 행태를 닮지 말라고 조언했던 것이다.

선조는 아침 일찍 숙천을 떠나 정오쯤 안주에 도착했다. 그런데 안주 관아에서는 관민이 다 흩어져 피난을 가버린 탓에 선조의 수라를 미처 준비하지 못했다. 안주 목사 이민각 혼자서 뒤늦게 나타나 선조를 영접했다. 실망한 대신들이 이민각에게 곤장 마흔 대를 때릴 것을 청했고 연이어 그것만으로는 부족하니 국문을 하자고 주청했다. 그런데 유숙한 다음 날 갑자기 쏟아지는 장대비가 이민각을 살렸다. 비는 선조의 파천 길을 재촉했다. 선조는 이민각을 국문하는 일로 안주에서 지체할 수는 없었던 것이다.

"그가 알았다면 어찌 감히 나오지 않았겠는가. 틀림없이 미처 몰랐을 것이다. 앞으로 할 일이 있을 것이고 또 이미 벌을 주었는데 붙잡아다가 심문하는 것은 너무 과하다."

비를 무릅쓰고 영변에 도착한 신하들은 비루먹은 개처럼 초라했다. 영변도 안주와 마찬가지로 성안의 아전과 성민들이 다 산골짜기로 피난을 가 구실아치 대여섯 명만 남아 있었다. 소는 물론 개 한 마리도 보이지 않았다. 그나마 다행인 것은 영변 관아에는 창고 바닥에 곡물과 채소가 조금 남아 있어 허기를 면할 수 있었던 것뿐이다.

그러나 선조는 한응인이 올려 보낸 장계 중에 한 구절을 보고는 도리질을 했다. 방금 꿀맛같이 먹어치운 음식물이 배 속에서 돌덩이처럼 굳는 듯했다.

'적이 이미 대동강 동편 밖의 여울을 건넜사옵니다.'

영변성 동헌 지붕에 떨어지는 빗소리가 유난히 시끄러웠다.

마치 왜군들이 알아들을 수 없는 괴성을 지르며 쫓아오고 있는 듯했다. 선조는 동헌 마루에 촛불을 켜놓고 신하들을 불러들였다. 흔들리는 촛불이 선조의 잔뜩 일그러진 얼굴을 비추었다.

"본 고을에서 더 이상 음식물을 제공할 수 없다고 하니 내전(왕비)이 도착하는 대로 세자는 이곳에 머물도록 하고, 대전(임금)은 바로 박천으로 가서 가산을 지나 정주로 갈 것이다. 즉시 준비하여 떠날 수 있도록 하라."

그러나 잠시 후.

선조는 신하들에게 자신이 한 말을 뒤엎고 다시 행선지를 의논하도록 지시했다. 선조가 먼저 말했다.

"대신들은 나를 강계로 데리고 가려는 것이오?"

"어떻게 하는 것이 좋을지 몰라서 낸 의견들이옵니다."

정철의 말에 선조가 다시 말했다.

"애당초 일찌감치 요동으로 갔어야 했는데 대신들의 의견만 분분하니 이 지경이 되었소. 성대업을 불러와서 강계로 가는 길이 먼지 가까운지 자세히 알아야겠소."

평안도 운산 군수 성대업은 호종하는 신하들보다 당연히 강계의 지리에 밝았다. 동헌 밖에서 휘하의 군사를 거느리고 서 있던 성대업이 들어와 아뢨다.

"강계 서쪽에는 의주로 가는 길이 있고, 동쪽에는 적유령이 있는데 그 길이 자못 넓어서 적을 방어하기 어렵사옵니다."

그러자 정철이 성대업의 말을 잘랐다.

"적유령은 도적이 지나다니기 어려운 곳도 있사옵니다. 천 길

되는 절벽에 겨우 지나갈 벼랑길이 있는데 북쪽은 야인들의 지역과 통하고 서쪽은 의주로 가는 길과 잇닿아 있사옵니다."

"나는 강계로 가는 것이 내키지 않소. 그러니 이제 어디로 간단 말이오?"

선조 바로 앞의 어두운 구석에서 고개를 숙이고 있던 최흥원이 아뢨다.

"함흥으로 가는 것이 좋겠사옵니다."

그러나 선조는 함흥과 동서로 반대 방향에 있는 정주를 들먹였다.

"여기서 정주까지는 얼마나 되오?"

모처럼 여기저기서 한목소리로 아뢨다.

"이틀 길이옵니다."

선조는 다시 요동으로 말머리를 돌렸다.

"요동은 어떤 곳이오?"

"인심이 매우 거친 땅이옵니다."

최흥원이 자신의 속내를 드러냈다. 최흥원은 선조가 요동으로 가는 것을 처음부터 극력 반대하고 있었던 것이다. 최흥원의 말에 선조는 짜증난 목소리로 대꾸했다.

"그렇다면 어찌 갈 만한 고을을 말하지 않는 것이오? 나는 죽더라도 천자의 나라에 가서 죽겠소. 왜적의 손에 죽을 수는 없소."

선조는 이곽에게도 하소연하듯 물었다.

"요동으로 가는 것이 어떻겠소?"

"명나라 조정에서 비록 지금은 너그럽게 대해주지만 꼭 받아

줄는지는 알 수 없사옵니다. 만약 왜적들이 우리 뒤를 따라온다면 아무래도 받아주지 않을 것 같사옵니다."

명나라에는 조선이 왜국의 앞잡이 노릇을 하고 있다는 소문이 돌고 있었고 이곽은 바로 그 점을 걱정했다.

"세자를 이곳에 남겨두고 떠나도 괜찮겠소?"

"세자마마는 북도로 가시고 전하의 행차는 의주로 가신다면 명나라에서 반드시 돌보아줄 것이옵니다."

이항복도 한준의 말에 동의했다.

"소신도 처음부터 끝까지 전하와 세자마마께서는 따로 계시는 것이 옳다고 생각했사옵니다. 명나라에서도 반드시 포용할 것이옵니다. 거절할 리가 없사옵니다."

선조가 다시 한 번 자신의 결심을 중얼거리듯 말했다.

"왜적의 손에 죽는 것보다 부모의 나라에 가서 죽는 것이 낫다."

"신들의 생각으로는 요동으로 들어가시는 것은 아니 되옵니다. 만약 들어갔다가 받아들여주지 않는다면 어떻게 하시겠습니까?"

"그렇기는 하지만 나는 꼭 압록강을 건너가겠소."

신충겸이 선조의 고집을 꺾을 수 없다는 것을 알고 말했다.

"중궁과 궁녀들은 어떻게 하시겠사옵니까?"

"다 내버려두고 갈 수 없으니 간편하게 줄여서 데리고 가는 것이 좋겠소."

이항복이 신하들 사이에 오고 간 의견을 종합하여 말했다.

"극히 간편하게 데리고 가는 것은 어쩔 수 없는 일이옵니다.

세자빈은 북도로 보내시는 것이 어떻겠사옵니까. 모든 일은 오늘 밤 결정짓는 것이 좋겠사오니 세자마마를 부르셔서 함께 의논하여 처리하시기 바라옵니다."

"사직단 신주는 어떻게 하는 것이 좋겠소? 세자가 모시고 함흥으로 가는 것이 어떻겠소?"

그런데 이성중은 선조의 묻는 말에 대답하지 않았다. 대답 대신에 자신의 소신을 또다시 밝혔다.

"신은 처음부터 요동으로 들어가는 것은 옳지 않다는 의견을 내놓았사옵니다. 지금도 역시 옳지 않다고 생각하옵니다."

"어찌하여 그렇게만 생각하오?"

"아마도 요동으로 들어가지 못할 것이옵니다."

"그러면 어디로 가는 것이 좋단 말이오?"

"소신의 의견도 전하께서 북도로 가는 것이옵니다."

"요동으로 가려 함은 단지 난을 피하기 위해서만이 아니오. 안남국(현 베트남)이 이전에 자기 나라가 멸망하자 스스로 명나라로 들어갔더니 명나라 조정에서 군사를 보내준 결과 안남이 다시 나라를 수복할 수 있었소. 나도 그렇게 할 생각이 있어서 압록강을 건너려는 것이오. 세자는 북도로 갈 것이니 영의정이 따라가시오."

최흥원이 다시 말했다.

"만약 명나라에서 허락하지 않는 날에는 그 우환이 적지 않을 것이옵니다."

승지 이국의 의견은 요동이 가까운 의주로 가되 조금 달랐다.

"명나라는 부모의 나라이니 지금 의주로 가서 명나라 조정에 구원을 청하고, 일이 만일 불리할 때는 군신이 모두 압록강 물에 빠져 죽어 대의를 천하에 알리는 것이 옳사옵니다."

이항복도 이국의 결기에 어금니를 꽉 물었다가 놓았다. 눈을 감고 있던 선조가 처연하게 말했다.

"만약 내가 요동으로 건너가게 되면 누가 나를 따르겠소?"

"신은 나이 젊고 병이 없으며 또 부모도 없으니 행차를 따라 가겠사옵니다. 신이 오늘 입으로만 전하의 물음에 대답하는 것이 아니라 한양을 떠날 때 죽기로써 맹세하고 처자와 형, 누이들과 이미 영결한 바 뜻을 결정한 지 오래이옵니다."

이항복이 울음 섞인 목소리로 대답했다. 방금 압록강 물에 몸을 던지자고 한 이국도 마찬가지였다. 그러나 선조는 최흥원, 이헌국, 이성중을 돌아보면서는 자신을 따르지 말라고 말했다.

"경들은 모두 늙었으니 세자를 따르는 것이 좋겠소."

한준에게 당부하는 선조의 목소리는 더욱 떨렸다.

"경은 부모가 있으니 세자를 따르시오."

빗소리가 한밤중에도 멈추지 않았다. 선조는 촛불 아래서 비망기備忘記를 적어 승지에게 지시했다. 왕권 일부를 세자에게 이양한다는 전교였다. 요동으로 가기 위한 군색한 조치였고 궁지에 몰려서 불가피하게 나온 왕권 이양이었다.

'왕위를 물려주려는 의향을 한두 번 말한 것이 아니다. 대신들 때문에 죽으려고 해도 죽을 수 없는 형편이다. 이제부터는 세자에게 나라의 일을 임시로 대신하게 하노니 벼슬을 임명하거나 표창하고 처벌하는 등의 일들은 다 세자가 편한 대로 스스로 결단할 수 있도록 나의 뜻을 대신들에게 알리도록 하라.'

이른바 임금의 행재소와 같은 권력을 세자의 분조分朝도 갖는다는 어명이었다. 비망기를 승지에게 내린 뒤부터 선조는 잠을 이루지 못했다. 지붕을 두드리는 빗소리마저도 잠을 멀리 쫓아버렸다. 이항복이 한 말을 떠올리며 위안을 삼았지만 잠은 도무지 올 것 같지 않았다.

'전하, 함경 일도는 단지 한 가닥 길밖에 없어 적이 만일 바로 찌르면 꼼짝 못 하고 잡힐 수밖에 없으니 이것은 위태로운 길이며 또 방금 명나라에 구원병을 청했으니 만일 명나라에서 청을 들어주어 대병大兵이 하루아침에 오더라도 영접할 사람이 없게 되면 황제가 듣고 우리들을 무어라 하겠사옵니까. 바로 의주로 가서 명나라 군사를 영접하고 회복을 도모하다가 만약에 여의치 않으면 군신 상하가 명나라에 목숨을 맡겨 내부內附하기를 요구해서 조용히 사세를 보아 다시 거사하는 것도 늦지 않을 것이옵니다.'

선조는 승지를 시켜 이항복을 불러오게 하였다. 자신의 심정을 가장 잘 꿰뚫어보고 있는 이항복의 얼굴을 봐야만 토막잠이라도 잘 것 같아서였다. 선조는 비를 흠뻑 맞고 동헌으로 들어온 이항복의 손을 맞잡으며 말했다.

"내 뜻도 본래 내부하고 싶었는데 경의 말대로 의주로 가야겠으나 단지 중전이 벌써 북도로 갔으니 어찌할꼬?"

"전하, 걱정하지 마시옵소서. 운산 군수 성대업이 중전마마

일행을 맞이 오겠다고 자청하여 군사를 인솔하고 벌써 떠났사옵니다."

선조의 눈은 부어 있었고 눈동자는 붉었다. 밤새 한숨도 자지 못한 탓이었다. 이른 아침에 선조는 영변을 떠나면서 세자에게 명했다.

"내가 마땅히 요동에 내부할 터인데 부자가 다 압록강을 건너면 나라에 주인이 없는 것이 되느니라. 그러니 세자는 종묘 위패를 잘 받들고 강원, 경기도 등지에 머물면서 사방의 군사를 불러 모아 수복하기를 명하노라."

선조는 병이 없고 멀리 갈 수 있는 사람만 낙점하여 자신의 행차를 따르도록 했다. 그러나 지평 이정신은 임금의 행차를 따르게 됐다는 말을 듣고는 어디론가 도망쳤고, 호조판서 한준은 낙상했다는 핑계를 대고 슬그머니 물러나 보이지 않았다. 그들이 그런 까닭은 요동에서 처음 보내온 위압적인 공문도 한몫했다. 이곽의 말대로 명나라 조정에서는 불 속에 든 사람을 구해주고 물에 빠진 사람을 건져주려는 생각이 없는 듯했던 것이다.

15일 낮, 행차가 박천에 이르렀는데 저물 무렵쯤 평양성이 함락되었다는 급보가 왔다. 이어 중전의 가마가 도착했다. 다행히 중전 등은 유홍의 말을 듣지 않아 덕천에서 함흥으로 가는 재를 넘지 않고 닷새 동안 머문 까닭에 성대업을 만나 세자빈과 함께 박천으로 올 수 있었다.

선조는 대신들에게 명나라에 들어가겠다는 공문을 만들어 요동 도사에게 보내도록 지시했다. 그런 뒤 급히 중전과 함께 박천을 출발하였다. 반면에 세자는 선조가 떠나는 방향의 반대인 강계를 향해 울면서 떠났다. 최홍원과 참판 윤자신 등 늙은 신하들은 종묘 위패와 사직단의 신주를 모시고 세자를 따랐다. 최홍원은 하늘을 우러러보지 못하고 땅을 내려다보면서 걸었다. 선조가 측은하여 말없이 눈물을 흘리기도 하고 헛웃음을 짓기도 했다. 어찌하여 조선의 임금이 백성을 버리고 죽더라도 명나라에 가서 죽겠다고 하는지 생각할수록 가슴이 찢어지는 것만 같아 견딜 수 없었다.

평양성 함락

왜군 선봉대가 대동강에 한일자 모양으로 길게 진을 친 첫날이었다. 대동강 저편 동대원 언덕에 왜군의 붉고 노란 깃발들이 상가의 만장처럼 펄럭였다. 왜군은 국지전을 벌이며 대규모로 공격할 기회를 엿보고 있었다. 여남은 명의 왜군 기병이 아군 진영을 비웃듯 양각도를 향해 강물 속으로 뛰어들었다. 상대 장수의 신경을 건드려 판단력을 흐리게 하는 일종의 심리전이었다. 왜군 기병들은 강물이 말허리에 차오르는 데까지 들어와 일렬로 섰다. 그런 뒤 손나발을 만들어 괴성을 질러댔다. 한판 붙어보자는 시위였다. 어느 정도 효과가 있었다. 조선군의 신경이 날카로워졌다. 왜군을 노려보고 있는 장졸들 사이에서 욕설이 터져 나왔다.

"저런 할딱바구 쪽발이 새끼들!"

동대원 언덕에서는 왜군이 짚으로 얼기설기 지은 초소 사이를 한두 명, 혹은 서너 명씩 짝을 지어 긴 칼을 치켜든 채 쉬지 않고 왔다 갔다 하고 있었다. 조선군을 깔보듯 어기적어기적 걸었다. 화가 난 김명원의 부하 장수가 소리쳤다.

"저건 가짜 칼입니다. 나무를 깎아 만든 목검에 백랍을 칠한 것입니다. 우리들을 속이는 가짜 칼입니다."

"왜놈들에게 주먹감자나 먹이자. 야, 이 왜놈들아! 주먹감자나 먹어라."

고니시가 이끄는 육칠천 명의 본대는 강 언덕 너머 야산에 산개하여 은폐하고 있었다. 이번에는 왜군 일고여덟 명이 강변 백사장까지 내려와 조총을 쏘았다. 화약 터지는 소리가 고막을 찢을 것처럼 컸다. 총알은 성안까지 날아와 우박처럼 떨어졌다. 감사 송언신이 서 있는 대동관까지 날아와 기왓장에 떨어졌다. 장졸들이 일제히 땅에 엎드려 총알을 피했다. 성루 기둥에 맞은 총알은 몇 치나 깊이 박혔다. 대동관 섬돌에 선 송언신이 장졸들에게 소리쳤다.

"조선 화살은 왜놈 총보다 멀리 날아가니 겁먹을 것 없다. 왜놈들이 총을 다 쏠 때까지 기다렸다가 우리의 활 맛을 보여줘라!"

붉은 옷을 입은 왜 장수가 연광정을 겨누어 조총을 쏘았지만 총알은 코앞에서 힘없이 떨어졌다. 두 사람이 맞았지만 거리가 멀어서인지 상처를 입히지는 못했다. 총알은 부원군 유성룡 앞에서도 뒹굴었다. 유성룡은 군관 강사익에게 활을 쏘도록 지시했다. 화살은 왜군들이 난동을 부리는 백사장까지 위력적으로 날아갔다. 그러지 왜군들이 당황하여 이리저리 피하며 물러났다. 유성룡이 연광정 임시 지휘부에 있는 것은 군권 때문은 아니었다. 유성룡의 역할은 좌의정 윤두수나 도원수 김명원 등과 달랐다. 명나라 장수가 평양에 들어오면 접대하기 위한 접빈사接賓使로서 머물고 있었다.

조총을 든 왜군들이 물러가자 김명원이 말했다.

"사기를 올릴 기회 같소이다."

김명원이 명궁수를 뽑아 빠른 병선에 태우고 강 한가운데로 나아가 활을 쏘도록 명했다.

"우리 활의 위력을 보여주어라!"

장졸들이 강 한가운데서 쏘아대는 불화살은 왜군 초소에 꽂혀 불을 붙였다. 왜군들이 큰 소리를 지르며 멀리 달아났다. 조선 활이 조총과 맞설 만한 무기임을 보여준 것이다. 불화살 공격을 멈추자 정신없이 흩어졌던 왜군들이 다시 나타났다. 불길이 치솟는 초소를 별것 아닌 듯 구경했다.

일진일퇴였다. 왜군은 평양 방어군 장수들의 신경을 건드렸고, 평양 방어군의 장수들은 왜군들에게 조선 활의 위력을 보여준 셈이었다. 다만 아군의 명궁수가 탄 병선의 노 몇 개가 부러져 빨리 나아가지 못했으므로 즉각적으로 공격하지 못한 점이 아쉬웠을 뿐이었다.

김명원은 병선 정비 책임을 물어 대동강 병선들을 수리하는 조선장의 목을 베었지만 군기를 다잡는 데는 별 효과가 없었다. 오히려 장졸들은 죽은 조선장을 동정했다.

"육군에게 배까지 수리하라는 것은 억지가 아닌가."

"죽은 조선장만 억울하지."

"이래 죽으나 저래 죽으나 마찬가지지여."

시간이 흐를수록 평양 방어군에게 불리한 점은 또 있었다. 장마 이후 비가 오지 않고 있는 것이었다. 벌써 달포 이상 비다운 비가 내리지 않아 대동강 수위가 내려가고 있었다. 강물이 왜군의 공격을 저지하는 해자 역할을 하고 있었으므로 가뭄은 윤두수와 김명원의 애를 태웠다.

장수들은 성곽에 남아 수비하고, 대신들은 사당으로 가서 기우제를 지냈다. 평양성에는 오래된 사당으로 고구려 때부터 있었던 단군 사당과 기자 사당, 동명왕 사당이 있었다. 그 가운데서도 단군 사당은 가장 영험하여 평양에 우환이 생길 때마다 관민이 모두 달려가 제사를 지냈다.

유성룡은 단군 사당으로 올라가 기우제를 주관했다. 사당에는 고조선의 첫 임금이 된 단군의 영정이 걸려 있었다. 단군의 상호는 신도 인간도 아닌 모습으로 신령스러웠다. 엎드려 빌면 자애롭게 무엇이든 다 들어준다는 단군이었다. 성민들은 어려운 일이 생길 때마다 공자 사당으로 가지 않고 단군 사당을 찾았다. 그러니까 단군은 성민들이 공자, 맹자보다 더 의지하고 사랑하는 마음속의 임금이었다. 성민들은 단군이 하늘과 땅 어딘가에서 항상 자신들을 지켜주고 있다고 믿었다. 성리학의 나라가 된 이후에도 단군 신앙은 면면히 이어져오고 있었다.

난리 중이었으므로 제단에 올린 제물은 초라했다. 잡을 돼지도 없었고, 과일이라고 진설한 것도 대추나무, 감나무에서 따온 풋과실이 다였다. 그러나 제주 유성룡이 읽는 축문은 장엄했다. 관민이 모두 엎드려 그 축문을 들었다. 놋쇠 향로에서 피어오르는 향 연기가 하늘과 땅에 있는 단군의 혼백을 모셔 왔다. 기우제는 모처럼 난민이 된 성민들의 어수선한 마음과 임금에 대한 분노를 가라앉혀주었다. 단군의 혼령이 제사 음식을 받는 흠향의 순간만큼은 관민이 모두 하나가 되었다.

축문은 단군의 혼령에게 맑은 술을 권하는 것으로 끝이 났다. 이제 바람이 곧 비구름을 몰고 오리라고 사람들은 믿었다. 바로 내리지 않는다면 뒤늦게라도 반드시 쏟아질 것을 믿었다. 기우제를 지내고 온 유성룡이 윤두수에게 말했다.

"연광정 앞은 수심이 깊어서 적들은 배가 없이는 건너지 못할 것이오. 하지만 강 상류로 가면 반드시 얕은 곳이 있을 테니 적들이 건너기가 용이할 것이오."

그러자 옆에 있던 김명원이 말했다.

"강 상류에 왕성탄王城灘이 있습니다. 그곳은 강물이 깊지 않습니다."

"내 생각으로는 그곳으로 적들이 건너올 것 같소. 그러니 방비를 단단히 해야 할 것이오. 적들이 강을 건너오면 무슨 방도로 성을 지킬 수 있겠소?"

윤두수가 유성룡의 말에 고개를 끄덕이며 말했다.

"그렇소. 적들은 반드시 가뭄으로 강바닥이 드러난 왕성탄을 건너 공격해 올 것 같소."

"그곳의 방비는 누가 하고 있소?"

"병사 이윤덕 장수가 지키고 있습니다."

"그곳의 방비 계책이 무엇이오?"

"마름쇠를 강바닥에 깔아 공격을 막는 방도가 있지만 그것은 양날의 칼입니다."

"양날의 칼이라니 무슨 뜻이오?"

"우리도 선제공격을 할 수 없게 돼버리니 양날의 칼이라 했습니다."

"당장 마름쇠를 깔 수 없단 말이오?"

"대감, 걱정하지 마시오. 이윤덕에게 단단히 지키도록 이미 지시해두었습니다."

김명원은 타고난 성품대로 느긋했다. 왜군들이 가장 공격하기 좋은 왕성탄에 철석같이 믿고 있는 이윤덕을 보내놓았기 때문이었다. 그러나 유성룡은 안심할 수 없었다.

"이윤덕만을 의지할 수는 없는 일이오."

"그렇소. 대동강 왜적은 우리 군사보다 곱절이나 많소."

이원익의 말을 받아 유성룡이 말했다.

"우리가 여기 연광정에 다 모여 있을 수만은 없소. 이 공이 왕성탄으로 나가보는 것이 어떻겠소?"

"명령만 하신다면 당연히 나가 힘을 다하겠습니다."

이원익은 즉시 수하의 군관을 데리고 왕성탄으로 갔다. 유성룡은 군사를 거느릴 수 있는 권한은 없었다. 유성룡에게 내려진 선조의 명은 명나라 장수를 접대하는 것뿐이었다. 그러한 역할은 유성룡이 자청한 것이기도 했다. 유성룡은 명나라 원군 없이는 절대로 평양을 방어할 수 없다고 판단했던 것이다.

며칠 뒤, 결국 유성룡은 날이 저물자 평양을 떠났다. 종사관 홍종록과 신경진을 앞세우고 성을 벗어났다. 유성룡은 한밤중에 순안에 도착해서 이양원과 종사관 김정목을 만났다. 그들은 회양에서 오는 길이라며 왜군이 이미 철령에 이르렀다고 알려주었다. 임해군이 먼저 가 있는 함경도는 왜군 대장 가토의 군사가 파죽지세로 올라가 쑥대밭으로 만들어놓고 있었다.

유성룡은 숙천을 지나 안주에 도착하여 유숙한 뒤 다시 선조 일행이 영변을 떠나 박천으로 향했다는 소식을 듣고 달려갔다. 선조 행차는 박천에서 평양성이 함락되었다는 장계를 받고는 급히 떠날 차비를 하고 있었다. 유성룡을 만난 선조가 물었다.

"평양성은 지킬 만한 곳이 아니오?"

유성룡은 자신이 떠난 사이에 평양성이 함락된 줄 모르고 있었다.

"평양 성민들 각오가 단단하여 지킬 수 있을 것 같사옵니다. 그렇다고 전하께서 내버려두어는 안 될 것이옵니다. 한시라도 빨리 명나라 구원병이 가야 할 것 같사옵니다. 신이 여기까지 달려온 것도 명나라 장수를 맞이하기 위해서이옵니다. 아직 구원병이 보이지 않으니 안타까울 뿐이옵니다."

선조는 윤두수가 보낸 장계를 유성룡에게 내밀었다. 평양성을 포기하고 후퇴할 수밖에 없다는 장계였다. 늙은이는 물론 성민들을 모두 성 밖으로 내보냈다는 내용이 쓰여 있었다.

"신이 있을 때까지는 괜찮았습니다. 아마도 왜적의 대병은 강 상류의 얕은 곳을 찾은 뒤 하루 종일 건널 것이옵니다. 늦긴 했 지만 왜적의 도강을 조금이라도 저지하기 위해서는 지금 바로 달려가 마름쇠를 강바닥에 깔아놓아야 하옵니다."

선조는 즉시 승지에게 주변 고을로 가 마름쇠를 모으도록 지 시했다. 왜군 부대가 강을 모두 건너 평양성에 입성한다면 그들 의 북진이 더 빨라져 선조 일행을 더욱 혼란에 빠뜨릴 것이 뻔했 다. 비록 파천 길이지만 승지와 신하들의 독려로 마름쇠 수천 개 가 금세 모아졌다. 선조는 즉시 모아진 마름쇠를 선전관 편에 평 양으로 보냈다.

박천을 지난 행차가 가산으로 가고 있을 때였다. 유성룡은 어 가가 잠시 쉬는 사이에 선조 앞으로 나아가 아뢨다.

"평양 서쪽의 강서, 용강, 증산, 함종 등의 고을에는 곡식도 많 고 백성도 많사옵니다. 만일 적이 가까이 왔다는 소식만 전해져 도 백성들은 이리저리 흩어질 것이옵니다. 신하 한 사람을 보내 어 인심을 달래도록 하옵소서. 그리고 군사를 보내어 평양의 후 방을 지키는 것이 좋겠사옵니다."

설령 평양성이 함락되었다고 하더라도 후방에 방어선이 있어 야 왜군이 쉽게 북진하지 못할 것이기 때문이었다.

"누구를 보내는 것이 좋겠소?"

"병조 정랑 이유징의 계책이 뛰어납니다. 그를 보내소서."

유성룡은 이성중의 아들 이유징을 추천한 뒤 다시 아뢨다.

"신은 더 이상 지체하기 어렵사옵니다. 밤을 새워 달려가 명나라 장수를 만나 구원병을 의논해야겠사옵니다."

유성룡은 어가 곁을 떠나 이유징을 불렀다. 그러고는 선조와 나눈 내용을 알려주었다. 이유징이 깜짝 놀라며 말했다.

"아니, 그곳은 이미 왜적의 소굴인데 저더러 가라는 말씀입니까?"

"나라의 녹을 먹는 자는 어떠한 어려움도 피하지 않는 것이 도리 아닌가? 지금 나라가 바람 앞의 등불과 같은데 끓는 물 속이라도 들어가야 할 이때에 자네가 이 정도 일을 피하려 한단 말인가!"

유성룡은 버럭 화를 냈다. 그러자 이유징은 아무 대꾸도 못 하고 원망하는 기색만 보였다. 이미 해가 서산에 기울고 있었다. 들판에 여남은 명의 군사들이 보였다. 유성룡은 군졸을 시켜 그들을 불러오도록 했다. 들판 길에 서성거리는 모습이 평양성에서 쫓겨 온 군사들 같았기 때문이었다. 짐작한 대로 그들은 원래 의주, 용천 등지의 군사들로 평양의 왕성탄을 지키고자 차출된 관군들이었다.

"어제 적들이 왕성탄을 건넜습니다. 우리 군사들은 모두 도망가고 병사 이윤덕 장수도 도망쳤습니다."

"자세히 일러라."

유성룡은 낯이 익은 한 군관을 지목하여 평양성의 상황을 소상히 들었다. 연광정에 있다가 이원익을 따라서 왕성탄으로 간 군관이었다. 임금에게 알리는 편지를 써서 군관 최윤완을 보낸 유성룡은 말을 재촉하여 북쪽으로 달렸다. 유성룡이 군관에게 들은 이야기는 다음과 같았다.

왜군이 대동강 저편에 십여 개의 진을 친 지 엿새째 되는 날이었다. 김명원은 더 이상 기다릴 수 없었다. 아군의 사기가 곤두박질치고 있었다. 사기를 끌어올릴 수 있는 방법은 선제공격밖에 없었다. 물론 위험 부담이 큰 작전이지만 가만히 앉아서 당하는 것보다 한 번이라도 공격해보고 그다음 일은 하늘에 맡기는 수밖에 없었다.

연광정에서 왜군의 동태를 계속 보고받아온 김명원은 선제공격의 적기를 잡아 윤두수에게 말했다.

"시간은 우리 편이 아니오. 시간을 끌수록 우리 군사는 사기가 떨어지고 적은 사기가 올라가고 있소. 이때 왜적에게 타격을 가해 놈들의 사기를 꺾을 필요가 있소."

"적의 사기가 올라간다니 무슨 말이오?"

"한양에서 여기까지 오느라 지쳐 있었는데 지금은 적들이 충분하게 쉬었다는 뜻이오."

연광정으로 올라온 송언신도 김명원의 말에 동의했다.

"도원수께서 말씀하시듯 우리가 먼저 공격해야겠습니다."

김명원은 밤을 이용해 공격하기로 결심했다. 송언신에게 정예 군사 사백여 명을 선발하도록 지시했다. 군사는 고언백 장수가 이끌도록 했다. 공격 개시선은 능라도였고 공격 시간은 삼경으로 정했다. 작전은 자정 무렵 군사들이 일제히 능라도에서 강을 건너 강 언덕에 진을 친 왜적을 쳐부수는 것이었다. 그러나 캄캄한 밤중에 사백여 명의 군사가 번개처럼 강을 건넌다는 것은 불가능했다. 병선으로 강을 다 건너고 보니 어느새 동이 터오는 꼭두새벽이었다. 왜적들은 아직 잠들어 있었지만 작전상 선제공격군의 노출이 바람직할 리 없었다. 그러나 선봉대 1진은 공격을 시작하지 않을 수 없었다. 잠을 자던 왜적들은 놀라 허둥댔다. 전포를 입기도 전에 발가벗은 채로 칼에 찔리고 목이 잘렸다. 살아서 알몸으로 도망치는 왜군들이 소리쳤다.

"조선군이다!"

"기습이다!"

고함치는 왜군들은 몇 걸음 도망가지 못해서 화살을 맞고 쓰러졌다. 죽은 체하고 있다가 창에 찔려 죽는 왜군도 있었다. 그러나 왜군 진지들에서 뛰어나온 숫자는 선봉대 1진 군사보다 많았다. 선봉대 1진은 재빨리 노획한 말 삼백 필을 몰아 병선에 실었다. 왜군들이 강변으로 몰려오자 병선은 강 가운데로 물러섰다. 선봉대 1진은 왜군의 칼에 죽기보다는 병선을 타려고 강 가운데로 달려들었다가 익사했다. 그 숫자가 자못 많았다. 병선에 탄 장수 하나가 소리쳤다.

"상류로 가면 건널 수 있다! 그쪽으로 가라!"

2진은 병선을 포기하고 강변을 따라 왕성탄으로 달렸다. 왕성탄은 강바닥이 드러나 보일 만큼 얕았다. 2진은 왕성탄을 건넌 뒤 흩어졌다. 왕성탄을 수비하고 있어야 할 군졸들이 보이지 않았다. 왜군을 향해 날아오는 화살 하나 없었다. 왜군들은 마음

놓고 왕성탄을 건너와 도망치는 조선군을 추격했다. 대동강 중류의 조선군은 전열을 재정비하여 왕성탄을 건너온 왜군을 맞아 싸웠다. 특히 장사 임욱경과 민여호는 성곽이 가까운 대동강 강변으로 달려오는 왜군들을 잡아 거꾸로 쥐고 흔들었다가 패대기를 쳤다. 왜군들이 두려워하며 멈칫거렸다. 두 장사가 왜군 십여 명을 맨손으로 쳐 죽였다. 그러나 두 장사는 힘이 다하자 스스로 물에 뛰어들었다. 그들의 시신은 끝내 강물 위로 뜨지 않았다. 연광정에서 보고 있던 김명원이 이를 악물며 애통해했다.

왜군은 아침부터 저녁때까지 왕성탄을 건너왔다. 김억추, 허숙, 이윤덕의 군진이 한꺼번에 무너졌다. 활 한 번 제대로 쏘아 보지 못하고 퇴각했다. 그런데 강을 건너온 왜군들은 평양성으로 단숨에 입성하지 않았다. 수월한 진격을 몹시 의아하게 여겨 모란봉에 올라 하룻밤 동안 성안을 살필 뿐이었다.

윤두수가 울면서 중얼거렸다.

"일이 틀렸다. 이제 산 사람이라도 살아야 한다!"

윤두수는 성문을 열어 성민들이 나가 숨도록 했다. 남은 무기들은 풍월루 연못 가운데에 던져 넣었다. 선조가 평양에 당도할 무렵 식량 부족을 걱정하여 여러 고을에서 모아놓은 양곡이 창고에 십만 섬도 넘었다. 왜군의 수중에 들어갈 거라면 불태워 없앴어야 하는데 미처 생각도 못 했다. 종사관 김신원이 애원했다.

"대감, 안악 등지에 가서 군사와 백성을 불러 모아 다시 계획을 짜면 아니 되겠습니까?"

"소용없네. 이미 성도 지키지 못했고 또 임금의 행차도 따르지 못했으니 무슨 소용이 있겠나."

마침내 윤두수는 보통문으로 나와 순안으로 향했다. 종사관 김신원은 혼자 대동문을 나가 배를 타고 강서로 갔으며, 김명원 역시 마지막으로 성을 버리고 후퇴했다. 평양성은 이렇게 맥없이 함락됐다.

20일, 선조 행차가 가산, 정주, 선천을 지나 용천에 이르렀다. 윤두수가 아뢨다.

"오늘의 행차는 명나라에 가서 하소연하기 위해 빨리 가는 것이오나 다만 갑자기 의주에 이르면 인심이 더욱 놀라 수습할 수 없을 것이옵니다. 지금 적세가 조금 늦추어졌으니 먼저 의주 관원으로 하여금 흩어진 백성을 모으게 하여 행차가 곧 요동으로 건너가지 않는다는 뜻을 알리고 믿게 한 뒤에 천천히 나아가면 멀고 가까운 곳의 백성들이 실망하지 않을 것이옵니다."

3일 후 선조 행차가 의주에 들어갔다. 일행은 동쪽을 향해 통곡하고 서쪽을 향해 네 번 절했다. 용만관에 이르러 목사가 거처하던 곳을 행궁으로 삼았다. 그러나 의주성은 성민들이 다 흩어져 비어 있었고 개나 닭 한 마리조차 보이지 않았다. 산중의 빈 절간 같았다. 선조는 백성들이 외면하는 임금이었다. 그날 호종한 관원 수십 명은 행궁 근처 민가에서 나누어 잤다.

김천일

금성산 산자락과 골짜기를 비구름이 덮고 있었다. 잿빛 비구름은 영산강에 발을 담그고 있는 금성산 남쪽 산봉우리인 재신산까지 내려와 어른거렸다. 이슬비를 또 한 차례 뿌릴 것 같았다. 이슬비는 사흘 내내 나주 들판의 어린 벼들을 자애롭게 어루만지듯 적셔주었다. 모심기가 일찍 끝난 것은 농사꾼들이 관아의 성 쌓기나 해자 파기에 사역을 나가면서도 꼭두새벽마다 모심기를 했기 때문이었다.

나주 동헌에서 피어오르는 연기는 남문 밖에 있는 흥룡 마을에서도 보였다. 재신산 아래에 터를 잡은 흥룡 마을은 낮으로는 마을 사람들이 모두 관아의 사역에 불려 나가서 텅 비다시피 했다. 돌담 사이의 고샅길은 비쩍 마른 개들이 지켰다. 마을에 남은 사람들이라고는 아녀자들과 거동이 불편한 노인뿐이었다.

오래된 기와집은 초가 일색인 마을 가운데 중심을 잡고 있었다. 대숲이 울울한 기와집으로 가는 고샅길에는 최근에 낯선 사람들의 발걸음이 사뭇 잦았다. 경상도를 침략한 왜군 부대가 파죽지세로 북진하여 선조는 황망히 파천 길에 올랐고 뒤이어 한성도 함락됐다는 소문이 돈 뒤부터 더욱 그랬다. 드나드는 사람들은 하나같이 낯빛이 어두웠고 잰걸음이었다. 기와집 사립문 앞 고샅길에 주저앉아 통곡하는 이도 있었다.

지붕 용마루에 풀이 난 기와집은 4년 전 수원 부사로 있다가 파직을 당하고 내려온 김천일의 고향집이었다. 안채는 기와집이었고 헛간과 창고는 초가였다. 대숲 그늘이 창호까지 내려온 데다 날이 흐렸으므로 아침인데도 사랑채는 어둑했다. 김천일은 먹이 묻은 붓을 붓통에 올려놓고 일어났다. 앉은뱅이책상 한쪽에는 세필로 쓴 편지들이 쌓여 있었다. 며칠 전에는 고경명과 함께 의병을 모아 거병하기로 약속했다. 앞으로도 박광옥, 정심, 최경회는 물론이고, 송제민과 양산룡, 양산숙과 임환, 이광주, 서정후 등에게도 편지나 인편으로 자신의 확고한 의지를 알려야 했다. 김천일은 쉰 목소리로 중얼거렸다.

"울어봤자 다 쓸데없는 일이여. 운다고 뭣이 달라져불겄어. 임금께서는 몽진 길에 올라뻐지셨고 나라가 누란의 위기에 처해 있는디. 나서서 의롭게 죽을 디를 찾는 것이 백성의 도리제. 이 마당에 목심을 버리는 거 말고 뭣이 있겄냔 말이여."

사흘 전 통곡할 때 다 쏟아져 나왔는지 눈물은 더 이상 나오지 않았다. 깨물었던 입술은 피멍이 들어 파랬다. 김천일은 사랑방 문을 열고 나왔다. 사흘 동안 식음을 전폐하고 사랑방에만 머물러 있었기에 식구들이 우르르 몰려왔다. 부인과 계집종이 먼저 쫓아와 눈물을 흘렸다. 3일 동안 손님이 왔을 때 술상만 몇 번 받아들였을 뿐 밥상은 모두 물렸던 것이다. 영산강 얕은 여울에 대나무 통발을 넣으러 갔다가 돌아온 사내종은 죄지은 사람처럼 엎드려 고개를 숙였다. 김천일의 퀭한 눈 속에서 섬광 같은 빛이 새어 나왔다. 작은 키에다 볼품없는 체구였지만 김천일의 목소리는 병을 달고 사는 사람 같지 않게 차분하고 결기가 있었다.

"막둥아, 담양 조깐 댕겨와부러야겠다!"

"나리, 비가 올 거 같은디요잉."

"말이랑 도롱이를 챙겨 오그라. 집에서 고 부사의 답신을 기다릴 시간이 읎다."

김천일은 함께 거병하기로 약속한 전 동래 부사 고경명의 답신을 더 이상 앉아서 기다릴 수가 없었다. 당장 고경명이 있는 곳으로 달려가서 그의 말을 들어야 속이 후련할 것 같았다. 타고 갈 말은 수원 부사를 그만둘 때 수원 성민들이 정표로 선물한 종마였고, 도롱이는 작년 겨울에 막둥이가 영산강 어린 갈대 잎으로 엮어서 만든 것이었다.

안채 마당에는 원두막 같은 작은 초막이 있었다. 외조모 신위를 모신 빈소였다. 외조모는 30여 년 전에 돌아가셨지만 김천일은 초막을 없애지 않고 살았다. 출타할 때면 반드시 외조모 신위 앞으로 가서 인사를 하고 집을 나섰다.

김천일에게 외조모는 부모나 다름없었다. 어머니 양성 이 씨는 김천일(아명 사중)을 낳은 지 하루 만에 세상을 떠났고, 여섯 달 후에는 아버지 진사 김언침마저 숨을 거두었으므로 김천일은 갓난아기 때 외갓집으로 보내져서 외조모 손에 자랐다. 그러니 외조모는 천애 고아가 된 김천일에게 부모였다. 김천일은 외조모에게 평생 마음을 다해 효도했다. 외조모가 별세했을 때 김천일은 외조모 봉분이 있는 산중으로 들어가 3년 내내 시묘를 했는데 김천일이 병약해진 것은 그때 풍찬노숙하면서 얻은 골병 때문이었다.

그러나 시묘 중에 얻은 골병은 김천일에게 행운을 가져다주었다. 외조모 시묘의 효행이 널리 알려져 뜻밖에도 벼슬을 천거받기에 이른 것이다. 선조 1년(1568)에 학식과 인품이 탁월한 숨은 선비를 천거하라는 임금의 유지가 내려오자, 나주 목사 한복은 나사침과 함께 김천일을 효행으로 천거하였고, 경연관 유희춘 또한 전라 감사에게 김천일을 추천하였다.

물론 김천일이 효행으로만 천거를 받은 것은 아니었다. 고아나 다름없던 그는 열다섯 살이 되어서야 창평까지 가서 숙부인 참봉 김신침에게 처음으로 글을 배우기 시작했다. 그리고 열여덟 살에 위원 군수 김효량의 딸과 혼인하면서 이듬해, 전라도 태인에서 후학을 지도하고 있던 이항의 문하로 들어가게 되었고 그곳에서 『소학』과 『대학』을 밤낮으로 3년 동안 수학했다.

이후 김천일은 서인 계보에 속했던 스승 이항처럼 과거에 뜻을 두지 않고 은둔하는 도학자의 길을 걸었다. 그런데도 그의 학덕과 명성은 전라도 지역에 자자했다. 유희춘은 김천일을 만나보고는 '의리와 사물을 체득한 것이 명백하니 참으로 익우益友라

할 만하다'고 평하면서 격려했다.

관직에 나아갈 뜻이 전혀 없었던 김천일은 훗날 유희춘이 천거했을 때 칭병稱病하며 도학자로서 자신의 뜻을 굽히지 않았다. 그런 그의 고집을 유희춘은 받아들여주었다. 경연석상에서 선조에게 '김천일이 병으로 벼슬을 감당하지 못할 것이니 대신 약을 내리시고, 지금 작은 관직에 쓰지 마시고 대성하기를 기다렸다가 나중에 중용하시옵소서' 하고 건의했던 것이다.

초막 안에는 외조모 신위가 단정하게 놓여 있었다. 김천일이 외조모 신위를 보고 천천히 엎드려 절을 했다.

"할마니, 담양에 핑 댕겨올라요잉."

김천일이 절하고 일어나자 낡은 멍석 바닥이 삐걱 소리를 냈다. 초막은 식구들이 3년만 빈소로 삼으려고 지었던 것이라, 30여 년 동안 그 자리에 원래 모습대로 있다 보니 멍석 바닥이 낡을 대로 낡아서 곧 주저앉아버릴 것만 같았다. 김천일은 멍석 바닥이 내는 파열음을 그리운 소리로 들었다. 어린 시절 자신을 돌보았던 외조모의 정다운 음성 같았던 것이다.

김천일이 나주성 동문 밖 노안 마을에 이르자 이슬비가 내리기 시작했다. 말고삐를 잡은 막둥이가 목에 걸고 가던 거먹초립을 썼다. 거먹초립은 막둥이가 청엄역의 말먹이꾼으로 있을 때 쓰던 모자였다. 원래는 역졸들이 쓰는 것이었지만 노비인 말먹이꾼들도 만들어 썼다. 김천일은 말안장에 얹힌 갈대 이파리 도롱이를 걸쳤다.

"막둥아, 담양 가는 지름길을 니도 잘 알지야?"

"나주에서 담양까정 겁나게 댕겼지라우."

"비도 온께 싸게싸게 댕겨오자."

"나주 청엄역서 광주 경양역을 거처 담양 덕기역까정 짚세기 짝이 뚫어지도록 왔다리 갔다리 했지라우."

"나도 잘 안다. 얼릉 가불자잉."

광주로 들어가는 초입인 광산에 이르자 이슬비는 는개비로 가늘어졌다가 오는 둥 마는 둥 내리는 안개비로 바뀌었다. 김천일은 진원(장성)에서 흘러온 황룡강과 영산강 지천이 합류하는 곳에서 다리를 건너 광주목 관아 쪽으로 방향을 틀었다. 담양 쪽에서 발원한 영산강은 갑자기 용의 꼬리처럼 강폭이 좁아지고 있었다. 가고 있는 길은 김천일에게 낯익은 길이었다. 한때 담양 부사를 지냈고, 어린 시절엔 숙부에게 글을 배우기 위해 나주에서 광주 무등산이 가까운 창평까지 자주 오갔던 길이다.

김천일은 숙부의 말이 떠올라 잠시 눈을 감았다.

"우리덜은 시방 사는 것이 뻑뻑허지만 조상 대대로 뼈대 있는 가문이었어야. 니는 고려 시중 취자 려자(김취려) 하나부지의 십삼 대손이다잉. 하나부지는 주부 윤자 손자(김윤손)다잉. 니 아부지는 진사 김언침이고 말이여. 이만 허믄 워디에 내놓아도 부끄럽지 않은 집안이어야."

김신침은 김천일이 벼슬길에 올라 반드시 가문을 빛내줄 것이라고 믿었다. 그래서 창평까지 불러 글을 가르쳤다. 김신침이 김효량의 딸과 혼인을 성사시킨 이유도 처가의 도움으로 김천일이 계속 과거 공부를 했으면 하는 바람에서였다. 그러나 김천일은 태인의 이항을 만난 뒤부터는 마음을 바꾸어 과거 응시를 그만두고 도학자가 되기로 작정했다. 도학자는 수신하여 누가 알아주든 말든 성리학의 완벽한 인격자가 되는 것을 학문의 목표로 삼았다. 과거에 응시해 입신양명하는 것과는 거리가 멀었다. 이항 문하에 있을 때 김천일은 좌우명을 정해놓고 수도승처럼 오로지 정진할 뿐이었다.

'남의 잘못을 탓하면 반드시 음화陰禍가 미치고 남의 악함을 들추기를 즐기면 반드시 현앙顯殃에 이른다.'

그런데 김천일은 결국 관직에 나아갔다. 나주 목사와 유희춘의 천거를 거절한 지 5년 만이었다. 그때 그의 나이 서른일곱이었다. 조목, 이지함, 정인홍, 최영경 등과 함께 학행으로 천거되어 관직 생활을 시작했다. 처음에는 군기시 주부에 제수되었고, 이어 그해 가을에는 용인 현감으로 나갔는데 실무에 탁월한 능력을 발휘해 여주 목사 황림, 해주 목사 이린 등과 함께 치적이 양호한 고을로 선정되기도 했다.

선조 8년(1575) 경상도 도사로 있을 때 부모처럼 의지했던 스승 이항이 별세하자 김천일은 사직하고 태인으로 가서 아침저녁으로 곡을 했다.

> 망망한 전통이 떨어졌으니
> 누구를 다시 찾겠는가.
> 실성하고 길이 없어 부르짖으니

피눈물이 흘러 옷깃을 적시네.

동문수학했던 기효간, 변사정 등과 함께 스승의 장례를 치렀다. 묘갈명은 허엽을 통해 노수신에게 부탁했고, 김천일은 동문들과 더불어 스승의 행장을 지었다. 다음 해에는 가재를 털어서 태인에 남고서원을 세워 스승 이항을 배향했다.

선조 11년에 김천일은 사헌부 지평에 복직되었지만 현재賢才를 등용할 것을 주청한 데 대한 아무런 답을 듣지 못하자 병을 핑계 대고 고향집으로 내려가 은둔했다. 이후 순창 군수를 제수받았으나 선비들의 퇴폐를 지적하는 상소가 받아들여지지 않자 2년 만에 또 고향집으로 돌아와버렸다. 그 뒤 선조는 김천일을 담양 부사로 임명했지만 그는 또다시 상소를 올리고는 2년 만에 귀향하고 말았다. 김천일은 상소가 관철되지 않으면 그때마다 벼슬자리를 박차곤 했다. 김천일의 상소는 매섭게 지적하는 직언이 대부분이었다.

선조 20년 남해안에 왜구들이 준동한 정해왜변이 일어나자 김천일은 야인의 신분으로 대응책과 문제점을 지적하는 상소를 올렸다. 또한 왜변을 일으킨 왜가 화의를 요구하자 당시 재상이었던 유성룡에게 방어 계책과 화의를 배격해야 한다는 편지를 보내기도 했다.

이후 김천일은 선조 22년(1589) 오십삼 세 되던 해에 수원 부사를 마지막으로 16년 동안의 관직 생활을 완전히 청산했다. 벼슬아치 생활이 자신의 성정과 맞지 않다는 것을 뼈저리게 깨달아서였다. 특히 수원 부사 재임 중에 탈세한 토호 세력들의 비리를 바로잡기 위해 백성이라면 누구나 법대로 세금을 내야 한다고 밀어붙이다가 어이없이 파직당하는 고초를 겪었던 것이다.

경양역이 있는 마을이 보였다. 초가들은 역을 중심으로 둘로 나뉘어 형성돼 있었다. 하나는 말먹이꾼과 관노 등 노비들이 사는 마을이고, 또 하나는 찰방과 양민들이 사는 마을이었다. 주막은 노비들이 사는 마을 초입에 있었다.

"막둥아, 술 한잔 허고 가야겠다."

"술보담 진지를 드셔야 헌당께요."

"알았다. 니 말대로 한 술 뜨고 가자."

사실 김천일은 중환자처럼 피골이 상접해 있었다. 3일 동안 술기운으로만 버틴 탓이었다. 선조가 파천했다는 소식을 듣고 나서부터 원통하고 분해서 곡기를 끊었던 것이다.

주막은 점심때가 되었는데도 한산했다. 난리가 났으니 지나가는 객이 많을 리 없었다. 국밥을 게걸스럽게 먹고 있는 두 사람은 경양역 역졸인 듯 거먹초립을 쓰고 있었다. 선비 복장의 김천일이 들어서는데도 곁눈조차 주지 않았다. 난리가 난 뒤부터 백성들에게 욕을 먹는 대상이 돼버린 탓이었다. 손가락질을 당하지 않는 것만도 다행이었다. 술청 어멈이 팔을 휘휘 저으며 나와 김천일을 대수롭지 않게 맞아들였다.

"훈장 선상님. 요 자리에 앉아부쇼."

"음마, 무식허게 뭣이라고 한당가. 우리 주인님은 수원 부사를 지내신 나리랑께."

그제야 술청 어멈이 축축한 툇마루를 가리켰던 손을 가슴께로 거둬들였다. 용서를 빌듯 두 손을 앞으로 모으고서는 종종걸음을 치며 안방으로 맞아들이려 했다. 그러나 두 역졸은 꼼짝 않고 국밥을 다 먹어치우고 나서야 일어나 김천일을 째려봤다. 관직을 벗어던진 지 4년째가 된 김천일의 옷차림은 산골 마을 훈장처럼 초라했다.

"호랭이가 읎응께 퇴깽이가 주인 노릇 헐라고 그러네잉."

"우리 나리 앞서 시방 뭐시라고 주뎅이를 놀린다냐?"

막둥이가 팔을 걷어붙이자 김천일이 웃으며 말렸다.

"느그덜 말이 틀린 것은 아니여. 임금님이 한성을 버렸으니 호랭이가 읎는 격이제. 그런디 날 보고 퇴깽이라고 헌 것은 쪼깐 심헌 말인 것 같다."

바짝 마른 김천일을 제압할 듯 다가서던 덩치 큰 역졸이 기세를 누그러뜨렸다. 어정쩡하게 서 있던 역졸이 기어드는 목소리로 말했다.

"나라 망친 것은 벼슬아치덜이 아닌게라우?"

"니 말이 맞다. 그렁께 결자해지라는 말이 있데끼 나라를 살리는 것도 벼슬아치가 해야 되는 것이다. 그것이 벼슬아치의 책임이고 도리다."

막둥이가 나서서 한 역졸에게 대들듯 말했다.

"나도 청엄역서 있어봤는디 니덜맹키로 무식헌 놈덜은 처음이어야. 얼릉 용서를 빌랑께."

한 발짝 물러서 엉거주춤 고개를 숙이고 있던 역졸이 무슨 생각이 떠올랐는지 땅바닥에 엎드려 용서를 빌었다.

"아이고, 부사 나리. 지덜이 나리를 몰라뵀어라우. 자세히 봉께 극념당에서 나리를 뵌 적이 있그만요."

"내 이십 대에 복암강 강가에 지슨 초막이 극념당인디 니가 어찌 아느냐?"

"담양 덕기역서 유희춘 나리님 모시고 거그를 갔습니다요."

"세상이 을매나 쯉은 것이냐. 그러니 언행을 항상 조심허그라잉."

김천일은 술청 어멈을 불러 두 역졸이 먹은 국밥 값을 계산했다. 더불어 술 한 되를 시켜주었다.

"도망 간 선비덜은 니덜을 본받아야 써. 난리 중에도 니덜은 자기 자리를 지켰응께 말이여. 오늘은 술만 사지만 니덜에게 앞으로 좋은 일이 더 있을 것이여. 내가 경양역 찰방을 만나면 야그헐 팅께."

"아이고, 나리, 무자게 고맙그만이라우."

두 역졸이 김천일 등 뒤에서 토방에 엎드려 절했다. 김천일은 안방에 들어 밥 한 술을 뜨다 말고 상념에 잠겼다. 계절로 치면 자신의 이십 대는 배롱나무 꽃이 붉게 핀 봄날이었다. 명종 13년 (1558) 그의 나이 스물둘 되던 해, 스승 이항의 소개로 해서 김인후를 만났을 때의 감격을 그는 잊을 수 없었다. 하서는 스승의 사돈이기도 했고 또한 정철의 스승이었다. 김인후는 김천일과 헤어지면서 '열매[實] 얻은 선비를 남중南中에서 처음 보았네'라고 감탄하며 격려의 시를 지어주었던 것이다. 명종 16년에는 진도에 유배 와 있던 노수진에게 가르침을 받고 싶어 나사율과 함께 배를 타고 찾아갔을 만큼 이십 대의 그는 열정에 차 있었다.

김천일이 복암강 가에 극념당을 지은 것은 이십팔 세 때였다. 극념당은 차츰 호남의 명사들이 찾아와 성리학의 경의經義를 토론하는 자리가 되었다. 박순, 백광훈 등이 찾아와 학문을 토론하고 돌아갔다. 후일 고경명도 들러 극념당의 당호를 되새겼다.

극념당克念堂. 극념은 『서경』 다방편多方篇의 구절에서 극 자와 념 자를 한 자씩 빌려온 말이었다.

'오직 성인도 생각하지 않으면 미치광이가 되고, 미치광이도 능히 생각한다면 성인이 된다[惟聖罔念作狂 能狂克念作聖].'

잠시라도 성인 생각하기를 잊지 말고 항상 자신을 경계하라는 말이었다. 김천일은 고경명과의 인연을 떠올리며 국밥을 삼켰다. 김천일은 네 살 위인 고경명을 늘 '제봉霽峰 성님'으로 불렀고 그렇게 예우했다. 김천일과 고경명의 성격은 정반대였다. 시회詩會와 술자리를 좋아하는 고경명은 감성이 풍부한 데다 느긋했고, 직설적인 김천일은 송곳같이 날카롭고 급류처럼 급했다. 몸집도 크게 달랐다. 고경명이 뚱뚱한 데 비해 김천일은 불이 잘 붙는 마른 장작 같았다.

담양에 이르자 이슬비가 다시 내렸다. 고경명은 추성관에 머물고 있었다. 고향집이 있는 광주 압보촌에서 최근에 담양 추성관으로 옮겨 왔다. 담양 부근에 서인 계열의 지인과 후학들이 많기 때문이었다. 추성관 섬돌 앞에서 김천일이 도롱이를 벗고는 고경명을 불렀다.

"제봉 성님!"

대답이 없자 김천일이 다시 불렀다.

"성님, 건재健齋가 왔당께요."

그제야 고경명이 저고리 옷고름을 추스르며 나왔다. 고경명의 평퍼짐한 얼굴 한쪽이 짓눌린 듯 붉었다. 주름도 깊이 잡혀 있었다. 낮잠이 깊이 들었던 것이 분명했다.

"아이고, 건재 동상 왔능가. 한숨 깜빡 해부렀네. 얼릉 들어오시게."

이슬비가 제법 굵어져 있었다. 추성관 추녀 끝에서 떨어지는 빗방울이 김천일의 어깨를 적셨다. 김천일은 낮잠을 자다 말고 나온 고경명을 보자 은근히 부아가 치밀었다. 하루라도 빨리 거병할 생각은 하지 않고 낮잠을 자다니 괘씸한 생각이 들었다.

칼과 붓

마루에 올라선 김천일은 바로 방으로 들어가지 못했다. 고경
명이 부랴부랴 이부자리를 갰다. 난리가 난 요즘에도 시를 짓는
지 방 안에는 묵향이 가득했다. 종이에 써놓은 시는 먹이 덜 말
라 있었다. 쓰다 만 편지글도 보였다. 낮잠을 자기 전에 주역 점
을 친 흔적도 있었다. 주역에 달통한 문사가 주역 점을 치는 것
은 선비 사회에서 흔한 일이었다. 고경명은 주역 점을 보고 나서
그 내용이 특이할 때는 지인에게 편지를 써 의견을 묻기도 했다.
신묘년(1591) 어느 날에는 점괘가 평소와 달리 괴이하게 나오
자 마음속으로 흠모했던 정탁에게 '내년쯤 우리 가문에 큰 재앙
이 있어서 아마도 저와 아들이 모두 화를 면키 어려울 것 같습니
다'라고 불길한 예감을 적어 보낸 적이 있었다.

"제봉 성님! 시방 잠이 와부요?"

"건재 동상, 으째서 날 잡아묵데끼 쳐다보능가?"

"시방 요로코롬 있을 때가 아니란 말이오."

"나도 아네. 그렇께 고향집에서 추성관으로 왔제. 나는 여그다가 의병청을 설치헐 것이네."

"의병은 은제 모집할라고라우?"

"상황을 보고 있네. 거병을 빈틈읎이 헐라믄 차분허게 심을 써야 허지 않겄능가?"

고경명이 의병청을 설치한다는 말에 김천일은 목소리를 낮추었다. 그 말은 사실인 것 같았다. 그렇지 않다면 고경명이 광주 압보촌에 있는 고향집을 떠나 담양의 추성관에 와 있을 리 없었다. 의병을 모집할 경우, 담양은 물론이고 지척에 있는 옥과나 남원 등은 고경명의 뜻에 동조할 문사들이 많은 고을이었다. 게다가 담양은 고경명이 서른한 살부터 마흔아홉까지 관직에서 물러나 있는 동안 재야 사대부들과 빈번하게 교유했던 곳이었다. 송순, 양산보, 박순, 임억령, 김인후 등은 할아버지 고운과 의리를 함께했던 명현들이었고, 김성원, 정철, 유홍, 양대업 등은 시회를 통하여 고경명의 시적 역량을 한껏 키워준 익우들이었다.

"그란디 문제는 시간이 읎그만이라우."

"으째서?"

"전라도 관찰사가 관군을 해산시켜뻔졌다는 소식을 아적 못들었는갑소잉."

"그 소식이라믄 나도 들어부렀제."

사흘 전, 그러니까 전라 관찰사 이광이 5월 3일 한성을 수복하겠다고 소집한 근왕군 팔천 명이 전주를 떠나 북진하다가 공주에서 갑자기 전주로 돌아섰다. 임금의 행차가 북쪽 지방으로 가서 그 존망存亡을 알 길이 없으니 해산할 수밖에 어찌할 도리가 없다는 것이 근왕군 총수 이광의 말이었다. 의기양양하게 북진의 칼을 빼어 들었다가 슬그머니 거둬들이는 해산의 이유치고는 참으로 군색했다. 일거에 관군의 전의를 꺾어버리는 어이없는 변명이었다. 물론 이광 혼자서 결심한 것은 아닐 터였다. 군사 지식이 풍부한 조방장이나 별장, 부장 등 참모들의 의견을 듣고 나서 결정했겠지만 이순신의 문중인 덕수 이씨 가문에 먹칠한 부끄럽기 짝이 없는 회군이었다.

근왕군 해산의 여파는 컸다. 특히 전라도 민심이 흉흉해지고 관군의 전의가 곤두박질쳤다. 소로에는 고향을 떠나 산중으로 피난 가는 유랑민들이 줄을 이었다. 성을 떠나지 말라는 고을 수령들의 지시가 먹혀들지 않았다. 전라도 근왕군의 북진 소식은 금세 영호남에 퍼져 고을 수령들은 물론이고 난민이 된 백성들에게 실낱같은 희망을 주었는데, 지금 상황은 그 반대로 돌변했다. 엎친 데 덮친 격이었다.

"관군이 저 모양인께 인자 기대헐 곳은 아무 디도 읎어라우. 의기투합허는 사람끼리 떨쳐 일어나야지 벨 방법이 읎당께요. 몬자 관찰사 이광을 쳐서 죄를 바로잡아 기강을 세와분 뒤에 속히 북상하여 한양을 되찾아야지라우."

"관찰사 이광이 군사를 되돌려 해산해분 것은 참말로 큰 죄를 진 것이제. 한번 북진을 했으믄 칼을 뽑아 한강은 넘어가야제. 궁궐 문턱까정 가서 자결해 죽더라도 말이여."

"성님, 고로코롬 죽는 것이 영원히 사는 길이겄지라우."

"몸은 죽더라도 혼은 사는 법이제잉."

"그렁께 당장 이광의 죄를 묻고 거병해서 올라가붑시다요."

고경명은 잠시 침묵했다. 재야의 선비가 관찰사의 죄를 묻는 다는 것은 반란 중에나 가능한 일이었다. 난리 중이라도 관찰사를 벌하는 것은 어디까지나 어명이 있어야 했다. 고경명이 무겁게 입을 열었다.

"우리덜이 이광의 죄를 묻는다는 것이 가능허겄는가? 들리는 소문으로는 관찰사가 또다시 군사를 일으키려고 헌다니께 지달려보는 것이 으쩌겄는가?"

"군사를 또 모병한다고라우?"

"이번에는 삼도에서 군사를 모아 북진헐 모냥이여."

"전라도, 갱상도, 충청도까정 삼도 군사를 모병헌다고라우?"

"그렁께 쪼깐 지달려보세. 우리덜이 관찰사를 흔들어뻔지믄 그 사람의 영이 땅에 떨어져 관민덜이 돌아서지 않을까 걱정되네."

"성님은 시방 관찰사 입장에서 말씸허시는그만요."

"아따, 건재 동상허고는 관찰사가 친척간인 것으로 아는디 잘 유도해서 권위를 회복허게 허는 것도 좋은 일이 아니겄는가?"

"그래도 공사는 분명혀야 허겄지라우. 우리덜이 관찰사의 책임을 묻지 못헌다믄 임금님께서 바로 선전관을 보내 벌해야 쓰겄지라우."

김천일은 고경명의 말에 이광의 죄를 먼저 묻자는 주장을 거둬들였다. 이광이 또다시 거병을 한다니 일단 지켜봐야 할 것 같았다.

"한성이 함락되얐고 임금님께서 피난을 가셨다고 허니 거병은 촌각을 다투는 일이 돼부렀지라우잉. 그란디 제봉 성님은 이러고만 있을라요?"

"시간을 쪼깐 주게나. 내가 거병을 신중히 생각헐 수밖에 읎는 까닭은 붓만 잡아온 선비로서 수많은 사람덜의 목심을 책임져야 허기 때문일세."

"헐 수 읎그만요. 성님과 함께 거병허자고 헌 약속은 여그서 깨부러야겄소. 나는 작은 군사를 모아서라도 올라가야 쓰겄소."

고경명은 김천일의 고집을 꺾지 못했다. 그는 고집스러운 성격대로 단독으로 거병해서 북진하고야 말 터였다. 고경명은 극념당에서 김천일과 교유했던 시절이 떠올랐다. 김천일의 신변이 걱정되지 않을 수 없었다.

"건재는 칼을 잡아봤능가?"

"이때를 준비허고 있었지라우."

"말 타고 활을 쏴봤능가? 칼도 휘둘러봤고?"

"정해왜변 후부텀 왜침을 대비허고 있었당께요."

김천일이 퉁명스럽게 대꾸했다. 왜구들이 남해안에 출몰하여 노략질을 해대니 그 피해가 크고 또한 침범의 횟수도 빈번해지므로 무예를 연마했다는 대답이었다. 고경명은 내심 놀랐다. 오십이 넘은 노구로 달리는 말에서 화살을 쏘고 칼을 휘두르는 무예를 연마했다는 것이 믿어지지 않았다. 반면에 국난을 앞두고 김천일 같은 문사가 과연 몇 명이나 될까 싶었다. 그러고 보니 김천일이 거병을 재촉하는 것은 군사 지식을 습득하고 무예를 연마한 선비로서 자신감의 발로 같았다.

"건재 동상 뜻대로 몬자 거병허시게. 사람덜이 다 아는 거지만 나와 나의 아들덜은 군사 방략을 배운 적이 읎어 모른다네. 다만 나의 충의로써 인심을 격동시키어 모을 수 있는 한 많이 모병하여 나도 반다시 출정헐 것이네."

두 사람은 서로의 입장을 이해하고 함께 거병하기로 한 약속을 취소했다. 각자 독자적으로 거병하되 서로 신의는 저버리지 말자고 다짐했다. 김천일은 방을 나서다 말고 추성관 방벽에 붙은 부적 같은 글을 주시했다. 고경명의 압보촌 고향집에서 보았던 바로 그 시였다.

> 돌아가신 어머님 꿈속에서 뵈었건만
> 흐느껴 울면서 꾸지람만 들었구나.
> 또렷하게 새긴 경敬 자 뼈아프게 생각하며
> 평생 동안 맹세코 자신을 속이지 않겠습니다.
> 夢見慈顔涕泣隨
> 指天行義戒無虧
> 分明敬字銘肥骨
> 誓死從今不自欺

고경명의 고향집 사랑방 문 위에 경재敬齋라는 패가 걸려 있었는데 추성관 방벽에도 경재라는 글씨가 경자시敬字詩 위에 붙어 있었다. 경재란 '삼가 조심하는 집'이라는 뜻이었다. 서른한 살때 실수하여 관직을 박탈당한 뒤 무려 19년 동안이나 고향집에 내려와 야인으로 지냈으니 고경명에게 '삼가 조심한다'라는 경敬자는 골수에 사무칠 만도 했다. 꿈속에서조차 칼로 자신의 손등에 경 자를 새기며 눈물을 흘렸던 것이다.

김천일은 고경명이 내미는 손을 잡았다. 평생 경 자를 뼈아프게 새기고 다니는 고경명의 신중한 태도를 이해하지 못할 것도 없었다.

"성님, 인자 어느 날에 만날지 모르겄소잉."

"나라 지키는 일에 내가 몬자 갈지 동상이 몬자 갈지 으떤 구신이 알겄능가? 허지만 저승에서도 만나게 된다믄 을매나 기쁘겄능가? 그렇께 이승에서 잠시 헤어진다고 섭섭허게만 생각헐 일은 아니네."

"공자님께서 '벗이 있어 멀리서 찾아오니 또한 기쁘지 아니한가[有朋自遠方來 不亦樂乎]'라고 했지라우. 저승에서 만날 우리딜을 두고 헌 말씸 같그만이라우."

"틀림읎네그려. 하하하."

이슬비가 여전히 내리고 있었다. 김천일은 섬돌을 내려서면서 도롱이를 걸치고 삿갓을 썼다. 막둥이가 벌써 말을 데리고 와 고삐를 잡고 있었다. 김천일은 뒤도 돌아보지 않고 추성관을 나섰다. 김천일은 삿갓 속에서 몰래 눈물을 훔쳤다. 고경명과 마지막이라는 아득한 예감이 들었다. 저승에서 만나자는 이야기를 미리 하고 헤어지다니 기가 막혔다. 고경명은 김천일이 사라져 보이지 않을 때까지 추성관 마루 끝에 서서 비구름에 덮인 북녘의 추월산 산자락을 응시했다.

고경명은 방으로 들어와 '삼가 조심한다'는 뜻의 경 자를 새삼 되새겼다. 서른한 살에 관직을 파직당하고 고향집에 내려온 지 2년 만에 그는 어머니 꿈을 꾸었다. 꿈속에서 고경명이 어머니 묘소를 참배하는데 홀연 어머니가 나타나 그를 보고 흐느끼며 말했다.

"니는 으째서 몸을 삼가지 않았다냐? 장차 하늘이 내리는 꾸지럼을 면할 수 읎을 것인디 으째야 쓰까."

고경명도 따라 눈물을 흘리면서 말했다.

"엄니 영靈으로 하늘에 기도하여 죄를 면할 수 읎겄습니까요?"

"기도헌다고 지은 죄를 면할 수 있다믄 을매나 좋겄냐."

고경명이 소리 내어 울면서 애원하자 그제야 어머니가 기도하겠다고 허락했다. 이에 고경명은 평생 더는 죄를 짓지 않겠다고 맹세하고는 칼로 자신의 손등에 경 자를 또렷하게 새겼다. 그러고는 두려운 마음으로 꿈에서 깨어났다. 명종 20년 그의 나이 서른세 살, 7월 27일 밤이었다. 이후, 고경명은 예순이 된 지금까지도 자신의 손등에 새긴 경 자를 잊지 못했다. 그날의 꿈이 너무 생생하여 결코 잊을 수 없었다.

나주로 돌아온 김천일은 장졸들을 규합했다. 단 며칠 만에 참모 장수로 나설 사람들이 서른 명이나 달려왔다. 송제민, 양산룡, 무술과 수영에 능한 양산숙, 절도사 진의 아들인 임환, 이광주, 서정후 등이 김천일 집으로 모였다. 열여섯 명이 나주 사람이고 여섯 명은 남평 사람으로 대부분이 나주권 인사들이었다. 나머지 여덟 명은 남원, 순창, 곡성, 영암, 무안, 장흥, 능주, 광주에서 온 사람들이었다.

군사를 자원한 양민 수십 명도 한꺼번에 흥룡 마을로 찾아왔다. 부로와 장정들의 숙소가 필요했다. 참모들은 김천일의 집에서 기거하고 의병을 자원한 양민들은 마을의 집들을 임시 막사처럼 사용했다. 군량미는 김천일의 외가에서 실어 오고 참모들도 각지를 돌며 조달했다. 마을은 군사가 주둔하는 진 같았다.

의병이 된 양민들은 아침 일찍 김천일의 대밭으로 들어가 죽창을 만들었다. 낮에는 양산숙에게 군사 훈련을 받았다. 의병들은 창을 다루는 방법을 주로 익혔고 적군과 아군으로 나누어 공격과 방어 훈련까지도 했다. 의병의 숫자는 점점 불어나 삼백여 명이나 되었다. 그중에는 나발을 불고 징과 꽹과리를 치는 사람, 소나 돼지를 잡는 백정도 있었다. 군교 출신의 참모가 김천일에게 건의했다.

"훈련 쪼깐 받더니 언능 한판 붙어뻔지자고 야단이그만요."

"쌈은 맴이 아니라 몸으로 허는 벱이여. 몸을 더 성건지게 맹글어놔야 헐 것이여."

"군량미도 문제그만이라우. 의병덜이 멧되야지멩키로 사정읎이 묵어뻔져라우."

"고런 것은 걱정허지 말어. 군사란 배고프면 지는 것이여. 잘 묵어야 사기가 올라가는 법이랑께."

의병 선봉대는 타지에서 들어온 관군 출신으로 짜여졌다. 선봉대는 의병청이 설치된 금성관으로 가서 나주목 군교에게 훈련을 받았다. 금성관은 임금에게 망궐례를 지내는 나주목의 객사로 1477년 목사 이유인이 중창한 건물이었다.

5월 16일. 김천일은 삼백여 명의 장졸들을 거느리고 나주성을 향했다. 막둥이가 애지중지 꼴을 먹이던 황소 한 마리도 끌고 갔다. 흥룡 마을에서는 남문까지는 가까운 거리였다. 각 부대의 기수가 든 깃발들이 남문까지 이어졌다. 김천일은 노란 대장기를 든 기수 뒤에서 의병대를 진두지휘했다. 평생 병마에 시달려온 심신이 이상할 정도로 가뿐했다. 의병들이 마상의 김천일을 향해 환호하면서 죽창으로 하늘을 찔러댔다. 김천일은 뿌듯한 마음으로 속으로 중얼거렸다.

'나라를 지키는 것은 니덜의 칼이나 창이제 선비덜의 붓이 아니여.'

금성관 뜰은 의병들로 빼곡히 들어찼다. 막둥이가 끌고 온 황소도 큰 눈을 껌벅거리며 꼬리를 휘휘 저었다. 김천일은 참모 장수들만 데리고 객사 안으로 들어가 먼저 향을 피웠다. 그러고는 참모들과 함께 궐패를 향해 네 번 절을 올렸다. 참모들은 일어나 무릎을 꿇었지만 김천일은 한동안 객사 마룻바닥에 이마를 대고 있었다.

'임금님께서 몽진 길에 오르셨으니 어찌 원통허고 분허지 않것사옵니까. 신하로서 불충한 맴이 한없이 클 뿐이니 하루빨리 북진해서 한성을 되찾겠사옵니다. 신은 구차히 살기를 바라지 않는 바 임금님을 위해 붓을 던져불고 칼을 들었사옵니다. 이제 충의로써 죽을 자리를 찾았으니 뭣이 두렵겠사옵니까.'

객사를 나온 김천일은 양산숙을 불러 사발 서른 개를 가져오라고 시켰다. 양산숙이 자리를 물러나자 이번에는 큰아들 김상건을 불렀다.

"상건아, 황소를 잡아야겠다. 그렁께 백정을 데려오거라."

"네, 아버님."

"인자 나는 니 아부지가 아니다. 나주 의병군 의병장이다."

"앞으로는 고로코롬 부르겠습니다."

김천일은 양산숙이 가져온 분청 사발 서른 개를 장수들 앞에 놓도록 지시했다. 그런 뒤 백정을 시켜 황소를 잡게 했다. 이백칠십여 명의 의병들이 일제히 백정을 주시했다. 황소는 백정이 고삐를 잡아끌자 끌려가지 않으려고 잠시 버티다가 백정의 눈과 마주치고는 움머움머 하고 구슬프게 울었다. 백정이 재빠르게 긴 헝겊으로 황소의 눈을 가렸다. 황소가 입가에 거품을 흘리며 발굽으로 거칠게 땅을 찼다. 도끼를 든 백정이 고삐를 강하게 낚아채자 황소는 체념한 듯 다시 순해지더니 된똥을 싸기 시작했다. 된똥이 한 무더기나 쏟아졌다. 짐승도 죽기 전에 배 속을 비우는 모양이었다.

백정이 때를 놓치지 않고 황소의 정수리에 도끼를 내리쳤다. 단 한 번의 도끼질이었다. 황소가 쿵 하고 땅바닥에 쓰러졌다. 의병들이 일제히 왜적을 무찌른 듯 함성을 질렀다. 그러나 막둥이는 객사 뒤로 돌아가 벽에 머리를 박고 꺼이꺼이 울었다. 백정은 짬을 두지 않았다. 익숙하고도 민첩한 동작으로 허리춤에서 칼을 꺼내 쓰러진 황소의 목에 찔러 넣었다. 황소의 목에서 피가 솟구쳤다. 누군가가 동이를 가져와 피를 받았다. 한 동이에 넘치자 또 다른 동이를 가져와 받았다.

"여그 놓인 사발에 피를 따라부러라!"

"네, 의병장님."

큰아들 김상건이 서른 개의 사발에 황소 피를 따랐다. 서른 명의 참모 장수들이 황소 피를 단숨에 마시고 나자 김천일이 외쳤다.

"이 피를 마신 우리덜 임무는 오직 무도헌 왜적을 무찌르고 임금님을 다시 한성으로 모시는 것이여. 비록 왜적이 한성을 무너뜨렸다고 헌들 우리덜 의병이 뒤에서 쫓아가고 있으니 이겼다고 헐 수 읎을 것이 아닌가. 최후의 승자는 우리덜 의병이란 말이여. 우리덜은 호남 최초로 거병한 의병이란 자부심을 잊지 말 것이여. 오늘 우리덜이 떨쳐 일어나니 무도헌 왜적덜은 단 한 사람도 살아남지 못헐 것이여. 인자 왜적덜은 돌아가지 못허는 구신일 뿐이여."

목숨을 내놓기로 맹세한 서른 명 참모 장수들의 빈 사발이 한데 모아져 상자에 담아졌다. 황소는 살과 뼈를 발라 의병 선임자들이 나누어 가지고 돌아갔다.

"출정은 며칠 안으로 헐 것이다."

"군량과 군마, 병기덜을 더 갖추어야 허니 적어도 보름은 늦춰야겄지라우."

"군량미는 내 외숙이 대주기로 했응께 지달려보게."

김천일의 외숙 이광익이 이미 군량미 수천 석을 보내주기로 약속한 바 있었다. 김천일은 나덕양, 양산룡 등을 운량사運糧使로 삼아 이광익의 창고에서 군량미를 운반해 오게 하였다. 김태명 등에게는 호남의 각 지역 선비들에게 모의곡募義穀을 조달해 오라고 지시했다.

출병

김천일은 뜬눈으로 밤을 샜다. 간밤 삼경까지 참모 장수들과 회의를 하고 잠자리에 들었지만 금성관 창호에 꼭두새벽의 푸른 빛이 어릴 때까지 눈을 감은 채 뒤척거렸다. 신경이 예민해진 탓인지 숲에서 후이후이 우는 휘파람새 소리가 가슴을 파고들었다. 영산강 나루터에서 사공이 부는 피리 소리가 애처롭게 들려왔다. 강 건너 주막에 묵고 있는 길손을 부르는 피리 소리였다. 김천일은 일어나자마자 칼을 쥐었다. 두 달 전부터 붓 대신 칼을 잡곤 했다.

금성관 뜰은 안개가 자욱했다. 짙은 안개 속에서 웅성거리는 소리가 났다. 장수가 의병들을 점호하는 소리였다. 잠시 후에는 모닥불이 피어올랐다. 김천일은 객사로 들어가 향에 불을 붙여 향로에 꽂았다. 궐패 앞에서 네 번 절했다. 이번에는 참모 장수들을 부르지 않았다. 보름 전 삼백여 명의 장졸들이 거병하는 날

망궐례를 치렀기 때문이었다.

김천일이 객사 문을 막 나서려는데 양산숙이 절룩거리는 한 사내를 데리고 왔다. 젊고 건장한 장정이 필요한 마당에 불구자로 보이는 사내를 데리고 오다니 이상한 일이었다.

"맹주님을 뵙겠다고 해서 델꼬 왔습니다요."

"으디서 온 누구여?"

"겡상도 의령에서 온 신광이라 합니더."

신광의 나이는 서른두 살의 양산숙과 엇비슷해 보였다.

"의령이라믄 진주와 같이 남강이 흐르는 디가 아니여? 근디 무신 일로 나를 만나러 왔능가?"

"비록 지 다리 하나가 부상을 당해가꼬 불편하기는 하지만 말입니더, 받아주신다믄 왜놈들허고 싸우다가 죽겠십니데이."

신광은 경상도 토박이인 듯 그쪽 사투리를 투박하게 쓰고 있었다. 김천일은 사내의 사투리가 정겹기도 하고 그에 대한 호기심도 생겨 묵고 있는 방으로 불러들였다. 십오륙 년 전, 진주의 경상 감영에서 잠시 도사都事로 재임했던 때가 떠올라 친밀감을 느꼈던 것이다. 그의 나이 사십 대 때였다.

"부상당헌 다리로 어처코롬 싸운단 말이여?"

"지는 원래 곽재우 대장님 밑에서 왜놈들과 대적하다가 고마 다리 하나를 다쳐 이케 돼삐릿십니더. 허나 안즉 성한 다리가 더 남아 있십니더."

신광이 잠방이를 걷어 썩고 있는 다리를 보여주었다. 총상을 입은 무릎 아래쪽의 정강이에서는 고름이 누렇게 흐르고 살이 호두알만 하게 패어 있었다. 문드러진 살과 고름 사이로 언뜻 흰 뼈가 보였다.

"중상인디 내가 의원을 소개해줄 틴께 치료를 몬자 받아야 쓰 겄네."

"총알은 장단지 쪽으로 빠져나갔십니다. 허지만 우짠 일인지 나주로 오는 동안 더욱 고약한 냄시가 났십니다."

"여그보다 진주에서 치료를 받아불지 그랬는가? 이짝으로 오 는 동안 쬐끔 심해져부렀그만. 치료는 때를 놓치지 말어야 허는 벱이여."

"지는 죽더라도 조상님들 혼백이 서린 곳을 지키다가 죽을라 고 왔십니다."

신광은 조부인 신숙주를 염두에 두고 말한 것이었다. 고령 신 씨 일부가 나주 옹기촌 옆에 정착한 것은 신숙주 때였다. 신숙주 의 부친이 금성산 금안 마을에 사는 압해 정씨 집안의 딸과 결혼 했고 신숙주는 외가인 금안 마을에서 태어나 어린 시절을 보냈 던 것이다.

"근디 자네는 잘못 와부렀네. 나주에는 인자 고령 신씨덜이 읎당께."

"지도 숙자 주자 조상님 때에 모두 한양으로 이사해삐린 거를 알고 있십니다."

그래도 신광이 나주로 온 것은 그가 꾼 꿈 때문이었다. 창녕에 서 왜군의 총알을 맞고 혼절해 있다가 깨어나기 직전에 꿈을 꾸 었는데, 조부가 나타나 나주로 가면 살길이 보일 것이라고 했던 것이다.

"성치 않은 몸뗑이로 의병청을 찾아온 충의가 대견허그만. 근디 나는 자네를 받아줄 수 읎응께 그리 알고 돌아가게."

"지가 전장에 나가 싸우지는 몬한다 캐도 의병장님을 도울 방법은 얼마든지 있십니데이."

"그게 뭣인디?"

"곽재우 대장님의 신출귀몰허는 방책을 말씀드릴 낍니더."

신광을 데리고 온 양산숙이 참지 못했다.

"얼릉 야그해뻔지쑈잉."

곽재우는 임란이 일어난 직후 조선 땅에서 최초로 의병을 일으킨 유생이었다. 그러나 의병의 성격은 전라도와 달랐다. 곽재우가 모집한 의병은 자기 고을로 쳐들어온 왜군과 싸워 물리치기 위해 거병한, 이른바 향보의병鄕保義兵이었다. 반면에 전라도 초기 의병은 왜군의 침략을 받지 않은 상황에서 한양 수복이나 왕의 호위를 위해 거병하였기 때문에 근왕의병勤王義兵이라 불렸다.

곽재우. 자는 계수季綏이며 본관은 현풍. 의령에서 살았는데 나이 마흔이 넘자 과거 응시를 단념한 호걸스럽고 의협심이 많은 인물이었다. 어린 시절에 조식 문하에서 공부했으며 조식의 외손녀를 부인으로 맞았다. 그는 진주에서 의령을 휘감고 지나는 남강에서 낚시질로 소일하곤 했다. 낚시를 하면서 과거 낙방의 한을 달래고 있던 무렵이었다. 부산포로 침략한 왜군이 며칠 만에 김해, 창녕, 현풍, 영산, 삼가, 합천, 고령, 성주 등 경상우도의 성들을 무너뜨렸다. 낙동강을 넘어 서진하면 바로 남강이 흐르는 의령이고 진주였다. 곽재우는 이때를 기다렸다는 듯 낚시를 던져버리고 여러 고을의 젊은 장정과 양민들을 모아놓고 외쳤다.

"왜적이 이미 가찹게 다가왔데이. 우리가 나서지 몬하면 부모 처자는 왜적의 포로가 될 끼다. 우리들이 나서서 정암 나루만 지킨다 카믄 의령, 진주 등 경상우도는 무사하지 않겠노? 왜적은 낙동강을 지나 남강을 타고 들어올 끼다. 우리 고을이 위험하데이. 우짜노? 가만히 앉아서 죽을 수는 없데이."

선조 25년 4월 27일의 일이었다. 의령 관아의 군교로 있던 신광도 그 자리에 있었다. 곽재우는 의령의 수로 관문인 정암 나루만 방어하면 의령과 진주는 무사할 것이라고 판단했다. 곽재우는 가재를 처분하여 군사를 모집했고, 신광은 즉시 의령 관아를 떠나 곽재우 수하로 들어갔다. 고을을 떠돌며 다니는 장돌뱅이들도 모여들었다. 군사가 입을 옷이 부족하자 곽재우는 처자식의 옷까지 꺼내 왔다. 심대승 등 오십 명의 장사가 모아지자 의령, 초계의 창고에 있는 곡식을 가져오게 하였고 거름강에 버려져 있는 배를 끌어와 세미稅米를 퍼냈다. 먹을 것이 풍부해지니 군사들이 곽재우 의병군을 떠나지 않았다.

그러나 합천 군수 전현룡이 곽재우를 도적이라고 비난하며 행재소에 상소를 올렸다. 이 상소로 군사가 흩어질 뻔했지만 경상우도 초유사인 김성일의 무마로 위기를 넘겼다.

"곽 장군님은 말을 엄청 잘 탔습니데이."

곽재우는 왜군과 싸울 때는 항상 붉은 비단으로 된 전포를 입고 말 등에 천강홍의대장군天降紅衣大將軍이란 깃발을 달고 달렸다. 일개 고을의 장수가 아니라 하늘이 내린 붉은 전포의 대장군이라는 뜻으로 왜군 부대장들에게 겁을 주었다. 숨지 않고 적진에 번개처럼 나타났다가 사라지곤 했으므로 왜적들이 두려움에 떨었다.

"그카면서도 곽 장군님은 척후병을 백 리 밖에 두어 적정을 늘 살폈십니더. 또한 위장 전술에 능했십니데이."

"으떤 위장 전술이 통해불던가?"

"당상관의 벌건 옷을 입은 것도 왜적에게 겁줄라꼬 그런 기였고예, 적이 멀리 있을 때는 꽹과리와 북을 시끄럽게 쳐서 적의 진군을 주춤거리게 하고, 밤에는 적이 있는 부근의 산으로 올라가 다섯 가지로 된 횃불을 들고 밤새도록 함성을 지르니 적들은 우리 군사가 겁나게 많은 줄 알고 도망치기에 바빴십니더."

"또 다른 전술은 뭣이 있능가?"

"날랜 군사를 뽑아 요해처에 숨겨두었다가 적이 나타나면 공격하는 매복 전술도 여러 번 봤십니더. 또 위장 전술과 매복 전술을 함께 쓸 때도 있었십니데이."

"유생 출신인 곽 대장의 전술이 무인보다 결코 못할 것이 읎구나!"

김천일이 신광의 이야기에 감탄했다. 위장 전술과 매복 전술을 혼합한 전술은 군사의 숫자가 적은 의병에게는 참고할 만했다. 곽재우는 태평소를 다룰 줄 아는 사람들에게 붉은 옷을 입혀 여러 산봉우리로 올려 보내 왜군이 나타나면 일시에 태평소를 불게 했다. 우리 군사가 어느 산에 있는지 알 수 없도록 혼란을 일으키게 하는 위장 전술이었다. 왜군 부대가 공격 방향을 잡지 못하고 진퇴양난에 빠지면 즉시 뒤에서 숨어 있던 의병군이 기습하는 매복 전술을 폈던 것이다.

김성일도 곽재우의 전공을 높이 평가했다. 삼가三嘉 고을의 관군을 곽재우 의병군에 예속시켜주었다. 이에 윤탁을 대장으로 삼고, 전 부사 오윤을 강제 모병하는 소모관김募官으로 삼으니 곽재우 부대는 경상 감영의 관군을 압도하는 의병군이 되었다. 고을의 부자들도 군량미를 대고 소를 잡아 보내는 등 힘을 보탰다. 곽재우 의병군의 사기가 더욱 충천했다. 곽재우는 곧 의령, 삼가, 합천 등 세 고을을 수복했고 농사꾼들은 평시와 같이 농사를 지을 수 있었다. 또한 왜군에 부역한 영산 사람 공위겸이 한양에서 내려와 집에 있으면서 사람들에게 자신이 경주 부윤이나 적어도 밀양 부사는 할 것이라고 공공연히 떠들어대므로 몰래 장사를 보내 붙잡아다 베어 죽이는 민첩한 과단성을 보여주었다.

경상우도를 침략한 왜군이 거의 물러가자 곽재우는 정암 나루에 진을 치고 남강 수비에 들어갔다. 이후 왜군은 영산, 창녕에서 거름강을 건너지 못했던 바 곽재우의 위엄이 경상 감사를 능가했다.

김천일은 신광의 손을 잡았다.

"자네가 여그 온 까닭을 이제사 알겠네. 나헌티 곽재우 대장의 전술을 알으켜줄라고 여그 왔그만."

"뿐만 아닙니더. 또 있십니데이."

"무신 야근디 또 있다고 허능가?"

"왜적과 싸워서 이길라 카믄 관군과 의병 장수가 힘을 합쳐야 허지 않겠십니꺼? 우짠 일인지 그기 안 된다, 아입니꺼."

"곽 장군 야근가?"

"지는 눈으로 본 거만 얘기허고 있십니더."

신광은 경상 감사 김수와 의병장 곽재우가 심각하게 갈등했던 이야기를 했다. 김수가 왜변이 났을 때 전라도로 피신한 일이 있었는데, 그때 곽재우가 자신의 군사를 데리고 가서 김수를 처벌하려 했으나 초유사 김성일이 준엄하게 꾸짖으며 막았던 사건이었다. 할 수 없이 곽재우는 격서에 일곱 가지 죄를 지적하여 산음(산청) 관아에 머물고 있는 김수에게 보냈다. 격서 끝에 '나는 장차 감사의 머리를 베어 귀신과 사람들의 분함을 풀 것이다'라는 극언까지 덧붙였다.

김수는 분기탱천했다. 군관 김경눌 편에 '너야말로 감사의 허락 없이 관의 곡식과 세미를 탈취한 도적이 아니고 무엇이냐'라고 쓴 격서를 보내 곽재우를 나무랐다. 곽재우는 진주로 가던 중에 김수의 격서를 받고는 말 등에 기대어 '의사와 도적의 구분은 하늘과 땅이 알고, 옳고 그른 것의 판단에는 공론公論이 있다'라고 회답을 했다.

이후에도 김수와 곽재우는 행재소에 상소를 올려 서로 상대의 허물을 들추어냈다. 어찌 보면 두 사람 모두 각자의 분수를 넘고 있었다. 김수는 평소에 지시하는 일마다 처리가 조급하고 각박하여 고을 선비와 양민들에게 인심을 잃더니 왜변이 터지자 전라도로 피신한 허물이 컸고, 곽재우는 의병의 세력이 커진 이후로 격한 마음이 앞서 법도를 따르지 않는 일이 잦았다.

김수가 소환되자 경상 감사 자리를 김성일이 맡았다. 그러자 곽재우는 또 김수를 베어 죽여야 한다는 상소를 올렸다. 신광은 행재소의 일까지 소상히 알고 있었다. 김성일이 정암 나루로 곽재우를 찾아와 행재소에서 오간 이야기를 했다는 것이다.

선조는 곽재우의 상소를 보고는 대뜸 화를 냈는데, 이는 '곽재우가 의심스럽다'는 경상 병사 조대곤의 상소와 '육지의 도적이다'라는 합천 군수 전현룡의 상소를 보았기 때문이었다. 물론 삼가 고을의 진사 윤언례를 위시한 유생들이 '곽재우가 무고를 당하고 있다'는 통문을 돌리기도 했지만 그 내용이 선조의 귀에 들어갈 리 없었다.

'이 사람이 함부로 감사를 죽이고자 하니 도적이 아니고 무엇인가? 없애버리지 않으면 후회할 일이 있을까 염려된다.'

그러나 곽재우 의병군이 현풍, 창녕, 영산의 왜군을 물리쳤다는 사실과 낙동강에서 빼앗은 왜군 배에서 궁궐의 보물인 태조의 신을 찾아 즉시 김성일에게 보냈다는 소식을 들은 윤두수가 말렸다.

'그 사람 하는 짓은 미친 아이와 같사옵니다. 그러나 군사를 거느리고 적을 베어 능히 향리를 보전하였으며 동서로 쫓아다니면서 달려가 백성들을 구원하였고, 험난한 것을 회피하지 않고 스스로 의사義士라 하고 싸우고 있사옵니다. 오늘의 상소도 또한 반드시 의기가 격동되어 스스로 죽을죄에 빠지는 것을 알지 못할 것이옵니다. 총칼이 어수선한 날에 어찌 예법으로써 책할 수 있겠습니까.'

김천일은 신광의 얘기를 끝까지 듣고 나더니 무릎을 치며 말했다.

"나는 곽 대장을 이해허겄네. 왜적을 보고 피신헌 김수를 으째서 죄를 묻고 벌을 주지 안해뻔진단 말잉가?"

"곽 장군님은 김성일 감사와 윤두수 대감이 아니었더라면 목숨이 날아갔을 낍니더. 그러나 지가 드리고 싶은 얘기는 관이든 민이든 다 나라의 법도를 지켜야 충의가 더 빛이 난다는 겁니더."

"알겠네. 아침 일찍 자네는 나에게 장수로서 지켜야 헐 도리를 일깨워주었네."

김천일은 크게 고개를 끄덕였다. 충의만 앞세워 대의를 어긋나게 해서는 안 된다는 자각이 들었다. 양산숙도 신광이 왜 아침 일찍 찾아와 김천일을 만나고자 했는지 이해했다. 무술에 조예가 깊은 양산숙으로서는 군사 전술이야 늘 공부해서 익숙한 이야기였지만, 그의 귀를 번쩍 뜨이게 한 것은 관과 갈등해서 곽재우가 죽을 뻔했던 부분이었다. 김천일도 어찌 보면 곽재우와 같은 갈등을 빚을 뻔한 의병장이었다. 전라 감사 이광이 공주에서 회군했을 때 그의 죄를 묻자고 했던 사람이 바로 김천일이기 때문이었다.

김천일은 찾아온 신광이 고마워 양산숙에게 지시했다.

"산숙이가 의원에게 델꼬 가 봐줘야 쓰것다."

"예, 의원이 용한께 얼릉 다리가 성해질 것입니다요."

"심해지믄 다리를 짤라야 헐지 모릉께 잘 치료받도록 해주게."

나주의 아침은 모처럼 환했다. 영산강에서 피어오른 짙은 안개도 말끔히 가시고 없었다. 금성산 푸른 숲이 한층 가깝게 보였다. 금성관 주변은 의병들로 북적거렸다. 의병들은 아침밥을 먹기 위해 사발을 하나씩 들고 길게 줄을 서 있었다. 배식을 먼저받은 의병들은 뜰에 엉거주춤 쭈그리고 앉아 배를 채웠다. 의병숫자가 삼백여 명이다 보니 한 사발에 국과 밥, 그 위에 생선 젓갈과 오이소박이가 함께 놓여졌다.

김천일은 장졸들이 식사를 다 하고 난 뒤에 몇몇 심복들과 함께 먹었다. 누구를 시키지 않고 직접 사발을 들고 가 배식을 받았다. 국밥이 떨어져 배식 당번을 서던 의병이 당황할 때도 있었지만 김천일은 순서를 바꾸지 않았다. 하루 한 끼만큼은 의병들을 배불리 먹이는 것이 김천일의 의지였다.

며칠 전에 홍룡 마을로 돌아갔던 막둥이가 또 왔다.

"나리, 지도 싸움에 나서불어야 허겠습니다요."

"니는 식구들과 함께 선산을 지킨다고 약속허지 않았느냐?"

"선산은 주인마님이 있응께 지까정 있을 필요는 읎지라우. 지는 나리께서 타고 다니는 말이라도 잘 챙기겄습니다요."

막둥이는 다리 하나가 불편한 신광과 달리 체격이 양호한 편이었다. 비록 노비지만 충직하고 의협심이 있었다. 김천일에게 복종하는 마음이 앞서서 일을 그르칠 때가 많은 것이 흠이라면 흠이었다.

"좋다, 근디 앞으로는 내 이름을 들먹이지 말어야 헌다잉. 사람덜이 불편헐 수 있응께 허는 말이여."

"입이 읎는 사람맹키로 나리를 따라나서불겠습니다요."

"귀는 열어두거라. 내가 듣지 못허는 소리나 누군가가 요긴헌 소리를 허믄 나에게 알려주어야 헝께."

"나리, 맹심허겠습니다요."

김천일이 막둥이에게도 의병의 흰옷과 창을 지급했다. 그래도 거먹초립을 쓴 막둥이를 보니 전장에 나아가는 군사라기보다는 역마를 끄는 역졸 같았다. 김천일이 크게 웃음을 터뜨렸다.

"하하하."

김천일이 웃자 모처럼 큰아들 김상건도 따라 소리 없이 웃었다. 이삼 일 후면 의병군은 한양을 향해서 북진할 터였다. 북진할 날이 다가옴에 따라 긴장감이 배가되고 있던 터에 웃음보가 터진 것이었다. 막둥이도 거먹초립을 벗고 머리를 긁적였다. 막둥이는 벌써 의병이 두르는 머리띠를 하고 있었다.

선조 25년 6월 3일.

호남 의병으로서는 최초로 출병하는 날이었다. 금성관 뜰에는 삼백여 명의 장졸들이 칼과 창을 든 채 부동자세로 도열해 있었다. 의병들은 눈만 끔벅거리며 김천일이 나타나기를 기다리고 있었다. 드디어 말을 탄 김천일이 장졸들 앞에 섰다. 의병들이 마상에 앉은 김천일의 입을 주시했다.

김천일은 먼저 칼부터 빼 들었다. 칼날이 아침 햇살에 번쩍였다. 놀란 말이 엉덩이를 들썩이며 서너 번 뒷발질을 했다. 그러자 재빨리 막둥이가 튀어나와 말고삐를 잡아챘다. 말이 고개를 끄덕이며 순해지자 이윽고 작은 체구의 김천일이 입을 열었다. 체구에 비해 목소리가 크고 날카로웠다.

"독초를 읎앨라믄 반다시 독초의 뿌렝이를 뽑아뻐져야 허는 것이여. 왜적을 섬멸코자 헐 때는 반다시 왜적의 우두머리를 잡아 죽여야 허지 않겠능가. 우리가 거병헌 까닭은 우리 고을을 지키고자 허는 뜻도 있지만서도 한양의 왜적을 쳐 수복허는 것이 시급헌 일이여. 한성을 떠난 임금님의 고통이 을매나 크겄는가. 지난번 거병헌 날에도 고했지만 국사가 여그에 이르러부렀으니 우리덜이 어처코롬 구차허게 살겄는가. 혼자서 살고자 산골짜기에 들어 숨어 있다가 죽을 바에는 차라리 왜적을 치다가 죽는 것이 낫다 이 말이여!"

김천일의 말이 떨어지자마자 의병군 장졸들이 칼과 창을 하늘 높이 쳐들며 함성을 질렀다.

"맹주님! 명만 내려달랑께라우!"

"우리덜 심으로 왜적을 쳐 죽여 한성을 되찾아불랍니다!"

"의주에 겨신 임금님을 한양 궁궐로 모셔야 한당게."

의병군 장수가 된 유생들과 달리 의병 민초들의 입에서는 임금님 소리는 나오지 않았다. 그만큼 피난 간 선조와 대신들에 대한 원망이 컸다.

김천일은 말 위에서 소리쳤다.

"가자! 전라도, 충청도를 지나 한성으로!"

말을 탄 김천일은 병마로 시달린 사람 같지 않았다. 칼을 빼어 들고 앞장서 나아가는 그의 모습은 맹수처럼 날렵했다. 뒤따르는 농악꾼과 깃발을 든 기수들이 사기를 충천케 했다. 기수들은 오색의 깃발을 휘휘 저었으며, 의병이 된 농악꾼들은 북은 물론 징과 꽹과리를 치고 나발을 불어 출병하는 의병들의 전의를 북돋았다. 의병들은 목이 쉴 만큼 함성을 지르며 김천일을 뒤따랐다.

삼도 근왕군

김천일은 순찰사 이광이 거느리고 올라간 삼도 근왕군의 희소식을 기다리며 북진했다. 장성을 지날 때는 장성 농악꾼과 양민들이 나와 의병들의 장도를 축원해주었다. 고부에서는 고부 군수가 죽창을 수십 단 들고 나와 바쳤다. 정읍에서는 양민들이 함지박에 곡식을 들고 나왔다. 익은 자두나 싱싱한 오이를 따 가져오는 아녀자들도 눈에 띄었다. 그때마다 의병들이 휘파람을 불면서 환호했다. 논밭에서 김매기를 하다가 마음이 격동되어 의병을 지원하는 사람들도 나타났다. 고을의 관아가 있는 거리를 지날 때는 의병 농악꾼이 징과 꽹과리를 치고 나각을 불어 의병군의 북진을 알렸다.

태인에 이르러 김천일은 숨 고르기를 했다. 북진을 잠시 멈춘 뒤 장남 김상건을 데리고 스승 이항의 위패가 봉안된 남고서원으로 달려가 엎드려 절했다. 열아홉 살 때부터 스승의 인연을 맺은 이항은 그에게 아버지와 같은 사람이었다. 이항은 한양 태생으로 성격이 호방하여 무인이 되려고 씨름과 궁마술弓馬術을 연마하다가 이십 대 후반에 유학에 입문하여 문인으로 돌아선 선비였다. 그래서인지 『대학』에 달통한 그는 경서를 외우는 동안 눈앞에 장검을 놓고 자신의 마음과 태도를 다잡곤 했고, 문리가 툭 트인 오십 대에는 어머니를 모시고 태인으로 내려와 보림산 서실에서 후학을 가르쳤다. 김천일이 문사이면서도 무예를 연마한 것은 무술에 능했던 스승 이항의 영향이 자못 컸다. 이항은 제자들에게 씨름을 자주 시켰고 그 자신이 하루에 한 번씩은 말을 타거나 활쏘기를 했다.

김천일은 남고서원을 나와 안도했다. 아버지처럼 의지했던 스승에게 거병을 고했으니 자신의 신변에 무슨 일이 일어나더라도 여한이 없을 것 같았다. 마음 깊숙한 곳으로부터 자신감이 샘물처럼 솟구쳤다. 게다가 의병의 숫자도 빠르게 불어나고 있었다. 나주를 떠날 때 삼백 명이던 의병이 어느새 사백 명이나 되었다. 보림산 산자락은 흰 말을 기르는 목장처럼 잡목가지에 널어놓은 의병들의 바지저고리들로 흰색 일색이었다. 의병들이 땀으로 범벅된 옷가지를 개울물에 빨아 여름 볕에 말리고 있었다. 홀딱 벗고 남근을 덜렁거리며 개울물에 멱을 감는 의병들도 보였다. 김천일 역시 자신의 퀴퀴한 저고리를 벗어 개울물에 휘휘 저어 헹궜다. 웃통을 벗은 채 군막으로 돌아온 김천일이 아들에게 물었다.

"삼도 근왕군은 으째 소식이 읎다냐?"

"대군이다 붕게 진군이 더딘 거 같그만이라우."

김천일이 삼도 근왕군의 희소식에 잔뜩 기대를 걸고 있는 것은 군사 규모가 오만 대군이기 때문이었다. 전라 감사 이광 휘하에 사만, 그리고 경상 감사 김수가 데리고 온 군사 수백 명, 충청 감사 윤선각이 징발한 수군에다 충청 방어사 이옥과 병사 신익의 군사 팔천여 명이 합세한 결과였다. 삼도 근왕군에는 산중 절에서 자원한 승군의 숫자도 몇백 명이나 되었다. 근왕군 군사의 규모로만 치자면 머잖아 한성을 수복할 것 같았다.

"근왕군은 삼도에서 모은지라 앞과 뒤, 중간의 장수가 각기 다른디 잘 싸울께라우?"

"일사불란허지 못한께 아마도 질서 잡기가 뭣보담 심들 것이다. 거그도 돌출 행동허는 장졸덜이 있지 않겄냐."

"그래도 우리덜 군사는 보름 이상을 훈련해서 그란지 분위기는 괴안찮해라우. 특히 모다 최후까정 함께 싸우겠다고 복창허 그만요. 좌우당간에 근왕군이 조강祖江을 넘어가야 되는디 걱정입니다요."

"암, 그라제. 우리나라 하나부지 강인 한강을 건너 한성 성문에 삼도 근왕군 깃발을 꽂아부러야제. 요번에는 이광 순찰사께서 반다시 그라기를 빌 뿐이다."

김천일은 이광에 대한 분노를 이미 풀어버린 상태였다. 관민이 합세해야 한다는 신광의 조언도 있었고, 이광으로부터 사전에 편지를 받았기 때문이었다. 실제로 이광은 지난번의 실패를 거울 삼아 여러 고을의 관군과 양민까지 불러 모아 근왕군 부대를 조직하면서 고경명에게 격문 초안을 부탁했고, 김천일 등 여러 선비들에게 자신의 의지를 알렸던 것이다.

이광은 병사 최원에게 남아서 전라도를 지키게 했다. 그런 뒤 전라 근왕군 사만 명을 두 부대로 나누어 자신은 이만 군사를 지휘 통솔하면서 나주 목사 이경복을 중위장으로, 조방장 이지시를 선봉장으로 삼았다. 이광이 통솔하는 이만 군사가 먼저 용안에서 강을 건너 충청도 임천역으로 전진하였다. 뒤이어 나머지 이만 군사를 거느린 전라 방어사 곽영은 광주 목사 권율을 중위장으로, 태인 출신의 조방장 백광언을 선봉장으로 삼아 여산대로를 지나 금강을 건넜다. 무과에 급제한 뒤 고성 현감과 북청 판관을 지낸 백광언은 칼과 철퇴를 잘 쓰는 무인이었다.

전주를 떠난 전라도 근왕군이 경상도와 충청도 근왕군과 평택 진위 들판에서 만난 때는 5월 26일이었다. 삼도 근왕군 군사가 다 모이자 깃발들이 해를 가렸다. 군사와 군량미를 싣고 가는 우마 행렬이 사십여 리나 뻗쳤다. 피난을 가던 백성들이 영문을 모른 채 근왕군 행렬에 섞일 정도였다.

이윽고 삼도 근왕군은 김천일이 금성관에서 출병한 날인 6월 3일 수원의 독성산성으로 들어갔다. 독성산성에 있던 왜군은 삼도 근왕군의 대군을 보고는 놀라서 용인으로 도망쳤다. 용인 산자락에도 소규모의 왜군 부대가 있었던 것이다.

수원과 용인에 주둔하던 왜군은 수군 장수 와키자카 야스하루脇坂安治 수하의 수군들이었다. 와키자카는 히데요시로부터 이

164

순신과의 해전은 불리하니 육전에 임하라는 명령을 받고 수군 천육백여 명을 거느리고 육지로 올라와 있었다. 와키자카는 히데요시의 시동 출신으로 근위 무사가 되었다가 영주로 출세한 장수였다. 와키자카 수하의 주력 부대 천여 명은 한성에 주둔했고, 잔여 육백여 명은 장수 와타나베 시치에몬渡邊七右衛門의 지시를 받으며 용인의 북두문산과 문소산에 소루를 만들어 지키고 있었다. 수원에서 도망친 왜군은 용인의 왜군과 합세했지만 군사의 규모는 근왕군에 비해 절대적으로 작았다. 용인의 왜군은 한성의 주력 부대가 오기를 기다렸다. 위기 상황을 보고받은 대장 와키자카는 즉시 천여 명의 군사를 이끌고 한성을 떠났다.

삼도 근왕군은 휘하 군사가 많은 이광이 맹주로서 군권을 쥐고 지휘했다. 군사가 적은 김수와 윤선각은 후방에서 맴돌았다. 수원의 왜군이 도망치는 것을 본 이광은 6월 4일에 선봉장 백광언을 용인 문소산으로 보내 적정을 정탐케 했다. 백광언의 눈에도 문소산에 진을 치고 있는 왜군들의 세는 아주 약해 보였다. 백광언은 왜군의 진지 앞까지 접근하여 나무하고 물 긷는 왜군 십여 급을 베어 왔다. 이는 이광으로 하여금 더욱 교만한 마음을 갖게 했다. 장졸들도 왜군을 업신여겼다. 백광언은 자신이 본 대로 이광에게 보고했다.

"왜놈덜 군사가 허술한께 급히 쳐 쓸어부러야겠습니다. 시기를 놓쳐부러서는 안 되겠습니다."

"선봉장 말이 맞소."

이광이 백광언의 말을 받아들여주자 광주 목사 권율이 반대했다.

"한성이 멀지 않고 대적이 눈앞에 있소. 지금 공은 공격을 감행하려고 하지만 국가의 존망이 한 번의 거사에 달렸으니 경솔히 해서는 안 되오. 내가 지휘하는 수원의 중위군이 올 때까지 기다리면서 만전책萬全策을 도모해야 할 것이오."

이광은 자신이 신임하는 권율과 동복 현감 황진을 작전 회의에 꼭 참석시켰다. 경상 감사 김수나 충청 감사 윤선각은 작전 회의에 잘 부르지 않았다. 명색이 순찰사였지만 휘하에 군사가 적은 그들은 이광에게 홀대를 받았다. 황진도 권율의 생각에 동조했다. 권율과 황진의 부대는 아직도 수원에 남아서 용인 투입을 기다리고 있었다. 한 손에 철퇴를 들고 있던 백광언이 눈을 부라리며 무례하게 말했다.

"목사나 현감은 여그를 싸울라고 왔소, 군사덜 델꼬 한가허게 봄놀이헐라고 왔소? 공격허는 디는 다 때가 있는 것이라!"

"병법에도 적세가 약할 때를 노려 들불같이 공격하라고 했소. 소장의 생각도 지금이 적기라고 여겨지오."

함경도 이성 현감을 지내면서 오랑캐를 격퇴한 바 있는 이지시도 백광언의 생각과 같았다. 이광은 더 이상 망설이지 않고 작전 회의에 참석한 장수들에게 지시했다.

"여러 고을 수령들은 백광언과 이지시 장수가 내리는 명을 따르시오."

이광은 이지시와 백광언에게 각각 정병 천 명을 주었다. 백광언과 이지시는 6월 5일 묘시를 기해 문수산의 적진을 좌우에서 기습 공격했다. 일제히 적진의 울타리를 넘어 칼을 휘둘러 왜군의 머리 십여 급을 베는 전과를 올렸다. 그러나 앞을 분간할 수 없는 짙은 안개 때문에 공격이 효과적이지 못했다. 왜군은 조총을 쏘면서 뒤로 물러섰고 풀숲에 엎드린 채 나오지 않았다. 묘시부터 사시까지 공격했지만 백광언과 이지시의 군사는 헛심만 쓴 셈이 되고 말았다. 안개 속에서 방향을 잡을 수 없었으므로 공격이 번번이 빗나갔다. 그러자 군사들의 사기와 기운은 급격히 떨어졌다. 안개가 걷히고 햇살이 숲속을 비집고 들어올 무렵에는 백광언과 이지시의 명령이 전달되지 않았다. 장수들과 군사들은 따로따로 숲속을 헤매고 있었다. 그때, 밤사이에 한성에서 내려와 매복해 있던 와키자카 휘하 천여 명의 군사가 일시에 덤벼들었다. 근왕군은 방향을 잃은 탓에 퇴각을 못 한 채 우왕좌왕했다. 달려드는 왜군의 협공을 이겨내지 못하고 백광언과 이지시의 군사는 허망하게 흩어져버렸다. 끝까지 칼과 철퇴를 휘두르며 싸운 백광언은 왜군의 조총에 맞아 죽고, 이지시와 그의 동생 이지례, 고부 군수 이윤인, 함열 현감 정연이 차례로 왜군의 칼을 맞고 전사했다. 장수들은 포위망을 뚫고 도망칠 수도 있었지만 마지막까지 산자락에 남아 분투했다. 왜군을 한 사람이라도 더 죽이고 나서야 쓰러졌다. 그러나 용인 전투는 시작부터 대패였다. 군사 천여 명이 전사하고 이백여 명이 포로로 끌려갔다.

다음 날 왜군 대장 와키자카는 아군의 밥 짓는 연기를 발견하고는 먼저 기습 공격을 했다. 삼도 근왕군 수만 명이 광교산으로 물러나 아침밥을 짓고 있었던 것이다. 마침 충청도와 경상도 근왕군이 합류한 상태였다. 선봉장 신익이 앞서 나아가 막았으나 역부족이었다. 칼과 창 대신 숟가락을 들고 있던 근왕군은 속수무책으로 당했다. 군사들이 조총과 칼을 맞아 나뒹굴고 쓰러지는 모습은 마치 산이 와르르 무너지는 것과 같았다. 군량미를 씻던 맑은 개울물은 순식간에 핏물로 변해 붉게 흘렀다.

삼도 근왕군은 삼만여 명으로 줄었다. 그나마 수원에 머물러 있던 권율과 황진의 군사가 피해를 보지 않았기 때문이었다. 결국 삼도 근왕군 맹주 이광은 흰옷으로 갈아입고서 교서敎書와 관인과 명부, 깃발, 무기, 군량미 등을 길에 버린 채 눈물을 흘리며 퇴각 명령을 내렸다. 추격해 온 왜군들은 방어벽처럼 길을 막고 있는 무기와 깃발, 군량미 등을 불태워버렸다. 반쯤 타다가 만 군량미는 부근 산중에 숨어 살던 백성들에게는 다행이었다. 백성들은 타다 만 군량미를 주워다가 끼니를 때웠다.

김천일은 공주에 막 입성하고 나서야 이광의 삼도 근왕군이 용인 전투에서 참패했다는 소식을 들었다. 진주로 돌아가던 김수의 군관들이 김천일의 임시 군막을 찾아와 알려주었다.

"맹주님, 광주 목사 권율과 동복 현감 황진의 군사만 무사합니더. 이광은 전주로 돌아갔고, 윤선각은 공주로 내려왔고, 김수는 말을 타고 경상우도로 돌아갔십니더."

"삼도 근왕군이 다 흩어져부렀다는 말이냐?"

"이광 순찰사는 군사를 알지 못해 행군허기를 마치 목동이 양 떼를 몰고 댕기듯 했십니데이."

"함부로 순찰사를 험담허지 말그라."

김천일은 한성을 수복할 것이라고 믿었던 오만 근왕군이 대패했다는 소식에 큰 충격을 받았다. 눈앞이 캄캄했다. 입에서 저절로 한숨과 탄식이 흘러나왔다.

'아이고매, 승전을 손꼽아 지달리실 우리 임금님은 을매나 낙심허실까잉.'

그동안 김천일을 일사불란하게 따랐던 장수들 사이에 이견이 생겼다.

"오만 근왕군이 무너지는 판인디 워치게 천 멩 군사로 대적헌당가. 중과부적잉께 북진을 늦춰부러야제."

"꼬랑지 내려불지 말랑께. 나는 죽기로 나섰응께 싸우다가 죽을 것이네."

"허허. 북진허더라도 군사를 불려서 가야 헌당께. 가실 태풍에 떨어진 과실멩키로 근왕군 패잔병덜이 천하에 널려 있지 않는가."

"나, 양산숙은 맹주님 의사를 따라불랑만. 고향으로 돌아가자믄 가고 북진을 허자믄 북진을 헐라네. 금성관에서 입술에 피를 묻히고 맹서헌 지가 을매나 됐다고 맴덜이 그란당가!"

양산숙이 피를 토하듯 말하자 서정후 등 금성관 뜰에서 생사를 함께하자고 맹세했던 서른 명의 참모 장수들이 하나둘 진정했다.

양산숙. 김천일이 가장 신임하는 부장이었다. 기묘명현으로 홍문관 교리를 지낸 학포 양팽손의 손자이며, 전 경주 부윤 양응정의 둘째 아들이다. 김천일 의병군의 운량사가 되어 군량미를 담당하고 있는 양산룡이 그의 친형이었다. 양산숙은 나주 삼향리에 살면서 일찍부터 성혼의 문하에서 공부했으나 세상이 비뚤어져 돌아가는 것을 보고는 과거 응시를 단념해버렸다. 그는 문사이면서도 무술에 능했고 효행도 으뜸이었다. 어머니 박 씨 부인은 삼향리에서 백여 리나 떨어진 능주 본가에서 살았고 조부양팽손의 묘는 능주 쌍봉리에 있었는데 그는 그 먼 거리를 마다않고 자주 조부 묘에 들렀고 어머니를 뵈러 말도 타지 않고 걸어서 다녀오곤 했다.

"아따, 맴이 변혔간디? 우리덜이 요로코롬 요량혀보는 것도 다 맹주님을 위해서 허는 것이제."

김상건은 가슴을 쓸어내렸다. 이제는 동요하는 의병들만 다잡으면 되었다. 그중에서도 근왕군 패잔병을 만난 의병들이 더 불안해했다. 군막으로 돌아온 김상건이 방금 보고 들은 바를 김천일에게 보고했다.

"장수덜이 잠깐 동요혔다가 양산숙 장수 한마디에 모다 수그러졌습니다요. 모다 맹주님과 생사를 같이헌다고 했습니다요. 다만 사기가 떨어진 의병들이 아직 진정되고 있지 않그만요."

"나는 나와 다른 생각을 허는 의병덜은 붙들지 않을란다."

"고향으로 돌려보내겠다는 말씸입니까요?"

"의병은 관군과 달라야. 충의가 우러나서 지 발로 모인 군사랑께. 관군멩키로 강제로 모은 군사가 아니라는 말이여. 그러니 맴이 변혔다믄 돌려보내야 허지 않겠느냐? 내가 그들의 목심을 함부로 헐 수는 없는 일이니라."

김천일은 김상건에게 당장 의병들을 불러 모으라고 지시했다. 김천일의 불같은 성격이 여실히 드러났다. 김상건은 공연히 보고를 했다고 자책했다. 그의 판단이었지만 의병들에게 귀가를 허락한다면 모르긴 해도 반수 이상은 떠나지 않을까 싶었다. 나주에서부터 올라온 의병 삼백여 명만 남고, 북진하면서 따라붙은 의병들은 대부분 돌아가버릴 것만 같았다. 삼도 근왕군의 패배로 그만큼 의병들의 사기는 곤두박질쳤다.

의병들이 다 모이자, 김천일이 근엄한 얼굴로 한 손에 칼을 잡고 섰다. 서른 명의 장수들은 김천일 좌우로 서서 그의 입을 주시했다. 천여 명으로 불어난 의병들이 각자 자신의 생각대로 판단하고 선택해야 할 순간이었다. 김천일이 번개처럼 칼을 뽑아들더니 날카롭게 소리쳤다.

"장졸덜이여! 충의와 의리로 뭉친 의병덜이여! 우리는 훈련받은 관군에 비해 자랑스러운 것이 하나 있다. 우리는 용맹스럽게 스스로 떨쳐 일어난 사람들이란 것이다. 내 말이 맞지 않는가! 장졸덜이 만일 나 김천일을 믿지 않고 따르기를 주저헌다믄 시방 돌아가도 좋다. 워치게 강제로 함께할 수 있었는가? 지금이라도 돌아가고 싶은 의병덜은 칼과 창을 놓고 돌아가야 헐 것이다! 허나 왜적을 섬멸하지 못헌다믄 비록 이 땅 어느 곳으로 숨어 들어가든 살길은 읎을 것이니라. 임금이 욕을 당허믄 신하덜은 마땅히 죽어야 허는 것이 하늘의 도리니라. 여그 서 있는 장졸덜은 조선 이백 년 사직社稷과 조상님덜이 길러낸 백성덜이 아닌가? 참말로 죽음을 각오하믄 도리어 살길이 열릴 것이니라."

김천일은 칼집에 칼을 꽂고서 의병들을 둘러보았다. 단 한 사람의 동요도 없었다. 나주를 떠날 때처럼 의병들의 눈빛이 살아났다. 무리 중에서 한 의병이 윗옷을 벗고는 손가락을 깨물어 피를 내더니 벗어든 흰옷에 '사즉생死即生'이라고 써서 흔들었다. 귀동냥으로 글을 좀 익힌 양산숙의 늙은 노비 억구지였다. 능주에 살면서 관아에 공물을 바치는 종이었는데 지독하게 가난하였으므로 견디다 못해 나주에 사는 양산숙을 찾아와 스스로 사삿집 노비가 된 자였다.

"나라를 살리자는 억구지의 행동이 으떤 신하보다도 의롭구나. 나 김천일이나 의병덜이 시방 믿을 것은 오직 사즉생뿐이니라!"

억구지가 웃통을 벗은 채 혈서를 쓴 저고리를 들고 의병들 사이를 돌았다. 그러자 의병들 모두가 창을 들어 허공을 찌르며 함성을 질렀다. 짧은 순간에 전광석화처럼 사기가 충천했다. 김천일의 사자후에 몇몇 의병들이 눈물을 흘렸다. 가슴을 졸이고 있던 김상건도 소맷자락으로 눈물을 훔쳤다.

날이 저물 무렵에는 충청도 옥천에서 창의 거병한 조헌이 말을 타고 달려왔다. 그가 군막으로 들어오자 한여름인데도 동굴 안의 공기처럼 서늘한 기운이 끼쳤다. 부리부리한 두 눈은 형형했고 장대 같은 키는 상대를 굽어볼 만큼 컸다. 큰 입에서 나오는 목소리가 또렷하고 우렁찼다. 그를 한 번도 본 적이 없는 함경도 사람들까지도 '도끼를 들고 대궐 앞에서 상소를 올렸던 사람'하고 말할 정도로 명성이 자자했다. 선조 24년, 도요토미 히데요시가 승려 겐소를 보내 '명나라를 칠 테니 길을 빌려달라征明假道'고 요구하자, 그는 옥천에서부터 도끼를 들고 걸어 올라와 '왜국 사신의 목을 베고, 왜침을 대비하여 국방을 강화하라'는 상소를 올렸다. 그는 대궐 밖에 거적을 깔고는 도끼를 앞에 놓고 사흘 동안이나 선조의 회답을 기다렸지만 무위로 끝나자, 머리를 광화문 주춧돌에 사정없이 짓찧어 흐르는 피로 얼굴을 적셨다. 이것이 지부상소持斧上疏의 전말이다.

대신들은 그를 손가락질하며 비웃었다. 조헌은 일어나 선산이 있는 김포로 가면서 '명년에 골짜기로 도망칠 때 반드시 내 말이 생각날 것이다'라고 했고, 이와 같은 소문은 변방의 함경도까지 퍼져 조헌의 이름을 모르는 사람이 없었다.

양산숙과 양산룡이 조헌을 반갑게 맞았다. 양산숙과 조헌은 성혼 문하에서 한때 공부를 같이한 동문의 인연이 있었으므로 서로 간에 만감이 오갔다.

"중봉, 그동안 을매나 고생 많아부렀소?"

"귀양에서 은사恩赦되어 옥천 촌집에서 살고 있었소. 낮에는 밭 갈고 밤에는 서책을 보면서 잘 지내고 있었소. 왜적이 쳐들어오기 전까지는 말이오."

"나도 마찬가지랑께. 한성이 함락돼부렀다는 소식을 듣고 나서 요로코롬 나섰지라우."

"함락 소식을 듣고 슬피 울지 않을 사람이 어디 있겠소."

양산숙은 나주에서, 조헌은 옥천에서 한성 함락 소식을 듣고 울었다. 지체 없이 의병을 모집한 것도 같았다.

"지난 4월 22일 호서湖西에서 군사를 일으켜 적을 토벌하겠다고 행재소에 상소를 올렸소. 그러고는 부지런히 뛰어다니며 모병한 결과 지금은 의병이 천여 명이나 되었소."

"중봉, 이분은 내 성님이오. 운량사로 우리 군량미를 책임져불고 있소. 나 땜시 고생이 많지라우."

그러자 양산룡이 동생 양산숙을 타박하듯 말했다.

"무신 소리! 학포 할아버지의 후손으로 부끄럽지 않게 살아야제."

"현소라는 왜국 승려가 왔을 때 고생이 많았다는 것을 잘 알고 있습니다."

양산숙과 양산룡도 조헌의 뜻에 동조하여 히데요시의 왕사 격인 겐소의 청을 들어주지 말라고 선조에게 상소를 올렸다가 잠시 나주 감옥에 갇혔던 것이다. 조헌은 자신과 뜻을 같이했던 양산룡을 분명하게 기억하고 있었다.

잠시 후, 김천일이 아주 흡족한 표정을 지으며 들어왔다. 술을 마셨는지 그의 입에서 단내가 풍겼다. 조헌이 벌떡 일어나 김천일을 맞이했다. 김천일은 오십 대 중반이었고 조헌은 사십 대 후반이었다.

"건재 성님, 뵙고 싶었소이다."

"중봉, 잘 왔소. 오늘 기분이 좋아부러서 장수덜허고 한잔해부렀소."

"사기를 올리는 데 술이 그만이지요. 잘하셨습니다."

"우리 장졸덜이 의기투합만 헌다믄 아무리 강헌 왜적이라도 토벌을 못 헐 리가 읎지요."

"왜적들이 우리 백성 죽이기를 풀 베듯 하니 원한이 온 나라에 가득합니다."

"중봉이 또 도끼를 들고 나섰웅께 왜적덜은 단 한 놈도 살아 돌아가지 못헐 것이오."

"우리 임금님 쫓기를 여우 사냥하듯 하는 왜적들입니다. 왜적들의 죄가 하늘에 사무쳤습니다."

김천일은 막둥이에게 군막으로 술을 가져오게 했다. 술은 오래 보관할 수 없는 막걸리였다. 막걸리가 빚어지면 그때그때 사기 진작을 위해 마셔야 했다. 소주는 부상당한 의병들이 통증을 호소할 때 진통제로 써야 하기 때문에 아꼈다. 그날 밤 김천일과 양산숙 형제, 그리고 조헌은 통음하여 대취했다.

충과 의

선조 25년 6월 11일.

담양성은 짙은 안개에 휩싸여 있었다. 안개는 하루 종일 물러서지 않을 것처럼 완고했다. 밤바람을 따라 추월산 계곡을 타고 내려오기도 하고, 산성산 쪽에서 흘러와 금성산성을 월담하는 안개였다. 컴컴한 야음을 틈타 끈질기게 출몰하는 초여름의 안개 때문에 담양 고을은 해가 늦었다.

그래도 의병들에게는 장맛비보다 안개의 공세가 더 나았다. 금성산성으로 올라가 며칠 동안 군사 훈련을 받았던 것이다. 육천 의병들은 안개의 출현과 상관없이 출병을 대기하고 있었다. 이제 더 이상 출병을 늦출 수가 없었다. 육천 의병들이 먹어치우는 바람에 창고의 군량미가 바닥을 드러냈기 때문이었다. 군량미는 의병들의 사기와 직결됐다. 배고프면 날이 선 칼이나 뾰쪽한 창도 무용지물이었다. 배가 불러야 싸움도 잘할 수 있었다.

뜰 여기저기에서 모닥불이 타올랐다. 추성관 주변 노상에서 야영했던 의병들이 모닥불에 몸을 말렸다. 불빛 속에서 드러난 의병들은 재담꾼의 우스갯소리에 히죽히죽 웃기도 하고, 긴장을 풀려는 듯 두 패로 나누어 팔씨름을 하기도 했다. 취타대가 된 농악꾼들은 한쪽에서 나각과 태평소를 불고, 징과 꽹과리와 북을 치며 소리를 맞췄다. 길을 선도하며 의병들의 사기를 진작시킬 농악꾼들이었다. 기패군들은 대나무 깃대에 달 붉고 노란 깃발을 챙겼다. 충忠 자와 의義 자가 큼지막하게 써진 깃발들이 많았다.

의병 대장 고경명은 추성관에서 마지막 작전 회의를 했다. 추성관에서 맹주가 된 때는 5월 29일이었다. 유팽로, 양대박 등과 광주, 창평, 장성, 능주, 동복, 옥과, 강진, 영암, 해남, 함평, 영광, 남원, 순창, 임실, 부안 등 스물한 곳 마을에서 달려온 유생들로부터 담양 의병의 맹주로 추대받았던 것이다.

고경명 바로 옆자리에는 성균관 학유를 지낸 유팽로가 앉아 있었다. 그는 한성이 함락했다는 소식을 들은 뒤 5월 23일 광주와 담양 문사들 중에서 가장 먼저 고경명에게 달려왔다. 성격이 불같은 김천일보다 더 빨랐다. 의분이 치솟아 살고 있는 옥과 합강 마을에서 누구와도 상의하지 않고 5월 20일부터 모집한 의병이 사백여 명이었다. 그는 고경명에게 즉시 의병과 군수물자를 모집하는 격문을 고을마다 돌려야 한다고 재촉했다. 그러고는 옥과로 돌아와서 밤새 격문을 완성하여 다음 날부터 제자들을 불러 수백 장을 베껴 쓰게 했다. 그런 뒤 집종을 시켜 멀리 충청, 경기 지방의 서원과 향교에까지 보냈던 것이다.

'요즘 나라 운수가 비색否塞하여 섬 오랑캐가 밖에서 개떼 덤비듯 하는구나. 마침내 춘추 시대에 오나라가 주나라를 갉아먹던 짓을 함부로 하고 있도다. 우리의 무방비를 틈타 허술한 데를 찌르면서 하늘을 속일 수 있는 것처럼 제멋대로 하는구나. 병사兵使와 수사水使들은 (판단의) 갈림길에서 망설이고, 고을 수령들은 산골로 도망해 숨어버렸도다. (막지 못하면) 임금님이나 부모에게 왜적 놈들을 보내는 것이 되고 마니 이 어찌 차마 할 짓인가. 이는 임금님에게 나라의 존망을 근심케 함이니 어찌 마음이 편안하겠는가. 백 년 동안 길러놓은 민생들인데 어찌하여 일찍이 한 사람의 의기 있는 남아도 없단 말인가! (중략)

상주에서 싸우던 우리 군사는 송나라와 같이 무너졌고, 왕성하게 움직이는 땅벌처럼 더러운 오랑캐들이 극성인데 아직도 흉측한 고래를 잡아 죽이지 못한 것 같아 한스럽구나. 적이 성안에서 아직 숨 쉬고 있는 것은 장막에서 나는 제비와 같고, 한성을 점령한 것은 우리 안에서 날뛰는 원숭이와 같구나. 명나라 군사가 와서 소탕할 날이 있을 터이지만 흉악한 무리가 당장에 흩어져 달아나는 것은 기대하기 어렵도다. (중략)

국가 존망이 달린 위급한 때에 어찌 작은 제 몸을 아낄 수 있으리. 군사를 의병이라고 이름 지었으니 처음부터 직책상의 관직이나 지역에 상관없으며 군사는 오직 정의正義가 힘이니, 강하든 약하든 논할 바가 아니도다. 대소大小의 인사들이 의논하지 않고도 말이 같으며 가깝고 먼 지방에서 소문만 듣고도 다 같이 일어서니, 충성스러운 수령들과 각 도의 선비와 백성들이 어찌 임금을 잊겠는가. 의義로써 마땅히 나라를 위하여 죽어야 하리. 힘이 미치는 대로 오직 의로운 길로 나아갈 뿐이고, 능히 임금을 근왕할 일이 있으니 나는 그대들과 함께 더불어 일어나기를 원하노라.' (하략)

고경명은 맹주로 추대된 뒤 6월 1일에야 격문 수십 장을 호남의 서원과 향교 유생에게 보냈다. 이틀 뒤에는 군수물자를 지원해달라는 격문을 관아와 진중에도 보냈다. 또한 제주 목사 양대수에게는 군마를 보내달라고 호소했다. 그러나 격문을 띄웠다고 해서 거병이 순조로울지는 미지수였다. 무엇보다 그 자신이 군사를 통솔해본 경험이 없었고 병법에 문외한이었다. 고경명으로서는 부담이 컸다. 무엇부터 추진해야 할지 더욱더 살피고 고민할 수밖에 없었다. 출병일이 늦어진 것은 그의 신중한 성격 때문이었다.

유팽로와 같이 종사관이 된 양대박도 고경명 옆에 앉아 있었다. 그 둘은 좌우부장 겸 종사관이었다. 양대박을 종사관으로 임명한 것은 승문원 학관으로서 외교 문서를 맡아본 적이 있고 문장을 잘 짓기 때문이었다. 광주 사람인 오비도 종사관으로 삼았다. 오비 역시 홍문관 정자로 있으면서 나라의 문서를 맡아 처리해본 경험이 있었다. 행재소에 올릴 상소 초안이나 격문을 대신 써야 할 종사관만 셋이었다. 고경명은 사람의 마음을 격동시키는 글의 힘을 잘 알고 있었다.

이대윤, 최상중과 양사형, 양희적은 군량미를 모으는 모량장募

糧將 자격으로 회의에 참석했다. 의병이 육천 명이나 되므로 군량미를 모아 올 모량장을 여러 명 둘 수밖에 없었다. 그 역할이 크고 중요하기 때문이었다.

작전을 짜는 데 조언할 부장 두 명은 고경명 맞은편에 앉아 회의에 임했다. 담력과 지략이 뛰어난 진원 태생의 김인혼과 보성에서 의병을 모집해 온 오유도 군사 참모로서 회의 때마다 빠지지 않고 참석해온 편이었다. 김인혼은 담양 문사들이 존경하는 김인후의 사촌 동생이었고, 홍양에서 태어나 보성에서 살고 있는 오유는 마흔한 살에 무과 급제하여 몇 년 동안 군관을 역임했던 장수였다.

작전 회의는 출병을 앞두고 있었으므로 길지 않았다. 전투를 앞두고 전략을 짜는 회의라기보다는 장수들의 출병 의지를 점검하는 자리였다. 고경명은 특히 군량미 조달에 신경을 곤두세웠다. 임실 태생으로 남원에서 살고 있는 이대윤에게 물었다.

"금헌禁軒, 군량은 어찌케 계책을 세와부렀소?"

"여그서 묵을 것은 있는디 북진헐 때 계속 대줘야 허는 것이 큰 문제가 될 거 같그만이라우."

이대윤은 고경명보다 한 살 위로 회의에 참석한 사람 중에 나이가 가장 많았다. 쉰이 넘어 문과 급제하여 정랑으로 잠시 있다가 나이 어린 관원들과 함께 일하기가 불편하여 낙향한 사람이었다. 이대윤에게 모량장을 맡긴 까닭도 전투를 할 수 없는 그의 늙은 나이를 감안해서였다.

"금헌은 남원에 남아 의곡도 모으고 군무를 봐주시쇼."

"군마도 모이는 대로 보내고 창과 칼을 맹글어 올리겄소. 진작에 대장간을 여러 개소 열어 우리 집종 열다섯 명이 밤낮을 잊어분 채 다듬고 있지라우."

"참말로 고마와부요."

유희춘의 제자로 3년 전에 문과 급제하여 한림이 된 최상중도 모량장이었다. 문인이지만 무예에 밝았다.

"군사가 육천 명인께 군량을 부족허지 않게 댈라믄 북진허는 속도를 조절혀야겄어라우. 군사가 머무는 디를 모량장덜이 사전에 알아불어야 차질 읎게 올려 보낼 거 같고요."

"미능재未能齋는 선친인 어모장군을 닮아 지략이 뛰어나분당께. 눈 밝은 명장덜이 서로 탐낼 인물이여."

"과찬을 해주싱께 몸 둘 바를 모르겄습니다."

역시 유희춘의 제자로 4년 전에 문과 급제하여 직장을 역임한 바 있는 모량장 양사형도 중늙은이 축에 들었다. 그도 역시 일선에 나아가 전투하기보다는 현재 살고 있는 남원에서 의곡義穀을 모으라는 지시를 받았다. 임실 태생이지만 남원에서 살고 있는 양희적도 마찬가지였다.

"어은이나 모정은 금헌을 도와 군량이 무사히 진에 도착허도록 허시오."

"금헌 성님을 잘 보좌혀서 그럴랍니다."

어은漁隱은 양사형, 모정慕亭은 양희적의 호였다. 고경명은 직책 대신에 오래된 지기처럼 호를 불러주어 의리와 신의를 두텁게 했다. 네 명의 모량장 중에서 이대윤이 나이가 가장 많았고 양희적은 서른여덟 살로 맨 아래였다. 늙은 이대윤은 필요할 때마다 모량하는 격문을 써서 돌릴 것이고, 혈기왕성한 양희적은 각 고을을 돌아다니며 군량을 모을 터였다.

"송암, 모병하느라 고생이 많아부렀소. 송암이 델꼬 온 숫자가 무려 이천 명인디 송암이 아니믄 누가 모아 왔겠소?"

"전주 부근 여러 고을에서 충의로 똘똘 뭉쳐 와분 백성덜이지 라우."

송암松巖은 양대박의 호였다. 양대박은 남원에서 아들 양대우와 함께 집종 오십 명을 데리고 먼저 의병이 된 뒤 모병하였기에 그의 솔선수범을 본 전주 부근의 양민들이 감동하여 이천여 명이나 우르르 몰려들었던 것이다.

회의를 마치면서 고경명은 집종인 젊은 봉이와 늙은 귀인에게 말을 잡아 피를 가져오라고 명했다. 봉이와 귀인은 즉시 군마 중에 늙어 쇠약한 말을 골랐다. 말은 백정 출신 의병이 잡았다.

"내 칼 받았응께 해탈해부러라잉!"

백정은 말을 죽이기 전 극락왕생을 빈 뒤 칼을 휘둘렀다. 백정의 칼 다루는 솜씨가 날래고 능숙했다. 봉이가 가져온 항아리에 말의 피를 받게 했고, 귀인에게는 뼈를 발라낸 말고기에 소금을 뿌리도록 시켰다. 의병들이 백정의 재빠른 손놀림을 보면서 혀를 내둘렀다. 말뼈를 산자락에 버리고 온 의병은 왜적들이 백정의 칼에 어떻게 쓰러지는지 보고 싶다고 말했다.

봉이와 귀인이 항아리를 들고 들어오자, 고경명은 말의 피를 큰 사발로 떠 자신부터 입술에 묻혔다. 그런 뒤 붉은 피가 담긴 흰 사발을 돌렸다. 말의 피 맛을 본 장수들이 방을 나서면서 진저리를 쳤다. 특히 보성에서 온 오유는 전의가 솟구치는지 주먹을 쥐고 부르르 떨면서 끄응 하고 신음 소리를 냈다.

어느새 추성관 뜰에는 햇살이 금싸라기처럼 떨어지고 있었다. 햇살이 안개의 자취를 빠르게 지우고 있었다. 무등산 쪽에서 남풍이 선들선들 불어오자 안개에 젖었던 축축한 나뭇잎들이 번들거렸다. 출병을 기다리는 의병들의 창끝도 나뭇잎처럼 빛이 났다. 의병들이 대오를 갖추었다. 그 서슬에 팽나무 등걸에 붙어 있던 매미들이 놀란 듯 울다가 그쳤다.

고경명은 붉은 갑옷을 입고 눈썹까지 덮는 투구를 썼다. 아들 고종후와 고인후 대신 봉이와 귀인이 시중을 들었다. 상투를 틀어 올렸지만 투구 밑으로 흰 머리카락이 몇 올 삐져나왔다.

"오늘 출병허는 날인디 종후와 인후가 어찌케 되았는지 궁금허구나."

"수원으로 올라가서 정윤우 나리를 뵙고 내려오시는 중이라고 합니다요."

정윤우는 임란이 나기 바로 전해에 광주 목사를 지냈는데 지금은 수원에 남아서 흩어진 관군을 모으고 있는 중이었다. 이틀 안 고경명이 두 아들에게 도망친 군졸들을 모아 그에게 인계한 뒤 돌아오라고 보냈던 것이다.

"봉이는 광주에 남아 집안 대소사를 도와불고 선산 벌초를 맡아야 쓰겄다."

"대감마님, 지도 나서 싸울 팅께 귀인 성님을 남게 허믄 으쩌겄습니까요?"

"그렇다믄 귀인이 니가 남겄느냐?"

"대감마님, 종도 나라의 은혜를 입은 사람입니다요. 지도 나가 싸우겄습니다요."

"허허허. 출병허는 날에 니덜이 나를 난처허게 허는구나."

"쉰네 모두 대감마님을 따라 싸울 수는 읎겄습니까요?"

"조부님 기일이 곧 돌아오는디 니덜 땜시 내 걸음이 무거워지는구나."

그래도 봉이와 귀인은 서로 양보하지 않았다. 두 종이 물러서지 않으니 고경명이 아무리 상전이라고 하나 어쩔 수 없었다. 자기 목숨을 기꺼이 내놓고 싸우겠다는데 종이라고 해서 무시할 수는 없었다.

"좋다. 느그덜은 비록 싸움에 나서더라도 장흥 고씨를 위해 오래 살아남아야 한다. 약속헐 수 있느냐? 그리한다믄 둘 다 델꼬 가겄다."

"대감마님, 고맙습니다요. 죽더라도 장흥 고씨 구신이 돼야가지고 지키겄습니다요."

봉이가 엎드려 눈물을 흘리자 귀인이도 뒤따라서 머리를 조아렸다. 봉이와 귀인이 고집을 피우는 바람에 집안일은 어렵게되었지만 그래도 그들이 서로 나가 싸우겠다고 다투는 것을 보니 저절로 아랫배에 힘이 주어졌다. 새삼 전의가 솟구쳤다.

추성관 뜰에 모인 의병들은 흰 저고리와 정강이가 보이는 잠방이 차림이었다. 고경명은 말을 타고 도열한 의병들 앞을 지났다. 의병들은 농악꾼, 기패군, 창을 든 보병 순으로 추성관 정면을 향해 부동자세로 서 있었다. 의병들 앞줄에서 눈을 부릅뜨고 있는 장수들은 소매가 팔뚝까지만 내려온 푸른 전포를 입고 있었다. 고경명이 무겁게 입을 열었다. 출병하는 날을 위해 따로 격문을 짓지는 않았다. 며칠 전 호남 지방에 돌린 격문을 큰 소리로 외웠다.

"첫 번째 패배는 지난번 전라도 근왕병이 공주 금강서 멜갑시 회군해 내려와부렀던 것이고, 두 번째 패배는 삼도 근왕군이 용인서 지대로 싸와보지도 못허고 무참허게 흩어져분 것이다. 이는 대체로 수비 계책이 어긋나고 군율이 문란허다 붕께 유언비어가 들끓고 민심이 소란했던 데서 연유한 것이니라. 이제사 나서서 흩어진 군사를 수습헌다 허더라도 사기가 꺾어져부렀고 정예는 읎어져부렀으니 어찌케 응급책을 세워 뒤늦게나마 실패를 만회헐 수 있겄는가? 항상 걱정하노니 임금님께서 멀리 피난을 가셨건만 관리덜은 지 노릇을 지대로 못허고, 한성이 잿더미가 돼부렀는디도 관군은 아적 왜군을 무찌르지 못허고 있다. 이것을 말허자니 통분이 뼈다구까정 사무친다."

장수와 의병들이 고경명의 말 중에 '통분이 뼈다구까정 사무친다'라는 대목에 이르러 모두가 발을 구르고 창을 들어 허공을 찌르며 분노했다.

"우리 전라도는 본래부텀 군사와 말이 날래불고 겁나게 굳세다고 자랑해왔다. 태조 임금님께서 황산 싸움에서 왜구를 크게 무찔러 다시금 나라를 안정시켜부렀고, 고려 때 낭주 싸움에서는 적선을 단 한 척도 돌려보내지 않았다는 노래가 있다. 이런 옛날 야그덜을 사람덜은 시방도 잊어불지 않고 있는디, 당시 선봉대로 나서 적장을 무찔러불고 적의 깃발을 뽑아분 자가 바로 우리 전라도 사람이 아니었냔 말이다. 더구나 근래에는 유학이 흥성하여 사람덜이 모다 심써 배와부렀는디 말이여, 임금님 섬기는 큰 의리를 누군덜 세울라고 허지 않겄는가?”

의병들의 함성 소리가 담양성을 뒤흔들었다. 고경명은 함성 소리가 잦아들 때까지 기다렸다가 말을 이었다.

“그런디 유독 오늘에 와서 의로운 목소리가 작아져불고 두려운 나머지 어느 한 사람도 용기를 내어 싸움에 나설라고 허지 않는구나. 지 몸만 돌봐불고 지 처자를 보전할라고만 급급하여 몰래 도망칠 생각만 허고 있다. 이는 전라도 사람으로서 나라의 은혜를 저버리게 되는 것뿐 아니라 조상을 욕되게 허는 것이다. 시방 왜적의 군세가 크게 꺾어져부렀고 우리나라의 기세가 날로 커가고 있응께, 이때야말로 대장부가 공명을 세울 기회인 것이며 나라의 은혜에 보답할 때가 아닌가? 그라지 않능가!”

의병들이 의분을 참지 못하고 소리를 질렀다.

“옳그만이라우! 우리 전라도 사람덜이 나서붑시다!”

“한성으로 올라가 얼릉 임금님을 모셔 와불잔께.”

고경명은 손을 휘휘 저어 흥분한 의병들을 가라앉혔다.

“나, 고경명은 문장이나 다소 아는 졸렬헌 선비라서 병법에는 문외한이여. 허나, 요로코롬 단에 오른 맹주이다 봉께 사졸덜을 잘 다스리지 못해 여러 장수덜에게 수치거리가 될까 두렵다. 그런디도 오직 입술에 뻘건 피를 묻힌 각오로 진군허는 것이다. 쬐깐이나마 임금님의 은혜를 보답헐라고 오늘 군사를 일으켜 출병허는 것이다. 우리 전라도 사람덜은 아부지는 그 아들을 깨우쳐 불고, 성은 그 동상을 격려험시롱 의병 대열에 모다 함께 나서고 있느니라. 원컨대 옳은 길이라믄 모다 따를 것이요, 심이 들지라도 주저허지 말라! 충의를 욕되게 허지 말라!"

고경명의 말이 떨어지자마자 푸른 전포를 입은 좌부장 유팽로와 우부장 양대박이 다가와 양쪽에서 호위했다. 고경명의 위의가 더욱 드러났다. 술을 마시거나 붓을 잡고 느릿느릿 시를 읊조리는 지난날의 고경명과는 판이하게 달랐다. 평소처럼 행동이 굼뜨지도 않았다. 말을 타고 내리는 행동이 늙은이답지 않게 바람처럼 빨랐다.

마침내 기패군이 선두에 서서 추성관을 먼저 빠져나갔다. 붉고 노란 깃발에는 충 자와 의 자가 선명했다. 늙은 부로와 병자들은 물론 아녀자들까지 몰려 나와 길거리를 가득 메우고 있었다. 기패군 뒤로는 취타대를 대신하는 농악꾼들이 북을 치고 나발을 불며 움직였다.

봉이와 귀인은 죽창을 들고 따랐다. 세상에 태어나 처음으로 광주 고을을 벗어나 극락강을 건넜고, 이제는 담양 고을을 뒤로 한 채 한성을 향해 떠나고 있었다. 봉이와 귀인은 기패군이 든 깃발의 충과 의가 무슨 뜻인지도 모르고 대장 군마를 탄 고경명을 뒤따랐다. 고경명이 임금의 은혜를 갚고자 한성으로 올라간다고 하니 그들도 동조하여 나섰을 따름이었다. 장성 고을을 막

벗어났을 때 봉이가 귀인에게 작은 소리로 속삭이듯 말했다.

"성님, 나는 기분이 요상해부요."

"으째서?"

"의벵덜 틈에 끼기고 봉께 나도 백성이 돼야분 거 같당께."

"쓰잘데기 읎는 소리 말어. 우리는 살아도 종, 죽어뻐져도 종인께. 코뚜레 헌 소보다 쪼깐 더 대접받는 종이란 말이여."

"아따, 시방 나가 종이 아니라고 그라요? 기분이 고렇다는 것이제."

"왜놈을 죽여 공을 세운다고 혀도 우리는 오장육부까정 종인께 요상헌 소리 말어."

"벼슬아치 장수덜이 우리를 대해주는 것이 다릉께 해본 말이지라우."

"허긴 니 말이 틀린 거는 아니어야."

"성님도 그라제?"

"나 기분도 그런 거 같어분디 으째야 쓰까 모르겄네잉."

사실이었다. 장수들은 신분을 구별하지 않고 통솔했다. 장수가 행군하는 동안 서행을 지시하면 모두가 천천히 걸었고, 걸음을 멈추라면 다 같이 그 자리에 섰다. 양민이나 천민이나 똑같이 장수의 지시를 받았다. 벼슬아치 아들도, 집종도, 백정도, 관노도, 모두 한 식구같이 행동했다. 끼니 때 나오는 밥도, 밥그릇도, 반찬까지도 모두 같았다. 봉이와 귀인은 그것만으로도 나라의 진짜 백성이 된 것 같았고, 다른 세상에 와 있는 듯 황홀한 기분마저 들었다.

운암 전투

담양 의병군은 3일 만에 장성, 정읍, 태인, 금구를 지나 전주에 입성했다. 육천 명 군사들의 행군치고는 빠른 편이었다. 사기도 충천했고 군량미도 부족하지 않았다. 감영이 있는 전주에 이르니 행재소와 이광이 이끄는 삼도 근왕군의 소식을 정확하게 들을 수 있었다. 물론 눈앞이 아득해지는 비통한 소식이었다. 담양 의병군이 출병하는 날 선조는 평양마저 버리고 또다시 파천 길에 올랐고, 삼도 근왕군은 한강을 넘지 못하고 용인에서 대패했다는 비보였다.

고경명은 모악산 임시 군막으로 참모 장수들을 불러 북진 여부를 물었다. 그러자 무조건 북진하는 것만이 능사가 아니라는 의견에 다수의 장수가 가세했다. 삼도 근왕군처럼 임금을 근왕한다는 충의만 가지고 대책 없이 북진하다가는 위험에 빠질 수밖에 없다는 주장이었다. 대안을 묻자 장수들 모두가 왜군을 이

기려면 의병들이 더욱더 강해져야 하고, 의병군의 규모가 지금보다 더 커져야 한다고 입을 모았다.

우부장 양대박이 남원으로 가 의병을 모집하겠다고 나섰다. 그는 이미 이천 명의 의병을 모집한, 모병 수완이 탁월한 장수였다. 고경명은 양대박에게 '의병을 더 모집하는 장수'란 뜻인 가모의병장加募義兵將이란 직함을 주어 남원으로 보냈다. 우부장에 가모의병장을 겸하게 된 양대박은 이종사촌 간인 유팽로에게 자신의 휘하 의병들을 부탁한 뒤 말 등에 올라 모악산 너머로 바람같이 사라졌다.

의병군은 민폐를 끼치지 않기 위해 모악산에 진을 치고 있었다. 모악산 산자락의 띠와 억새를 베어 나무 기둥에 얹은 띳집들이 고경명과 의병군의 임시 막사였다. 의병들은 날마다 아군과 적군으로 나누어 모의 전투를 했다. 군마를 타고 돌아다니면서 훈련하는 의병 장졸들을 격려하는 것이 고경명의 일과였다. 의병들은 하루가 다르게 칼과 창을 잡는 자세가 믿음직스러워졌다.

우부장 양대박이 남원으로 떠난 지도 열흘이 지나고 있었다. 고경명은 문득 의병 모집을 양대박에게만 맡긴 것이 미안했다. 남원 부자인 그는 이미 재산 일부를 기꺼이 의병군에 희사했고, 두 아들은 물론 농사짓는 집종 오십 명을 의병군으로 보냈던 것이다.

축축한 바람이 고경명의 얼굴을 스쳤다. 고경명은 투구를 벗어 상투를 튼 머리와 목덜미의 땀을 말렸다. 소나기가 곧 한바탕 내릴 것 같았다. 모악산 정상 너머에서 비구름이 몰려와 산자락을 에워쌌다. 고경명은 다시 투구를 썼다. 모악산 산자락은 장막을 드리운 듯 어두워졌다. 이윽고 굵은 빗방울이 하나둘 떨어지기 시작했다. 나뭇잎들이 내리꽂히는 빗방울에 툭툭 소리를 지르며 경련하듯 떨었다.

휴식 시간이 되어 분지에서 훈련받던 의병들이 일시에 임시 막사인 숲속의 땟집으로 돌아갔다. 장대비가 내리는 어두워진 분지에 고경명은 홀로 남았다. 그는 말안장에 앉아 꼼짝도 하지 않았다. 장대비가 몰려오고 있는 줄도 모르는 듯했다. 그만큼 깊은 상념에 잠겨 있었다. 장남 고종후와 차남 고인후가 걱정이 되어 달려왔다. 형제는 수원에서 선전관이 가지고 온 교지를 전해 받고 내려와 있었다. 교지에는 '고경명 위 전라도 의병장 절충장군 행 의흥위 부호군 지제교 자高敬命爲全羅道義兵將折衝將軍行義興衛副護軍知製教者'라고 쓰여 있었다. 고경명 의병장에게 정3품 절충장군으로 품계를 올리며, 한성 중심부를 지키는 의흥위의 부호군 벼슬과 임금의 교서를 담당하는 지제교 벼슬을 내린다는 교서였다. 고종후가 다시 고경명에게 간청했다.

"비가 내리고 있응께 얼릉 군막으로 가셔부시쇼."

"괴안찮다."

"장대비가 몰려오고 있그만이라우."

"여그서 쪼깐 더 있다가 들어갈란다."

"으째서 그랍니까요?"

"시방 나는 머릿속으로 글을 쓰고 있는 중이다."

고인후와 고종후는 말없이 군막으로 돌아갔다. 아버지 고경명이 시상詩想에 잠겨 있을 때는 시중을 들다가도 자리를 피하곤 했던 것이다. 그런데 지금 고경명을 사로잡고 있는 것은 그런 음풍농월의 시상이 아니었다. 각 도의 수령과 백성, 관군에게 보낼 격문이었다. 고경명은 말안장에 앉은 채 머릿속으로 절절한 격문을 짓고 있었다.

산자락 바위들을 쪼개버릴 것처럼 천둥 번개가 쳤다. 번개가 하늘에서 무섭게 곤두박질쳤다. 고경명이 타고 있는 군마가 놀라 갈기를 흔들며 울었다. 이번에는 봉이와 귀인이 달려와 말고삐를 잡았다.

"대감마님, 군막으로 가셔부러야 헙니다요."

"병 나시믄 큰일입니다요."

"알겄다. 갈 팅께 몬자 가서 먹을 갈아놓거라."

어디를 가든 고경명이 앉은 자리에는 먹과 붓, 종이가 있었다. 벼루에 먹을 가는 것은 봉이와 귀인이 시중드는 일 중에 하나였다. 고경명은 군막으로 돌아와 투구와 갑옷만 벗고 바로 붓을 들었다. 천둥 번개 치는 산자락에서 지은 마상격문馬上檄文이었다.

'임진년 6월 모일에 전라도 절충장군 의병장 행 의흥위 부호군 지제교 고경명은 삼가 각 도 수령과 백성들과 군인들에게 급히 통고한다.

근자에 국운이 불길하여 섬 오랑캐가 불시에 침입하였다. 처음에는 우리나라와 약속한 맹세를 저버리더니 지금은 통째로 집어삼킬 야망을 품고 있다. 우리의 국방이 튼튼하지 못한 틈을 타

서 침략하더니 하늘도 무서워하지 않고 거침없이 북상하고 있다.(중략)

의롭지 못한 군대를 이끌고 남의 나라에 깊이 들어옴은 본래 병법에 어긋나는 일이다. 그런데 유구한 역사를 가진 이 나라 백성들은 왜적의 침입에 아무런 대책 없이 그대로 앉아서 보고만 있구나. 장강長江이 갑자기 천혜의 요새를 잃어버려서 흉악한 칼날이 이미 한성까지 기어들었다. 나라에 인재가 없다는 조롱도 진실로 가슴 아프거니와 원수들이 제 마음대로 덤벼드는 모양도 못 볼 일이다.

아, 우리 임금님은 한성을 버리고 북쪽으로 피난하셨으나 이 또한 종묘사직을 위한 지극한 계획에서 나온 것이다. 지방 순시를 나가신 것이라 생각하면 된다. 그런데 불길한 전방의 소식으로 인하여 임금님의 얼굴에는 깊은 근심이 어렸고 임금님의 행차는 높은 산 험한 고갯길을 가고 있다. 이제 하늘이 이 나라를 구할 원로를 보내오고 우리들을 믿는 임금님의 간곡한 교서가 오늘도 내려오고 있다. 무릇 혈기 있는 사람으로서 통분한 나머지 목숨을 바치려는 생각이 어찌 없겠는가? 어쩌다가 일이 잘못되어 나라가 이 지경이 되었는가? (중략)

나, 고경명은 비록 늙은 선비지만 나라에 바치려는 일편단심만은 그대로 남아 있어 밤중에 닭 우는 소리를 듣고서 번민을 이기지 못하여 중류에 뜬 배의 노를 저으면서 스스로 의로운 절개를 지키려 한다. 한갓 나라를 위하려는 성의만 품었을 뿐, 힘이 너무나 보잘것없음을 모르는 바 아니나 이제 의병을 규합하여

곧장 한성으로 진군하려 한다. (중략)

의리를 위하여 떨쳐나선 군대이니 신분의 귀천과 직위의 고하에 상관할 바 없으며 군대는 곧은 것으로 말미암아 강해지는 것이지 허술한지 견고한지를 논할 바가 아니다. 크고 작은 군대들이 모의하지 않고도 뜻을 같이하였고, 멀고 가까운 곳의 장정들이 소식을 듣고 다 함께 분발하였다.

아, 각 고을 수령들과 각 지방의 인사들이여! 어찌 나라를 잊어버리랴? 마땅히 목숨을 저버릴 것이다. 혹은 무기를 제공하고 혹은 군량으로 도와주며 혹은 말을 달려 선봉에 나서고 혹은 쟁기를 버리고 논밭에서 떨쳐 일어서라! 힘닿는 대로 모두가 정의를 위하여 나선다면 우리나라를 위협 속에서 구해낼 것인즉 나는 그대들과 함께 힘을 다할 것이다.

임금님이 피난 가신 곳은 저 먼 북쪽 땅이나 나라는 곧 회복될 것이니 어찌 북쪽 땅에서 오래 머무르실 것인가. 비록 초기에는 불리했으나 나라의 형편은 바야흐로 좋아지고 있고, 이 나라를 수호하려는 백성들의 마음은 더욱 간절해지고 있다. 호탕하고 용감한 사람들이 제때에 시국을 바로잡아야 하나니 부질없이 앉아서 한탄한들 무슨 소용 있으랴! 우리 백성들은 이 나라의 회복을 손꼽아 기다리고 있다. 마땅히 의기와 힘을 내서 앞장서야 할 것이다. 나의 진심을 토로하여 널리 고한다.'

고경명은 봉이에게 고종후를 불러오게 했다. 고종후가 임시 군막으로 들어오자 써놓은 격문을 베끼게 했다. 문과 급제를 한 고종후는 아버지 못지않게 필체가 좋았다. 아버지 고경명을 닮아 시도 능했고 글씨도 반듯하고 멋들어졌다. 특히 고종후는 유팽로와 문과 급제 동기였으므로 의병 장수들 사이에서 실력을 인정받았고, 아버지 고경명의 뜻을 장수들에게 전달하는 역할을 잘했다.

한편, 남원으로 간 양대박은 불과 수일 만에 천여 명의 의병을 모았다. 가모의병장다운 모병이었다. 양대박은 바로 전주로 향했다. 고경명이 각 도 수령에게 보내기 위해 마상격문을 쓴 날이었다. 양대박은 가능한 한 빨리 전주로 가기 위해 어두컴컴한 꼭두새벽에 남원 율치 고개를 넘고 있었다. 그는 고갯마루에서 잠시 쉬는 동안 의병들에게 소속감을 심어주기 위해 말했다.

"느그덜은 나 양대박의 군사가 아니여. 전주에 겨시는 절충장군 고경명 의병대장님 군사덜이여. 알겠느냐? 나는 느그덜을 델꼬 오라는 의병대장님의 지시를 받은 것뿐이다. 그러니 느그덜은 오늘부텀 임금님의 의로운 신하이자 절충장군 고경명 의병대장님 부하가 된 것이여."

"지덜 목심은 임금님 것입니다요!"

"맴이 흔들리는 사람은 지금이라도 좋옹께 그냥 집으로 돌아가그라."

"으디로 가란 말씸입니까요? 지덜 목심은 의병대장님 것입니다요."

"좋다. 우리덜은 임금님허고 고경명 의병대장님께 맹세를 혔다. 남은 일은 목심을 바치는 일뿐이다. 알겠느냐?"

양대박은 좌우로 장남 양경우와 차남 양형우를 부장으로 삼아 다시 행군을 시작했다. 전주로 가는 길은 양대박에게는 눈을 감고도 지름길을 찾을 수 있을 만큼 익숙한 길이었다. 일단, 오수 성수산에서 발원하여 섬진강으로 흘러가는 오수천을 향해 나아갔다. 오수천을 건너야 전주로 북진해 갈 수 있는 갈담역이 나왔다. 갈담역에서 서북쪽으로 가면 태인, 동북쪽으로 올라가면 진안과 무주, 남쪽으로 가면 순창과 곡성, 섬진강 상류인 운암천 쪽으로 곧바로 북진하면 운암을 지나 전주에 이르렀다.

의병들은 묘시에 오수천 천변에서 군량미를 꺼내 이른 아침을 지어 먹었다. 오수천은 가재와 새우, 붕어, 쉬리가 사는 청정한 천이었다. 의병들은 잠방이를 걷어붙이고 차가운 오수천으로 들어가 물속 바위 밑의 붕어와 가재를 잡아다가 국을 끓였다. 주먹밥을 먹는데 백련산 산자락에 사는 화전민 늙은이들이 꿀과 칡뿌리를 가져와 양대박에게 바쳤다.

"장수님, 심내시라고 가져왔당께요. 왜놈덜 땜시 불안혀서 못 살겠어라우. 왜놈덜을 얼릉 여그 땅서 몰아내주씨요잉."

"인자 다리 쭉 뻗어불고 자는 날이 올 것이요. 고경명 의병대장님이 한강을 넘어가끔 우리나라는 깨깟이 해결돼부릴 것이오."

"아따, 장수님 말만 들어도 십 년 묵은 체증이 내려가분 것 같으요."

양대박은 두 아들을 시켜 삼태기에 담긴 칡뿌리 무더기를 의병들에게 나누어주었다. 의병들이 양대박을 따르는 까닭은 아들을 비롯해 집종까지 식구들 모두가 의병에 가담했기 때문이었다.

오수천에서 아침을 평소보다 이르게 먹은 의병들은 다시 길을 나섰다. 사방으로 길이 난 갈담역은 오수천에서 가까웠다. 서너 식경을 걸으니 갈담역이 나타났다. 갈담역 역졸들이 뛰어나와 굽신거리며 의병들을 맞았다. 그것도 의병들의 사기를 올려주는 데 한몫했다. 역졸들이 마을을 지나치다가 슬쩍 닭이나 개를 잡아가는 등 행패가 끊이지 않았던 것이다.

그런데 그때 십여 리 앞서 가던 척후병이 허둥지둥 되돌아와 보고했다. 예상치 못한 일이었다. 왜군이 출현하리라고는 생각지 못했던 것이다.

"운암천에 왜적이 있그만이라우."

"니 눈으로 똑똑히 보았느냐?"

"지도 처음에는 구신덜이 장난치는 거 같았습니다요."

"말해보그라."

"희고 꺼먼 것은 왜놈 깃발이 확실허고, 흐건 냉갈(연기)을 봉께 왜놈덜이 끼니를 준비허고 있는 거 같았습니다요."

"군사는 을매나 되는 거 같더냐?"

"지가 볼 때는 우리덜보담 배는 더 되는 거 같았습니다요."

"이천 명이란 말이냐?"

"더 돼부렀으믄 더 돼부렀지 적지는 않았습니다요."

마침 갈담역 인근 백련산 계곡에 사는 사람들이 양대박을 찾아와 첩보를 주었다. 산자락에서 보니 왜적들이 무주 진안 쪽에서 내려와 전주 가는 길로 올라갔다는 것이었다. 내려왔다가 올라갔다는 것은 무주에서 바로 전주로 직공하지 않고 우회했다는 뜻이었다.

"왜적이 틀림없다!"

양대박은 두 아들을 불러 작전을 짰다. 두 아들이 앞장을 서야만 의병들이 물러서지 않을 터였다. 양대박은 바로 그런 의병들의 심리를 이용했다.

"경우는 의병 백 명을 줄 팅께 이짝 운암천을 살살 건넌 뒤, 왜적이 눈치채지 못허게 돌아서 올라가 오봉산 산자락에 숨어서 왜적덜을 봄시롱 내가 운암천에 도달허믄 니가 몬자 나발을 불고 북을 치그라."

"알겄습니다."

"나는 왜적 정면에서 불베락치데끼 기습해뻔질란다."

"지도 경우 성을 따라갈랍니다."

"아니다. 형우 니는 나래산 동쪽 산자락에 숨어 있그라. 왜적이 으디로 가겄냐? 오봉산에는 성이 있는디. 천상 우리덜이 퇴로를 터주면 왜적덜은 나래산 쪽으로 도망칠 것이다. 바로 그때 니는 달려와 왜적을 죽이믄 된다. 니헌티는 의병 삼백 명을 주겄다."

"아부지헌티 의병이 더 가야 허는 거 아닐께라우?"

"나는 육백 명을 둘로 나누어 기습 공격헐 것이다. 일부러 가운데를 비어 왜적이 도망치게 유도헐 팅께 형우 니가 죽기 살기로 잘 싸와야 헌다."

양대박이 세운 작전은 신출귀몰한 병법 전술이 아니었다. 구덩이를 파놓고 도망치는 산짐승을 몰이하듯 삼면에서 공격하여 적을 함정에 빠뜨리는 작전이었다. 양대박이 임란 전 겨울철

농한기마다 집종들을 거느리고 노루몰이를 할 때 썼던 방법이었다.

장남 양경우가 먼저 농악꾼 출신 의병들을 데리고 물이 얕은 운암천을 건너 왜군의 눈에 띄지 않게 오봉산으로 올라갔다. 그리고 차남 양형우는 나래산 동쪽 산자락으로 숨어 들어갔다. 두 아들이 무사히 움직이는 것을 확인한 양대박은 그제야 전주 가는 길을 타고 북진했다. 깃발을 떼어낸 의병기들은 죽창으로 변했다.

왜군 제6군의 공격 목표는 전라도 점령이었다. 왜군 대장 중에 최고령인 고바야카와 다카카게小早川隆景가 총대장이 되어 제6군을 거느렸다. 왜군 제6군은 원래 남해를 돌아 전라도로 상륙하려고 했지만 이순신 함대 때문에 좌절되자 공격로를 육로로 바꾸었다. 제6군은 만 오천 명의 왜군을 두 부대로 나누어 전주성을 먼저 함락시키려고 했다. 고바야카와는 자신의 휘하 만 명에다 제6군 소속의 오천여 명을 거느리고 추풍령에서 진산을 지나 이치를 넘어 전주에 입성하려 했고, 역시 제6군 소속의 다치바나 무네시게立花宗茂는 휘하의 이천오백 명을 지휘하여 무주와 진안을 거쳐 전주로 들어가려 했던 것이다.

왜군 장수 다치바나는 무주, 진안을 거치는 동안 조선군과 단 한 번도 접전한 적이 없었으므로 운암천에서도 척후병이나 경계병을 내세우지 않았다. 조선 관군을 두려워하지 않았으므로 방심했다. 그는 경상도에서 곽재우 의병과 싸워본 적은 있지만 충청도, 전라도에도 의병이 있으리라고는 짐작도 못 했다.

양대박은 운암천 운암에 이르는 동안 몹시 긴장했다. 척후병으로부터 추가 보고가 없었다. 왜군들이 양대박의 의병들을 아직 발견하지 못했다는 증거였다. 왜군들은 오봉산 산자락과 운암천이 맞닿은 운암에서 늦은 아침을 짓고 있었다. 소나기가 가끔 내릴 뿐 가뭄이 든 운암천은 수심이 얕았다. 천 바닥에 깔린 조약돌이 보였다. 의병들이 천을 건너 기습 공격하는 데는 아무런 문제가 없었다.

의병들은 운암천에 이르러서는 잡풀더미에 몸을 은폐하고 엎드려 기었다. 아침을 차려놓은 왜군들이 갑자기 웅성댔다. 왜군을 따라온 종군 승려와 함께 염불을 시작한 것이다. 승려는 검은 승복을 입고 있었다. 왜군 모두가 눈을 감고 염불하는 동안 오봉산에서 양경우가 내는 나발 소리와 북소리가 요란하게 났다. 놀란 왜군 장수가 오봉산을 올려다보며 조총을 쏘았다. 양대박은 그 순간을 노렸다. 공격 명령을 내렸다.

"화살을 쏴부러라! 운암천을 건너 공격해부러라!"

놀란 왜군들이 오봉산 쪽으로 도망치려다가 다시 운암천을 건너 나래산 쪽으로 향했다. 그때 양형우가 거느리는 의병들이 운암천을 건너오는 왜군들을 향해 일제히 화살을 쏘았다. 오봉산에 있던 양경우를 따르는 의병들도 운암천변으로 내려와 양대박 의병군과 합세했다. 왜장 다치바나를 벌 떼처럼 에워싼 채 왜군 일부는 잽싸게 갈담역 쪽으로 도망쳤지만 천 명 정도의 왜군은 운암천에서 오도 가도 못 한 채 죽어갔다. 순식간에 운암천은 왜군들의 시신으로 가득 찼다. 왜군들이 흘린 피로 맑았던 물이 벌겋게 변했다.

담양 의병군 우부장 양대박이 올린 첫 승리였다. 전과는 양대박이 예상했던 것보다 컸다. 아들 양경우가 보고했다.

"왜군 포로로 끌려다님시롱 고생허던 우리 백성 백 명을 구출해부렀습니다. 왜적 천 명을 죽인 것보담 더 기쁜 일이랑께요."

"참말로 기쁜 일이로고나."

"우리덜 피해는 아조 짝그만요."

"의병 사상자는 을매나 되냐?"

"마흔 명입니다요."

"모두 다 순절이다. 니는 남원으로 돌아가거라. 날이 더운께 시신을 얼릉 보내 장사를 잘 치르도록 보살펴주어라."

휘하의 군사를 잃은 왜장 다치바나는 뒤도 돌아보지 않고 무주로 올라가버렸다. 전주성을 함락시키겠다는 왜군 제6군 총대장 고바야카와의 작전은 당장 차질이 왔다. 다치바나의 퇴각으로 왜군의 공격로 하나를 잃은 것이다. 고바야카와는 이치를 넘어 전주로 입성하려던 작전을 슬그머니 미뤘다. 의병들이 예상보다 강했으므로 이천 명의 지원군을 요청했다. 예순 살의 고바야카와는 늙은 여우처럼 지원군이 올 때까지 부대를 움직이지 않았다.

고경명은 모악산으로 돌아온 양대박을 개선장군처럼 맞이했다. 전주가 한층 안전해진 것은 양대박이 다치바나의 왜군을 운암천에서 박살 냈기 때문이었다. 모악산 임시 군막에서는 밤새도록 운암 전투 이야기가 이어졌다. 고경명은 물론 유팽로, 고종후, 고인후 등이 양대박에게 똑같은 이야기를 듣고 또 들었다. 온갖 무기로 무장한 왜군이라고 하지만 한번 붙어볼 만하다는 자신감이 들었다.

독성산

김천일이 이끄는 나주 의병군은 수원 남쪽 독성산에 도착했다. 나주 금성관을 떠난 지 이십 일 만의 일이었다. 의병들의 흰 옷은 숫제 누렇게 변색돼 있었다. 의병장 김천일이 입고 있는 검은 전포에서도 고린내가 났다. 북진하는 동안 개울물에 빨아 입기는 했지만 소나기를 맞고 땀에 절어 계란 썩는 냄새를 풍겼다.

불볕에 지친 환자가 속출했다. 군마의 말고삐를 잡고 있던 막둥이도 더위를 먹고 맥없이 쓰러졌다. 수원 땅 독성산에 막 들어선 뒤였다. 속이 메스껍다고 하더니 구토를 했다. 막둥이를 느티나무 그늘로 옮겨 진맥을 하고 난 의원이 김천일에게 말했다.

"더위 묵어서 생긴 병이그만이라우."

"으째야 빨리 낫겄는가?"

"더위에 몸이 상헌 병이어서 상서傷暑라 허고 서증暑症이라고도 허는디요, 냉갈에 끄실린 오매烏梅나 녹두죽이 좋지라우."

"녹두나 오매를 으디서 구해 온단 말인가?"

"고것덜이 읎으믄 오이즙을 맹글어 마셔도 효과가 크지라우. 맛이 신 오미자차는 몸땡이에서 빠져나가는 기운을 막아주고라우."

"알겄네. 민가로 나가믄 오이는 구헐 수 있을 것인께 얼릉 구해 오더라고."

정신을 잃었던 막둥이는 다행히 의식이 돌아오는지 몸을 꼼지락거렸다. 종기 환자도 생겨났다. 걸음을 잘 걷지 못하고 절룩거렸다. 목이나 등, 장딴지에서 고름이 나오는 종기 환자는 심해지면 칼로 생살을 찢고 누런 고름을 긁어내기도 했다. 그래도 대부분의 의병들은 아직 기운이 왕성했고 전의를 잃지 않고 있었다.

수원 땅에 발을 디딘 김천일은 누구보다도 감회가 새로웠다. 사 년 전 쉰두 살 때 수원 부사로 부임해서 잠시 일했던 땅을 다시 밟았기 때문이었다. 그때는 부사 신분이었지만 지금은 의병장이 되어 온 것이 다를 뿐이었다. 자신을 비방하고 탄핵했던 토호 세력과 왕족들, 자신을 속였던 색리 아전들이 떠올라 쓴웃음이 나왔다. 토호 세력과 왕족들은 아전과 결탁하여 자신 몰래 양민들을 수탈했던 것이다.

김천일은 당장 의병들에게 그들을 잡아 오게 하고 싶었지만 관민이 갈등해서는 안 된다고 말했던 신광이 생각나 참았다. 그들의 탈세 방법은 교묘하고 악랄했는데 어떤 부사도 바로잡지 못하고 떠났다. 경작지를 양전量田(토지조사)할 때마다 그들은 조사관이 된 색리에게 뇌물을 주어 경작지를 은폐하는 방법으로 양안量案(토지대장)에 올리지 않거나, 실제보다 적게 기재하거나, 경작지를 농사지을 수 없는 황폐한 휴경지라고 속여 탈세했다. 은전隱田(양안에 누락시킨 땅)의 증가는 양민들에게 그들의 세금까지 덮어씌우는 꼴이었다. 그들의 비리와 부정은 짓누르는 바윗덩어리처럼 양민들을 헐떡이게 했다. 관은 일정한 세수 목표에 따라 세금을 걷어야 하기 때문이었다. 그래서 생긴 것이 어이없는 백지징세白地徵稅였다. 토지가 없는데도 색리들이 가전적假田籍(가짜 장부)을 만들어 징세하고, 박토의 화전과 자갈밭까지 세금을 매기는 잔인한 착취였다.

의병장 김천일이 이끄는 나주 의병군이 수원에 왔다는 소식은 열흘 만에 수원성은 물론 용인과 광주 고을까지 퍼졌다. 양민들을 괴롭혔던 수원 관아의 색리들은 하나둘 도망쳤다. 반면에 수원의 양민들은 김천일을 만나려고 나주 의병군 막사가 있는 독성산으로 구름처럼 몰려왔다. 양산숙을 비롯한 장수들과 의병들의 사기는 크게 올랐다. 수원 양민들의 태도를 보고는 놀라지 않은 의병이 없었다. 더욱이 담양 의병군의 우부장 양대박이 운암천에서 승리를 거뒀다는 소식은 전의를 한껏 솟구치게 했다. 우리도 왜군들과 한번 싸워 이겨보자는 투지를 부추겼다.

수원 양민들 중에 의병을 자원하는 사람들이 많았다. 어느새 의병의 숫자는 이천 명이 넘어섰다. 그들 가운데는 김천일의 눈에 익은 사람도 있었다. 용주사 북쪽 성황산 산자락에서 화전을 일구며 사는 김말수였다.

"나리, 김말수이옵니다."

그는 양민들에게 풍수를 봐주고 어렵게 생계를 이어가는 지관이었다. 김천일은 그를 분명하게 기억했다. 색리와 다투다가 관아에 끌려온 그의 사정을 듣고는 풀어준 적이 있기 때문이었다. 수원천 저잣거리에서 지관으로 살다가 화전을 일구려고 성황산으로 들어갔는데 색리가 원래 밭이 있었던 곳이라고 우기며 세금을 내라고 해서 반발했다가 관아로 잡혀 왔던 것이다.

"여그는 으째서 왔는가?"

"이제 나리께 은혜를 갚고자 왔습니다. 나리께서 저를 살려주시지 않았다면 지금의 제가 어찌 있겠습니까? 지금은 성황산 일대를 논밭으로 일구어 식구들이 편히 먹고살 만하게 됐습니다. 다 나리 덕분입니다."

"니가 잘 사는 것이 나에게 은혜를 갚는 일이여."

"아닙니다요. 나리께 제 목숨을 바치는 것이 저로서는 은혜를 갚는 길입니다요."

"허허허. 막대기 풍순 줄 알았더니 니야말로 진짜 풍수로구나. 말년에 니 살 곳을 찾았응께 말이다."

"아닙니다요. 죽을 곳을 살 곳으로 만들어주신 분은 오직 나리이십니다요."

"근디 늙은 니가 의병이 되어 창을 들고 싸울 수 있었느냐?"

"나리, 제가 잘 싸우지는 못하겠지만 조금이라도 쓸모는 있을 것이라고 생각합니다요."

"의병이 되겠다고 헌 것이 고맙기는 허다만."

김천일은 은혜를 잊지 않고 찾아와준 그가 가상하긴 했지만 의병으로 받기에는 무리라고 생각했다. 쉰 살이 된 그는 의병으로서는 고령이었다. 더구나 그는 팔이 하나 없는 외팔이었다.

"나리께서도 저를 병신이라고 내치시겠습니까?"

"맴이야 잘 알겄다만 의병은 봄놀이하러 댕기는 것이 아닌께 허는 말이다."

"저를 받아주신다면 절대로 후회하시지는 않을 것입니다요."

김말수가 물러서지 않고 자신 있게 말했다.

"니에게 무신 계책이라도 있느냐?"

"의병들이 싸우려면 지리에 밝아야 할 것입니다요. 저는 풍수쟁입니다요. 이곳 경기도에 있는 산이란 산은 다 올라가봤습니다요."

"그래? 그렇다믄 니를 지관 참모로 델꼬 댕겨야 허겄구나."

그제야 김천일이 고개를 끄덕이며 김말수를 받아들였다. 의병 장수들이 대부분 나주 출신이므로 경기도 산이나 길을 알지 못하는데 김말수의 자원은 뜻밖의 소득이었다.

"최복이는 잘 있느냐?"

"나리께서 떠나신 뒤 수원 고을에 살지 못하고 어디론가 떠나버렸습니다."

"의로운 일을 허고도 떠났다니 딱허기 짝이 없구나."

최복은 점을 치는 복사였다. 색리와 왕실 토호 세력인 이종현의 비리를 고발한 사람이었다. 왕실 후손인 이종현의 비리는 그가 한양의 벼슬아치들과 교분이 두터웠기 때문에 역대 수원 부사들이 손을 쓰지 못했다. 알고도 눈감아주거나 물러섰다. 부임

초기에 의욕을 내어 바로잡겠다고 나섰다가 부사직에서 파직당하기 일쑤였다. 그는 마음 놓고 탈세 비리를 저질렀다. 광교산 밑의 논밭은 대부분 그의 땅이었는데 색리가 토지대장인 양안에 기재하지 않은 은전으로 처리하여 세금이 부과되지 않았다. 그런데도 이종현은 자기 땅을 부쳐 먹고 사는 소작인들이 가을이면 내오는 곡물을 꼬박꼬박 챙겨 갔다. 흉년이 들었을 때도 마찬가지였다. 마름을 통해 인정사정없이 훑어 갔다. 갚을 길이 없으면 그의 종이 되거나 산중으로 도망쳐 화전민으로 살았다. 참다못한 최복이 관아를 찾아와 호소해서 김천일이 부세균일賦稅均一의 원칙에 따라 탈세한 세금을 거둬들였다. 실제 경작지를 조사하는 양전도 다시 시작했다. 그러자 토호 세력들이 온갖 야비한 방법으로 김천일을 헐뜯고 비방했다. 김천일을 협박하는 사람들 중에는 놀랍게도 조정의 당상관도 있었다. 결국 김천일은 파직당했다. 토호들의 탈세 비리를 바로잡겠다고 나섰다가 도중에 내쳐지고 말았던 것이다.

의병이 된 사람 중에는 용주사 승려들도 많았다. 사십 대 승려 송허松虛가 어린 사미승과 젊은 승려 서른 명을 데리고 왔다. 이 또한 김천일이 수원 부사 시절에 용주사 승려들에게 관아의 사역을 면제해준 일이 있었기 때문이었다. 사역을 면하는 대신 용주사 부근의 논밭을 지어 자급자족하도록 조치했었다.

"송허 대사, 날 잊지 않고 와준께 고맙소."

"부사 나리께서 베푼 선정을 어찌 잊을 수가 있겠습니까?"

"내가 무신 덕을 베풀었다는 거요?"

"이제 수원 고을에는 중들이 놀고먹는다는 험담이 없어졌습니다."

"누구든지 일해서 묵고 살아야지 노는 사람이 잘 묵고 잘사는 나라라면 그릇된 거지요."

"그렇습니다. 당나라에 백장 선사라는 분이 일일부작 일일부식日日不作 日日不食, 하루 일하지 않으면 하루 먹지 말라고 말했습니다."

"절에 만고의 진리가 있다는 것이 놀랍소."

"부사 나리, 어찌 절에만 진리가 있겠습니까? 세속에 공맹의 가르침이 있지 않습니까?"

"그렇소. 충효란 것이 공맹의 가르침에서 나왔응께 말이오."

"부사 나리, 이 자리에서 부탁을 하나 드려도 되겠습니까?"

"야그혀보시오."

"승려들은 집을 떠난 사람들이라 처자가 있는 의병들과 함께 숙식하는 것은 조화롭지 못한 일입니다. 그러니 우리 승려들은 부사 나리의 지시를 받되 용주사에서 대기하고 있는 것이 어떻겠습니까?"

"좋소. 군량미도 절약헐 수 있응께 좋은 일이오."

"부사 나리, 감사합니다. 저희들은 지척에 있으니 언제든지 불러주십시오. 달려오겠습니다."

송허의 무리가 물러가고 난 뒤, 김천일은 행군 도중 병을 얻은 의병들을 둘러보았다. 막둥이는 이미 의식이 돌아와 김천일이 타고 다니는 군마를 쓰다듬고 있었다.

"푹 쉬어불제 뭣 허고 있냐?"

"나리님 군마도 겁나게 더웠겄어라우."

"그랑께 그늘에 매어두라고 허지 않았느냐."

"나맹키로 더우를 묵었을 팅게 께랑물(개울물)로 등물을 쳐주믄 으쩌겄습니까요?"

"꼬리꼬리헌 니 몸땡이나 씨쳐부러라."

"지는 땀이 많은 사람인게 그랍니다요. 밥만 묵어도 땀이 난당께요."

"상서로 고생혔응께 니 몸땡이부텀 잘 씨치거라."

"나리님 군마도 을매나 더웠겄습니까요. 군마도 참말로 지쳤을 것입니다요."

"께랑으로 내려가되 왜적이 은제 어디서 나타날지 모릉께 조심허그라."

황구지천은 독성산 서쪽 산자락을 휘감아 흐르고 있었다. 수원의 북쪽 광교산 계곡에서 발원한 수원천은 남쪽으로 내려와 황구지천이 되었다가 서해로 흘러 들어갔다. 그런데 막둥이가 군마를 끌고 독성산 개울로 막 내려갔을 때였다. 용인으로 내보낸 척후병이 돌아와 보고했다.

"의병장님, 금령역에서 왜적덜이 돌아댕기는 것을 봤그만이라우."

"이놈덜이 인자 산에서 내려와 거리를 활보허고 댕기는구나."

김천일은 즉시 좌부장 양산숙을 불러 비상을 걸었다. 독성산에 온 지 열흘 만이었다. 양산숙이 서둘러 의병들을 대기시켰다.

의병들은 그사이 충분한 휴식을 취했고, 병이 난 의병 몇몇도 회복했기 때문에 전력에는 아무 이상이 없었다. 임시 군막에 의병 장수들이 속속 모여들었다. 양산룡, 임환, 이광주, 송제민, 서정후 그리고 김상건도 말석에 앉았다.

"용인에 왜적덜이 있다는 것은 우리가 다 아는 사실이여. 그래서 그짝으로 척후병을 보냈제. 왜적덜이 문수산에 있지 않고 금령역까정 내려와 활개 치는 거 같은디 은제 이짝으로도 올지 모릉께 싸울 준비는 허고 있어야 쓰것다."

나주 향교를 출입하는 서정후가 말했다.

"우리덜이 온다는 야그를 듣고 한양 가는 길을 막고자 그짝에 있지 않을께라우?"

"고건 아닌 거 같은디."

용인 문수산에 결진하고 있는 왜군은 와키자카 야스하루 휘하의 군사들이었다. 한성과 용인을 오르내리고 있는 와키자카의 군사 천육백 명은 오만 명의 삼도 근왕군을 물리친 전투 경험이 풍부한 군대였다.

이광주가 말했다. 이광주는 나주 의병군에게 군량미 수백 석을 대주고 있는 외숙 이광익과 친형제였다.

"왜적덜이 원래부텀 그곳에 있었응께 우리 의병을 막고자 지달리고 있는 것은 아닌 듯허요. 그라기는 해도 용인에 왜적이 있는디 한성으로 갈라고 북진해서는 우리덜이 당헐 수도 있을 거 같소."

"옳은 말씸이제. 한성에도 왜적덜이 많은디 일이 잘못되믄 우리딜은 양쪽에서 협공을 당할 수 있당께."

나주 출신의 임환이 이광주의 말에 동조했다. 임환의 호는 습정習靜, 김천일의 종사관으로 전술 참모를 겸했다. 전술 참모를 겸하고 있는 것은 그가 무인 집안 출신이기 때문이었다. 그의 증조부 임평은 전라 병마 우후였고, 조부 임붕은 경주 부윤이었으며 아버지는 평안도 절도사를 지낸 임진이었다. 어머니 또한 선전관 윤기의 딸이었다. 그는 선조 23년에 진사시에 합격했지만 임란이 나는 바람에 문과 급제의 기회를 잃어버린 불운한 문사였다. 임환이 한마디 더했다.

"우리덜은 이짝 지리를 모른당께요. 긍께 용인으로 들어가 싸우기보담은 이짝에서 시간을 벌다가 결판을 내야지라우. 이는 왜적덜이 두려와서가 아니라 지난번 근왕군의 실패를 반복허지 말자, 이 말입니다요."

"습정이 허는 말은 하나도 버릴 것이 읎어불그만. 나 김천일은 함부로 움직이지 않을 것잉께 걱정허지 말드라고. 그라고 모르긴 해도 왜적덜은 이미 우리가 으디에 와 있는지를 다 알고 있을 것이그만. 긍께 항상 방어 계책을 세워부러야 당허지 않을 것이여."

양산숙은 왜군이 곧 쳐들어올 것처럼 목소리를 높여 말했다.

"왜적은 반다시 저물기 전에 우리를 공격해 올 것입니다요. 오만 근왕군을 물리쳤으니 을매나 교만에 빠져 있겠습니까? 우리덜은 시방 계책을 급허게 세와부러야 헌당께요."

해광海狂 송제민도 한마디 했다.

"우리는 앞만 보고 야그허고 있그만요. 뒤도 돌아봐야지라우. 왜적덜이 청주, 진천 등지에서 날뛰고 있다고 헝께 뒤짝도 걱정 해야지라우. 그렇다고 우리가 그짝으로 갈 수는 읎응께 거그는 충청도 의병들이 나서줘야 허겄지라우. 지가 중봉을 만나 부탁 허고 오겄습니다요."

"해광이 다녀와주믄 고맙제. 중봉이 일으킨 의병이 으짠지 모 르겄네. 왜적덜이 우리 등 뒤에서 친다면 큰일 아닌가? 해광은 즉시 여그를 떠나 중봉을 만나게."

이지함의 제자인 송제민도 글재주가 뛰어났다. 증조부는 현감 을 지낸 송기손이고, 조부는 감찰을 지낸 송구, 아버지는 홍문관 정자를 지낸 송정황이었다. 그러나 그는 구속을 싫어하는 호방 한 성격 때문에 벼슬길에 뜻을 두지 않고 김천일이 창의할 때 종 사관으로 들어온 인물이었다.

임시 군막에 모인 장수들의 의견은 즉시 방어 대책을 세워 대 비하자는 것이었다. 김천일은 결론을 유도하듯 말했다.

"방어를 허다가 때를 보아 공격허는 것이 상책이고, 후방은 해광이 중봉을 만나 부탁허고, 북진은 확신이 설 때까정 여그서 지달리는 것이여. 그렇다면 여그를 워치게 지킬 것인지 말해보 드라고."

지금까지 한마디도 하지 않았던 김상건이 입을 열었다.

"방어가 성공할라믄 수원 지리에 밝은 사람의 야그를 들어봐 야 허겄지라우. 부사를 지내신 의병장님이 쬐깐 알 뿐 수원 지리 를 잘 아는 장수는 아무도 읎응께 허는 말입니다요. 지 생각인디 쪼간 전에 의병장님을 만나러 왔던 지관을 다시 불러 야그를 들어보믄 으쩌겠습니까?"

"지관을 불러 야그를 듣고 방어 계책을 세우는 것이 좋겠소."

양산숙이 거들자 김천일은 지관 김말수를 불렀다. 의병으로 받아주기만 한다면 쓸모가 있을 것이라는 그의 말이 떠올라 김천일은 무릎을 쳤다. 불려 온 김말수는 이때를 기다렸다는 듯이 독성산의 산세와 지리를 세세히 설명해나갔다.

"독성산은 산세가 가파르고 용주사가 한눈에 내려다보일 정도이니 적을 망보기에 좋은 산입니다. 독성산 서쪽은 황구지천이 흘러 천연의 해자가 되고 있으니 적들이 그쪽은 포기할 것입니다. 반드시 성문 쪽으로만 올라오게 돼 있으니 우리는 성문만 단단히 지키면 됩니다. 남쪽과 동쪽의 산자락은 험합니다. 그쪽으로 기어오른 왜적들은 성문에 다다르면 이미 힘이 빠져 막상 싸움을 할 수 없을 것입니다. 앞에 화산과 성황산이 있고, 서쪽에 내산과 상방산이 있지만 거기 산들은 왜적이 기어오르기 편한 순한 산입니다. 적을 방어하려면 독성산처럼 산자락이 가파른 산이어야 합니다. 독성산은 우리에게는 도움을 주는 익산益山이고 왜적들에게는 괴로움을 주는 악산惡山입니다."

김천일은 더 묻지 않고 장수들에게 지시했다.

"군사덜을 얼릉 산성 안으로 배치시켜부시오. 두 부대로 나누어 산성 안은 방어를 허고, 산성 밖은 매복허고 있다가 왜적을 치시오."

나주 의병군들은 신속하게 움직인 뒤 방어 태세를 갖추었다.

그런 뒤 숨을 죽이며 와키자카의 왜군이 오기를 기다렸다. 양산숙의 단언대로 날이 저물기 바로 전에 왜군 천여 명이 독성산에 나타났다. 왜군 장수는 와키자카의 부하 장수인 와타나베 시치에몬이었다. 의병들의 전력을 무시한 와키자카가 직접 오지 않고 부하 장수를 보낸 것이다. 김천일은 먼저 봉수대 봉군에게 봉홧불을 피워 올리도록 했다. 수원성과 경기 고을 양민들을 보호하기 위한 봉홧불이었다. 봉홧불은 왜적이 나타났으니 부근 산으로 피난을 가라는 신호였다.

근왕군을 참패시킨 왜군의 공격은 무모했다. 독성산에 이르자마자 성문을 향해 조총을 쏘아대며 직입했다. 의병들이 화살을 쏘아댔지만 왜군 선봉대는 물러서지 않았다. 방패군을 앞세우고 성벽으로 접근했다. 의병들은 세 부대로 나누어 번갈아가며 방어와 공격작전을 폈다. 1선 공격군이 화살을 쏘았다가 물러서면 2선 공격군은 일제히 돌멩이를 던졌다.

"석탄石彈을 쏘아라."

"사다리를 밀어부러라."

3선 공격군은 사다리를 타고 성벽 위까지 기어오르는 왜군 선봉대를 죽창으로 찔러 떨어뜨렸다. 왜군은 화력에서는 단연 앞섰지만 의병들의 기세를 누르지는 못했다. 의병들이 지르는 고함 소리가 왜군들이 쳐대는 북소리보다 컸다. 늙은 의병들은 징과 북을 쳐 왜군의 사기를 꺾었다.

술시가 되어 사방이 어둑어둑해지자 왜군은 더 이상 공격을 못 하고 물러섰다. 드디어 왜군이 조총을 허공에다 쏘았다. 퇴각하라는 신호였다. 이때를 놓치지 않고 성문 건너편 산자락에 붙어 있던 매복군이 쏜살같이 달려 나와 백병전을 벌였다. 그와 동시에 성문을 열고 의병들이 무너진 둑의 격류처럼 와아와아 함성을 지르며 달려 나왔다. 어둠 속에서 창끝이 번쩍였다. 왜군들이 칼에 베인 나뭇잎처럼 뒹굴었다. 김천일의 작전은 성공했다. 왜군 수십 명이 성문 앞에 널브러져 의병들 발에 짓밟혔다. 퇴각하는 왜군들이 미처 거두지 못해 내버리고 간 시체만도 열다섯 구였다.

전투는 정확하게 유시에 시작해서 술시에 끝났다. 김천일은 왜군에게 노획한 전리품들을 성안으로 나르게 했다. 갑옷, 칼, 투구, 군마, 사다리 등을 임시 군막 앞에 전시하여 의병들이 오가며 보도록 했다. 열다섯 개의 왜군 수급은 한쪽 귀만 잘라 소금에 절였다. 왜군의 공격이 잠잠해지기를 기다렸다가 행재소로 보낼 것이었다.

독성산 전투는 나주 의병군에게 첫 승리를 안겨주었다. 의병들은 다음 날에도 싸우고 싶어 안달했다. 그러나 용인에 주둔하고 있는 왜군은 조선 양민을 척후병으로 보냈을 뿐 나타나지 않았다. 왜군에 붙어먹고 사는 조선 양민을 용주사 승려들이 붙잡아 왔다. 김천일은 성문 앞에서 단칼에 목을 베어 효수했다. 그런 뒤, 왜장 와키자카에게 부역한 양민의 머리와 '침략한 왜적들을 쓸어 없애겠다'는 편지를 보냈지만 무슨 일인지 왜군은 독성산성을 공격하지 못했다. 명나라 군대가 압록강을 넘어오고 있다는 소식을 들었는지도 몰랐다. 이윽고 김천일은 양산숙과 곽영을 행재소로 보냈다.

　나주 의병군이 독성산성에서 여름을 나는 동안 경기도 남쪽 고을들의 흉흉한 민심도 차츰 가라앉았다. 그러나 한성에는 여전히 왜군 부대들이 완강하게 버티고 있었다. 따라서 한강을 넘어갈 수 없는 김천일의 고민도 깊어질 수밖에 없었다. 식수가 부족한 독성산성에서 이천여 명의 의병들이 언제까지나 머물 수는 없었다.

순절

　모악산에서 훈련받고 있던 담양 의병군들이 아침부터 산자락
으로 나와 함성을 질렀다. 김천일의 나주 의병군이 용인의 왜군
을 격퇴시켰다는 낭보가 진중에 돌았던 것이다. 담양 의병군 우
부장 양대박이 운암 전투에서 승리한 지 며칠 만에 또다시 듣는
승전보였다. 의병군 장졸들이 모두 창을 들고 나와 하늘을 찔러
대며 소리쳤다. 기패군들은 기를 들고 나와 깃발을 휘두르며 달
렸다. 육지의 관군과 달리 의병군은 운암에서, 수원에서 왜군을
격퇴하고 있었다.

　그러나 임시 군막에서는 바깥의 의병들과 달리 심각한 회의
가 열리고 있었다. 무거운 공기가 임시 군막 안에 감돌았다. 그
런 탓인지 임시 군막 안은 더욱 어두컴컴했다. 아침 햇살이 군막
입구에서 딱 멈춰버린 것 같았다. 의병 대장 고경명은 눈을 지그
시 감고 있었다. 참모 장수인 유팽로, 김인혼, 오유, 오비, 김덕홍

그리고 어젯밤에 능주에서 올라온 문홍헌 등이 입을 꾹 다문 채 낯빛이 어두운 고경명의 입만 주시하고 있었다.

문홍헌은 담양 추성관에서 담양 의병군이 출병한 날에 오고는 이번에 처음으로 회의에 참석한 장수였다. 호는 경암으로 율곡 이이 문하에서 공부하다가 진사시에 합격한 능주 사람이었다. 그가 의병군과 함께하지 않은 것은 후방에서 군량미를 모으는 모량장이기 때문이었다. 군량미 모으는 일 외에도 문홍헌의 역할은 출중했다. 그는 구희, 박혁기, 노희상 등 화순과 능주의 선비들과 함께 이른바 화순 의병 삼백 명을 담양 의병군에 합류시켰다. 실제로 담양 의병군은 유팽로를 따르는 사백여 명, 양대박의 깃발 아래 모인 삼천여 명, 김덕령의 형 김덕홍의 이백여 명, 각 고을에서 백여 명씩 올라온 의병 등등 연합 의병군 형태였다.

문홍헌이 갑자기 전주로 올라온 것은 자신을 믿고 모병에 응한 화순 의병군들이 별 탈 없이 지내고 있는지 궁금해서였다. 다행히 화순 의병군은 다른 고을의 의병들과 갈등 없이 잘 훈련받고 있었다. 문홍헌은 안도했다. 군량미를 조금이라도 더 모으려면 꼭두새벽에 동복으로 떠나야 될 것 같았다.

그런데 예정에 없이 열린 장수 회의가 그의 발걸음을 붙잡았다. 문홍헌은 고경명을 원망하는 눈길로 쳐다보며 그동안 군량미를 내주었던 능주의 구씨 문중, 하동 정씨 문중, 양팽손의 후손들을 떠올렸다. 화순의 해주 최씨 문중도 창고의 쌀을 다 내주었고 이제 동복의 오씨 문중을 찾아갈 차례였다. 이윽고 고경명이 입을 열었다.

"우부장 송암이 자리에 누워부렀소."

"운암 전투에서 부상당헌게라우?"

"다친 디는 읎는디 그래부요. 우부장 휘하 부대가 가장 큰디 으째야 헐지 걱정이 돼부요."

"여그저그 뛰어다니다 쌓인 과로가 아닐게라우?"

"과로라믄 메칠 쉬어불믄 괴안찮겄지라우."

고경명의 심각한 얼굴 표정을 보면 과로 차원이 아닌 중병인 모양이었다. 체력이 고갈되어 원래 가지고 있던 지병이 도졌는 지도 몰랐다.

"내 짐작으로는 남원으로 보내야 헐랑갑서."

"맹주님, 고로코롬 위중헙니까요?"

"인자 밥은커녕 물도 넘기지 못헝께 말이여."

그제야 장수들이 양대박의 신상에 이상이 왔음을 받아들였다. 모두 다 남원으로 보내자는 고경명의 의견과 비슷했다. 객사는 면하게 하자는 뜻에서였다.

"맹주님 말씸대로 남원으로 보내야 헐랑갑습니다요."

보성에서 온 오유는 양대박이 지휘하는 의병들을 어느 장수에게 배속시킬 것인지 대비책도 마련하자고 말했다.

"우부장 부하덜 사기를 고려해서 빨리 장수를 정해줘야 허겄습니다."

"고것도 중요헝께 의견을 내보더라고잉."

오유가 의견을 냈다.

"안영이 우부장 부하덜을 맡아야 허겄지라우. 우부장과 함께 모병하러 다닌 사람이 안영인께 말이오. 부하덜이 안영을 잘 따를 것이그만요."

"안영 장수라믄 잘헐 거여."

고경명은 즉시 고종후에게 안영을 불러 후군장 자격으로 회의에 참석하도록 했다. 장수들 중에서도 양대박과 이종사촌인 유팽로가 가장 안타까워했다. 다른 장수들도 양대박의 신상을 걱정했다. 담양 의병군에게 첫 승리를 안겨준 데다 양대박 휘하의 의병 부대가 삼천여 명으로 규모가 가장 크기 때문이었다. 전주에서 이천여 명, 남원에서 천여 명을 안영과 함께 모병한 그였다.

"근디 말이여, 문제가 있네."

"맹주님, 무신 문제가 있는게라우?"

"우부장이 다음 전투까정 싸우고 난 뒤에야 남원으로 가겄다고 헌단 마시."

"고것은 지에게 맽겨주시믄 해결헐랍니다."

"이종사촌인 좌부장이 가서 한번 설득혀보게. 그라고 나서 회의를 마치세."

"시방 우부장헌티 가볼랍니다요."

고경명이 장수들을 모은 것은 병환으로 누운 양대박을 어떻게 할지 결정하기 위해서였다. 중환자를 데리고 전장으로 이동한다는 것은 전체 의병들의 사기를 떨어뜨릴 수도 있었다. 그러니 양대박을 남원으로 돌려보내야 하는데 정작 병자가 가지 않겠다고 고집을 부리고 있었다. 큰 문제였다. 회의에 처음 참석한 문홍헌이 아무 의견도 내지 않고 있자 고경명이 말을 시켰다.

"모량장은 어찌케 생각허는가?"

"지는 병중이라도 우부장 뜻대로 하는 것이 좋아불 거 같습니다요."

"으째서 그란당가?"

"중환자인 양대박을 델꼬 가믄 의병덜 사기가 떨어져분다고 허는데 지는 그 반대지라우."

"사기가 올라가분다는 것이여?"

"사경을 헤매는 장수가 죽을 심을 다해 싸우겄다고 허는디 부하덜 사기가 올라갔으믄 올라갔제 절대 내려가지는 않을 거 같 그만요."

고경명이 무릎을 쳤다. 문홍헌의 의견에 탄성을 내질렀다.

"모량장 생각이야말로 탁견이그만. 내 어찌 그 생각을 허지 못했을까!"

"탁견이라기보담 상식이지라우. 죽은 장수가 산 장수를 이기기도 허는디 우부장은 아적 살아 있지 않습니까."

고경명의 생각이 문홍헌의 한마디에 갑자기 바뀌자 옆에 있던 장수들이 헛기침을 했다. 장수들은 양대박을 설득하러 간 유팽로가 돌아오기만을 기다렸다. 양대박의 위중한 변화를 알 리 없는 의병들은 여전히 함성을 지르며 자축하고 있었다. 몰이꾼들이 산짐승을 쫓듯 와아와아 하는 소리가 임시 군막 안까지 들려왔다.

잠시 후, 유팽로가 낙심한 얼굴이 되어 돌아왔다. 그의 어두운 표정으로 보아 양대박을 설득하지 못한 것 같았다.

"맹주님, 죽더라도 전장으로 나가 죽겄다고 헙니다. 지는 으쩌지 못허겄그만요."

"차라리 우부장 소원을 들어주세. 우부장이 간다고 해도 의병덜 사기에는 큰 문제가 읎을 것 같네."

"고로코롬 생각허신다믄 다행이그만요."

유팽로는 고개를 절레절레 저었다. 남원으로 돌아가는 것이 좋겠다고 말하자 양대박이 눈물을 흘리며 차라리 여기 모악산 진중에서 죽겠다고 고집을 부렸던 것이다. 고경명은 달구지를 구해와 양대박을 먼저 은진으로 보낼 것을 지시했다. 전주를 떠나 충청도 여산을 거쳐 은진에서 하룻밤 결진할 생각에서였다.

양대박은 병든 의병이 달구지에 실려 가는 것처럼 위장했다. 그가 달구지에 누워 머리를 천으로 가리고 큰아들 양경우의 간병을 받으며 먼저 모악산을 빠져나갔지만 아무도 눈치채지 못했다. 양대박이 시야에서 완전히 사라진 뒤, 담양 의병군은 은진을 향해 모악산을 떠났고 문홍헌은 말을 타고 동복으로 떠났다.

담양 의병군은 쉬엄쉬엄 북진했다. 머리 위로 쏟아지는 불볕더위 때문이었다. 더위는 의병들의 행군 속도를 더디게 했다. 여름철 행군은 반나절 단위로 하기 마련이었다. 반나절을 걸어가다 개울이나 강이 나타나면 물에 뛰어들어 더위를 식힌 뒤 다시 행군했다. 그러나 물이 반나절 단위로 나타나는 것은 아니었다. 삼례를 가야 만경강이 나왔고, 은진을 다 가서야 금강 지류인 은

진천이 흘렀다. 의병들은 금세 불볕더위에 지치고 녹초가 되었다. 저물 무렵 은진에 도착했을 때는 서증에 시달리는 응급 환자도 생겨났다.

장수들은 은진에 도착하자마자 땀에 절은 갑옷부터 벗었다. 의병들도 천근만근 무겁던 칼과 창을 풀밭에 던졌다. 고경명도 투구를 벗고 땀을 훔쳤다. 사방으로 경계병을 내보낸 뒤 장졸들 모두가 은진천에 뛰어들어 땀을 씻었다. 고경명은 물로 얼굴만 닦았다. 장졸들과 함께 물에 뛰어들지 못한 것은 양대박 때문이었다. 고경명은 양대박이 머물고 있는 은진 관아로 말을 타고 갔다. 곡기를 끊고 있는 상태지만 양대박의 의식은 전주에서보다 더 또렷했다. 고경명을 보더니 눈으로 미소를 지었다.

"여그까정 오느라고 고생 많았네."

"길이 대로라서 달구지가 잘 달렸습니다요."

양대박의 큰아들 양경우가 대답했다. 전라도에서 시작하여 여산, 은진, 공주, 천안, 수원, 과천 길은 한양으로 가는 호남대로였다.

"여그까정 옴시롱 삼례 관아에서 미음을 서너 숟갈 드셨습니다. 아마도 심을 쪼깐 내실 거 같습니다요."

"당연히 그래야제. 회복을 허믄 부하덜을 만나게 허세."

"오늘 밤만 지나믄 괴안찮을 것입니다요."

"잘 간병허시게."

관아를 나서는데 동헌을 지키는 늙은 군교 한 명이 뒤따라와 말했다.

"의병 대장님, 한양으루 가시는구먼유."

"낼 꼭두새벽에 북진헐 것이네."

"겡상도 왜적이 추풍령을 넘어 금산으루 온다는 소문이 퍼져 있구먼유."

"왜적이 전주로 온다는 말인가?"

"왜장이 전주를 함락시키지 못혀서 난리래유."

"누구헌티 들은 소린가?"

"포로루 잽혀 있다가 도망쳐 온 사람헌티 들었으니께 틀림읎 지유."

"네가 금산으로 가는 길잽이를 해줄 수 있느냐?"

"당연히 지가 혀야지 누가 허겄습니까유."

"널 믿겄다."

고경명은 즉시 장수들을 불러 모았다. 휴식이 필요한 의병들에게는 미안한 일이었지만 당장 은진을 떠나 금산이 가까운 곳에서 왜군을 막는 전략이 필요했다. 고경명은 장수들에게 의견을 묻지 않고 지시했다.

"추풍령을 넘은 왜적이 황간까정 갔다가 금산으로 내려와 전주로 쳐들어온다는디 내 생각은 말이여, 한양으로 가는 것보담 이짝으로 오는 왜적을 몬자 막아야 할 것 같그만. 전주는 호남의 보루다 이 말이여."

"전주를 반다시 지켜야 허지라우. 전주가 무너지믄 광주, 나주 도 위태로와불지라우."

광주의 선비 김덕홍이 말했다. 김덕홍의 말에 후군장으로 들어온 안영도 한마디 했다.

"등 뒤에다 적을 두고 움직이는 것은 재앙이지라우."

"질게 논의헐 거 읎네. 전주가 무너지믄 호남이 쑥대밭이 될 팅게 이짝으로 오는 왜적부텀 막아야 쓰겄네."

"날랜 전령을 전주로 보내 곽영 방어사에게 관군을 보내달라고 허겄네."

"지당허신 판단이그만요."

"의병덜을 준비시키게. 대둔산 아래에 있는 진산으로 가서 결진허세. 길잽이가 있웅게 지름길로 갈 것이네."

칠천 명의 담양 의병군은 은진에서 주먹밥으로 저녁을 때우고 다시 행군했다. 이번에는 북진이 아니라 대둔산 쪽으로 동진이었다. 추풍령을 넘은 경상도 왜군이 지금쯤 황간에서 금산 쪽으로 방향을 틀었을지도 몰랐다. 고경명은 휴식을 취한 장졸들에게 속보를 명했다. 왜군보다 먼저 가 대둔산 산자락에 유리한 고지를 차지하기 위해서였다.

때마침 상현달이 담양 의병군들을 뒤따랐다. 반달이지만 호롱불보다는 밝았다. 연산을 지나 금산 가는 고갯길을 그런 대로 환하게 비춰주었다. 의병군 장졸들이 고경명의 지시에 따라 달리듯 행군했다. 여름이어서 행군하는 데는 밤길이 훨씬 더 편했다. 낮에 행군하는 것보다 똑같은 시각에 거의 배를 더 걸었다.

삼경 무렵이었다. 담양 의병군은 대둔산 개울물이 흐르는 진산에 이르렀다. 금산이 지척에 있었지만 진산에서 결진했다. 고경명은 척후병을 금산 쪽으로 보내 적정을 살피고 오도록 지시했다.

"야심헌 밤인께 절대로 금산성 안으로는 들어가지 말어라. 니덜을 왜적으로 오인헐 수도 있느니라."

"성 밖에서 날이 새기를 지달렸다가 성안으로 들어가 살피고 오겄습니다요."

"반드시 세 명이 한 조가 돼서 움직여야 헌다."

"네, 대장님!"

고경명은 작은아들 고인후를 척후병 조장으로 삼아 보냈다. 그런 뒤에야 고경명은 잠깐 눈을 붙였다. 그러나 꿈에 검은 도포를 입은 사람이 나타나 잠을 깨웠다. 고경명은 갓을 쓴 그의 뒤를 따라 걸었다. 산을 넘고 강을 건넜다. 그의 걸음은 발이 보이지 않을 만큼 빨랐다. 한참을 뒤따라가니 선조가 머물고 있는 행재소가 보였다. 행재소 마당에는 우거지상을 한 대신들이 오가고 있었다. 정철은 행재소로 들어가고 이항복은 나오고 있었다. 그런데 그들은 고경명을 모르는 체했다. 고경명은 정철이 등을 돌린 것에 대해 분개했다. 광주 식영정에서 김성원, 임억령 등과 자주 만나 시회를 열고 시를 짓던 시우詩友였는데 모르는 체하다니 괘씸하고 서글펐다. 고경명은 행재소 앞에서 무릎을 꿇고 선조에게 상소를 올렸다. 그러나 알현은 무위로 그쳤다. 젊은 승지들도 그를 외면했다. 그때 검은 도포를 입은 사람이 돌아갈 시간이 되었으니 일어나라며 고경명의 등을 쳤다. 그래도 일어나지 않자 저고리 동정을 잡아당겼다. 고경명이 일어나 뒤를 돌아보자 검은 도포를 입은 사람은 사라지고 없었다. 사방을 둘러보니 행재소도 사라지고 없었다. 대신 짙은 안개 속에서 한 사람이 걸어오고 있었다. 병환 중인 양대박이었다. 양대박은 이제 미련이 없다는 듯 활짝 웃고 있었다. 그도 역시 검은 도포를 입은 사람을 찾고 있었다. 잠시 후에는 양대박마저 사라져버렸다. 고경명은 벌떡 일어나 악몽을 털어내버리기라도 하듯 고개를 저었다. 그때 봉이가 밖에서 그를 불렀다.

"대감마님, 부르셨능게라우?"

"아니다. 이상한 꿈을 꾸다가 소리를 질렀능가 보다. 개의치 말어라."

"자리끼를 가져왔는디라우."

"그라믄 들여라."

자리끼라야 샘물 한 그릇이었다. 그 사이에 봉이와 귀인이 전했는지 고종후가 따라 들어왔다.

"새벽부팀 무신 일이 있다고 부산을 떠느냐?"

"귀인이 달려와 일이 생긴 줄 알고 왔지라우."

"아무 일 읎응께 돌아가 있거라. 꿈자리가 쪼깐 사나웠다."

"무신 꿈인디요?"

"저승사자가 양대박 장수와 나헌티 와서 얼쩡거리다가 돌아갔다."

"조심허셔야겠습니다."

"개꿈이다. 오늘은 적정을 탐색헌 뒤 관군이 오믄 공격진을 짤 것이니라."

봉이와 귀인이 먼저 나갔다. 이어서 고종후도 방을 나가려 하자 고경명이 그를 불러 세웠다.

"용후는 잘 있겄지야."

"갑재기 으쌔서 동상을 꺼내신당가요?"

"자꼬 눈에 밟힌께 그란다."

세 아들 중 막내였다. 하나는 남아서 집안을 이끌어야 했기에 전장으로 데리고 나오지 않은 아들이었다. 나이가 어린 탓에 고경명이 가장 애틋하게 여겼다.

"걱정 마시랑께요. 용후도 인자 다 컸어라우."

"너희덜에게 미안헌 것이 있다. 나는 전장에 살려고 나온 것이 아니다. 왜적과 싸우다 죽을라고 나온 아부지다. 니덜도 나와 마찬가지일 것이다. 아부지 뜻에 따라준 니덜이 고맙기도 허지만 죽을라고 전장에 나온 아부지로서 어찌 니덜에게 미안허지 않겄느냐."

"집안은 용후가 있응께 걱정허지 마씨요. 지덜은 아부지를 따르는 것이 효라고 생각허고 충이라고 생각헝께요."

종후의 말에 고경명이 고개를 끄덕이며 다짐하듯 물었다.

"정말 그러냐?"

"네."

"니 말을 들응께 내 맴이 편안해지는구나. 나는 절대로 물러서지 않을 것잉께 그리 알거라."

밖은 이미 새벽빛이 푸르게 감돌고 있었다. 배식 당번이 아침을 준비하느라고 분주하게 움직이고 있었다. 고경명은 자리에서 일어나자마자 양대박이 누워 있는 곳으로 갔다. 그런데 양대박은 은진에서와 달리 숨이 고르지 못했다. 숨이 멎었다가 길게 토해내곤 했다. 그의 두 아들이 양대박의 다리와 팔을 주무르고 있었다. 고경명은 기력이 다한 그의 손을 잡았다. 양대박의 체온이 느껴졌다. 아직 살아 있다는 증거였다.

고경명은 양대박이 하루를 넘기지 못할 것을 알았다. 양대박이 눈을 뜨고 고경명이 와 있다는 것을 안 듯 눈꺼풀을 희미하게 움직였다. 유팽로가 왔을 때도 마찬가지였다. 유팽로가 갑자기 소리쳤다.

"우부장! 나 알겄는가?"

양대박이 눈꺼풀을 또 움직였다. 알아본다는 표시였다.

"헐 말이 있으믄 한마디 해보소."

"저짝에서…… 만나…….'

"구신이 돼야서 찾아갈 팅께 지달려."

양경우와 양형우가 눈물을 뿌렸다. 고경명이 그의 손을 다시 잡자 이번에는 차갑지도 따뜻하지도 않았다. 양대박은 진산까지 데려다준 고경명이 고맙다는 듯 편안한 얼굴을 보였다. 고경명이 한마디 하고 일어섰다.

"경우와 형우는 아부지를 모시고 남원으로 돌아가게. 이건 명령이네."

양대박이 숨을 거둔 직후 고인후가 척후병들을 데리고 돌아와 보고했다. 왜군 제6군이 이미 6월 23일 금산을 점령하였고, 금산 군수 권종은 성을 방어하다가 전사했다는 비보였다. 설상가상이었다. 게다가 제6군 총대장 고바야카와 다카카게는 전주로 가는 또 다른 공격로를 확보하기 위해 성주에서 추풍령까지 북진해 온 승려 출신 왜장 안코쿠지 에케이安國寺惠瓊 부대 만 명을 사흘 전에 전라도 진안으로 보냈다는 것이었다. 지난 6월 25일 왜장 다치바나가 운암천에서 양대박 의병군에게 격퇴당한 뒤였으므로 보복 공격의 성격도 띠고 있음이 분명했다. 고경명은 서둘러 의병군을 재편했다. 금산에 있는 왜군 제6군의 총본부를 쳐야만 웅치로 간 왜군이 총본부와의 보급로가 끊어질 것을 우려할 것이기 때문이었다. 유팽로를 선봉장으로 삼고, 양대박의 의병들을 인계받은 안영은 후군장으로 2선에 남게 했다. 전라방어사 곽영이 이끄는 관군은 정오가 지나서야 진산에 나타났다. 담양 의병군과 왜군 제6군은 십여 리를 두고 맞섰다.

곰티재 [熊峙] 전투

왜군 제6군 총대장 고바야카와 다카카게는 6월 23일 금산을 점령한 뒤 진을 옮기지 않고 그대로 머물렀다. 금산에 머문 지 보름이 지났지만 처음에 공략하려고 했던 전주로 나아가지 못했다. 6월 25일 휘하의 왜장 다치바나가 운암 전투에서 패배하자 전주 공략이 더욱 여의치 않았기 때문이었다. 승려 출신 왜장 안코쿠지 에케이의 지원군 이천 명이 합류했지만 전의가 도무지 솟구치지 않았다. 나이 탓이었다. 이제는 직접 부대를 이끌고 먼 곳까지 공격하지 못했다. 불볕더위 속에서 무거운 투구와 두꺼운 갑옷을 입고 전투를 한다는 것이 젊은 시절과 다르게 쉽지 않았다. 어떤 날은 불볕더위가 조선군보다 더 무서웠다.

다카카게는 금산에서의 하루하루가 지겨웠다. 젊은 장수들로부터 승전보도 없으니 목에 가시가 걸린 듯 속이 더부룩하고 답답하기만 했다. 사흘 전에 안코쿠지가 진안으로 떠났지만 역시 소식이 감감했다. 전주에 입성했다는 소식은 아직도 들려오지 않고 있었다. 다카카게는 안코쿠지에게 팔천 명의 군사를 내준 것이 후회스럽기도 했다. 그러나 다카카게는 영리한 안코쿠지를 신임하지 않을 수 없었다.

안코쿠지는 왜군 이천오백 명을 거느리고 다녔던 다치바나보다 영리했다. 그는 명석한 머리와 말재주로 젊은 시절부터 여러 사찰의 주지를 하다가, 무장으로서의 수완으로 도요토미 히데요시의 눈에 들어 승려이면서도 팔만 석의 영지를 받아 영주가 된 사람이었다. 총대장이자 늙은 다카카게의 심중을 꿰뚫어보고 있었다.

"장군님, 저를 보내주십시오. 저는 다치바나와 같은 실수를 되풀이하지 않을 것입니다."

"대사는 어느 곳을 공격하려고 하는가?"

"다치바나의 공격로를 따라가되 진안 쪽에서 서진하여 전주성 옆구리를 뚫어버릴 것입니다."

"다치바나가 진안에서 임실까지 내려간 까닭은 전주의 모악산을 선점하기 위해서였네. 모악산을 놔두고 전주성을 함락시킬 수 있겠는가?"

"모악산에 있던 김천일 의병군은 떠나고 없습니다. 그러니 전주성을 바로 공격할 수 있는 것입니다."

그래도 고바야카와는 안코쿠지의 전략을 의심했다. 안코쿠지역시 다치바나처럼 의병군에게 한 번 패배를 한 장수였다. 경상도 의령을 거쳐 남원을 지나 전주로 입성하려다가 곽재우 의병군을 남강 정암진에서 만나 군사 오백여 명을 잃고 패배한 뒤 성주 쪽으로 물러나 추풍령을 넘어왔던 것이다. 전주로 바로 가는 길이 곽재우 의병군에게 막히자, 추풍령을 넘어 금산까지 왔다가 다시 남진하는 하책을 쓴 셈이었다. 공격 이동로가 길어지면 군사들은 그만큼 사기가 저하되는 법이었다.

"군사는 얼마면 되겠는가?"

"소장이 거느리고 있는 이천 명이면 족합니다."

"다치바나와 같은 길을 가려 하는가?"

고바야카와가 눈을 가늘게 뜨며 비웃었다. 그의 눈에는 젊은 안코쿠지가 다치바나처럼 의욕만 앞서 있는 것 같았다. 다치바나도 휘하의 군사 이천 명을 이끌고 갔다가 운암천에서 천 명을 잃고 퇴각했던 것이다.

"만일 대사가 전주성을 함락시키고자 맹세한다면 팔천 명의 군사를 주겠다."

"제6군의 군사를 다 내주시겠다는 것입니까?"

"전주는 반드시 빼앗아야 하니까."

"장군님, 최단기간에 전주로 들어가 승전보를 전하겠습니다."

"군량미가 넘치는 호남을 우리가 차지할 수만 있다면 군사 팔천 명은 아깝지 않다. 이순신이 호남으로 가는 남해를 틀어막아 호남 점령이 도대체가 불가능하지 않은가."

왜군 제6군의 목표는 호남 점령인데 아직도 전주를 함락시키지 못하고 있으니 다카카게는 초조할 수밖에 없었다. 다카카게는 안코쿠지에게 군사를 내주겠다는 약속과 함께 그가 전주성을 함락시킨다면 도요토미 히데요시에게 호남의 영주로 임명해줄 것을 건의하겠다고 말했다.

"대사가 전주를 함락시킨다면 히데요시 다이코太閤께 말씀드려 호남을 줄 것이다."

"장군님께 반드시 승전보를 전하겠습니다."

안코쿠지는 의기양양해서 금산을 떠났다. 그는 부대를 상징하는 깃발 수십 개를 만들어 선봉대 등에 꽂았다. 안코쿠지 부대의 깃발은 길쭉한 흰색 천에 검은 매화꽃 한 송이가 그려진 것이 특징이었다.

진안으로 내려가는 길에 안코쿠지는 벌써 전라도를 점령한 영주가 된 것처럼 큰소리를 쳤다. 진안 가는 길을 안내하고 있는 노비 차동에게 고을을 주겠다고 선심을 썼다.

"우리에게 협조하는 너에게 벼슬을 주어 고을을 다스리게 하겠다."

"아이고, 대사님. 종은 천민이니께 벼슬을 헐 수 읎습니다요."

"나는 뭐든지 다 할 수 있다. 호남의 영주가 될 것인데 너에게 고을 하나 맡기지 못하겠느냐?"

차동은 속으로 '왜놈이 전라 감사 노릇을 하네!' 하고 혀를 찼다. 차동은 안코쿠지에게 겉으로 협조하면서 도망칠 기회를 엿보고 있었다. 그러나 길잡이를 거부하여 효수당한 금산의 한 선비가 생각나 엄두를 내지 못하고 있었다. 포로들 대부분은 소나 말처럼 철포와 군량미를 나르는 데 동원되고 있었다.

"차동이라고 했느냐?"

"네."

"외우기 어려운 이름이다."

"좋은 이름이 읂습니다요. 둘째로 태어나 주인마님이 차동次童이라고 자꼬 부르니께 이름이 되야부렀습니다요."

"내가 영주가 되면 너에게 정식으로 성도 주고 이름도 주겠다."

"고맙습니다요. 허지만 지는 종일뿐입니다요. 개똥밭에 굴러댕기는 개똥 같은 종입니다요."

"나는 출가한 승려다. 부처의 나라에서는 누구나 평등할 뿐이다. 주인도 종도 마찬가지다. 나는 너 같은 사람을 해방시켜주기 위해 칼을 든 승려다. 나에게 충성하라. 누구든 나에게 충성하면 땅을 주고 벼슬까지 내릴 것이다."

그래도 차동은 기회를 엿보아 도망칠 궁리만 했다. 자신과 같은 노비 금금이가 어떻게 됐는지 궁금했다. 밭일을 하러 나간 금금이를 만나러 갔다가 왜군에 붙들렸던 것이다. 금금이는 주인 집에서 붙박이로 사는 집종 부부의 딸이었다. 첫째인 금이보다 피부가 희고 귀여웠다. 집종 부부가 금이 아래로 또 딸을 낳자 이름을 금금이라고 지어 불렀다. 스무 살이 된 차동은 밖에서 팔려 들어온 종이었는데 금금이보다 세 살 위였다. 차동은 금금이와 조금씩 정분이 짙어지는 중이었는데 갑자기 왜군에게 붙잡혀 왔으니 분하지 않을 수 없었다.

"금산에서 진안까지는 얼마나 걸리느냐?"

"쉬지 않구 걸으믄 하루 걸리는 거리입니다요."

차동은 주인을 따라 진안으로 여러 번 간 적이 있어 쉽게 대답했다. 주인은 여름철이면 진안 마이산으로 들어가 과거 급제 공부를 했다. 불행하게도 거듭 낙방만 하자 쉰이 넘어서는 과거 공부를 포기해버렸다. 임란이 나기 바로 전해에도 주인은 그곳의 시골 제자들을 만나기 위해 간 적이 있었는데 그때도 차동이 따라갔었다. 차동은 안코쿠지가 자신을 믿도록 하기 위해 가는 길을 막힘없이 이야기했다.

"방금 건넌 강이 적벽강이구유, 저그 먼 산이 무주 적상산입니다요. 우덜은 거그서 서쪽으로 보이는 운장산으로 가믄 됩니다요. 가다가 보믄 곧 진안으로 내려가는 질이 나타납니다요."

차동은 일부러 월평에서 전주로 가는 지름길이 있다는 것은 말하지 않았다. 협조하는 척하면서도 숨길 것은 숨겼다. 차동은 안코쿠지의 일에 끼어들고 싶지 않았다. 금산으로 빨리 돌아가 금금이를 만나고만 싶을 뿐이었다. 그러나 영리한 안코쿠지는 차동을 놔주지 않았다. 차동의 길 안내가 정확한지 또 다른 사람을 찾아 확인할 요량이었다. 왜군 부대가 무주에 도착했을 때였다. 그가 차동을 불렀다.

"포로들 중에서 진안 지리에 밝은 자를 데리고 오너라."

"델꾸 오겄습니다요."

무거운 철포를 지게에 지고 있거나 군량미를 어깨에 멘 포로들이 서로 나섰다. 길잡이가 되면 차동처럼 편하게 왜군을 따라다닐 수 있기 때문이었다. 한 사내가 차동의 멱살을 잡아챌 듯이 달려들었다.

"나는 진안서 20년을 살다가 금산으루 간 사람이니께 진안 질은 눈 감고 댕길 정도여. 그러니께 나를 뽑으야 혀."

두어 사람이 더 나섰지만 진안에서 살았다는 사람이 눈을 부릅뜨자 들었던 손을 얼른 내렸다.

"얼릉 장군님헌티 가보자니께."

"참말루 잘 알아유?"

"운장산, 마이산, 부귀산 산질까정 훤허니께 걱정허지 말어."

사내가 웃통을 벗었다. 어깨 살갗이 벗겨져 붉었다. 금산에서부터 지게에 철포를 지고 왔으니 살갗이 뭉개질 만도 했다. 사내는 손가락으로 어깨에 침을 바르며 말했다.

"장군님이 전주로 갈라구 허는 거 같은디 진안에서 부귀산을 돌아 가는 질밖에 모를 것이여. 근디 나는 부귀산 산자락을 넘으 가는 곰티재(웅치)를 안다니께. 거그만 넘으믄 바루 완주구 전주가 코앞인 겨."

차동은 사내에게서 독사가 사각 하고 스치는 것 같은 살기가 느껴져 꺼림칙했다. 함께 있기가 부담스러울 것 같았다. 그래서 사내가 길잡이를 포기하도록 은근하게 유도했다.

"길잽이두 보통 심든 것이 아녀유. 대사님이 밤낮 읎이 불러 대니까 잠을 못 자유."

"참말루 못살게 군다는 겨?"

"그래유. 나라믄 차라리 무거운 짐을 지고 가드라두 지게질 허는 것이 맴은 편헐 거 같은디유."

"잠잘라구 허는디 깨우구 그라믄 사람이 미쳐불 겨. 니 말 듣구 보니게 맴이 쪼깐 그려."

238

사내는 슬그머니 발을 뺐다. 처음에 나섰던 기세와 달리 머리를 긁적였다. 차동은 사내가 망설이는 것을 보고는 좀 전에 자신 없이 손을 들었던 사람에게 다가갔다. 그러자 사내가 다시 마음을 바꾸었다.

"그래두 지게질보담 길잽이허는 것이 고생이 덜헐 겨!"

"맴대루 혀유."

차동은 사내를 데리고 왜장 안코쿠지에게 갔다. 안코쿠지는 그에게 몇 가지를 물어보더니 대단히 흡족해했다. 진안에서 전주 가는 길을 술술 설명하자 그에게도 벼슬과 고을을 주겠다고 말했다.

"너에게도 벼슬을 주어 고을을 다스리게 하겠다."

"까막눈인 지가 고을 원님이 된다는 말씀입니까요?"

사내가 안코쿠지 앞에 납작 엎드렸다. 안코쿠지가 그의 등을 두드리며 격려했다.

"전주 가는 지름길을 가르쳐만 준다믄 나는 너를 결코 잊지 않을 것이다."

차동은 월평에서부터 사내와 길잡이 임무를 교대했다. 차동이 진안 가는 길만 자세히 안내했을 뿐 전주로 가는 지름길은 모른 체했기 때문이었다. 그러나 안코쿠지는 차동을 내치지 않았다. 곁에 두고 전령처럼 잔심부름을 시켰다.

한편, 곰티재에는 김제 군수 정담이 천 명의 관민 군사를 이끌고 와 매복해 있었다. 정담은 신속하게 대응하기 위해 자신이 군사 모두를 지휘하지 않고 세 부대로 나누었다. 방어선도 3차로 나누었다. 황박 의병장이 모아 온 의병 이백 명으로 곰티재 초입의 산자락에 1차 방어선을 쳤다. 같은 방법으로 나주 판관 이복남과 해남 현감 변응정의 관군 오백 명으로 곰티재 중턱에 2차 방어선을 쳤다. 정담 자신은 휘하의 관군 삼백 명으로 3차 방어선, 즉 최후 저지선을 쳤다. 1차와 2차 방어선이 무너져 군사들이 부귀산과 운장산 쪽으로 퇴각한다 하더라도 3차 방어선으로 백병전을 치를 각오였다. 곰티재 정상은 산길이 좁기 때문에 왜군이 한꺼번에 올라올 수 없으므로 백병전을 치르기에 안성맞춤이었다.

안코쿠지는 척후병을 보내 곰티재를 정탐했다. 척후병이 돌아와 아무 이상이 없다는 보고를 했다. 그러나 안코쿠지는 척후병의 말을 믿지 않고 포로들 중에서 두 명을 뽑아 한 명은 왜장 복장으로, 또 한 명은 왜군 복장으로 변복시켜 군마에 태우고 자신이 직접 데리고 갔다. 밧줄로 안장에 묶인 포로 두 명은 꼼짝하지 못했다. 말이 달리면 말과 같이 달릴 수밖에 없었다.

안코쿠지는 곰티재 전방에서 말 엉덩이를 채찍으로 후려쳤다. 그러자 말은 곰티재를 향해 달려갔다. 그 순간이었다. 산자락에 숨어 있던 황박의 부하들이 일제히 화살을 쏘았다. 두 사람은 등에 화살을 여러 발 맞은 채 죽어서 돌아왔다. 곰티재 초입을 말뚝 같은 것들로 막아놓았으므로 말이 나아가지 못하고 되돌아왔던 것이다. 매복한 의병군들은 왜군이 위장된 우리 포로였음을 알아채지 못했다. 왜군이 화살을 맞고 물러났다고 함성을 질렀다.

안코쿠지는 염불만 해온 승려이면서도 탁월한 전략가였다. 단한 번의 시험으로 조선군의 규모와 사기를 짐작했다. 날이 어둑해졌다. 안코쿠지는 바로 곰티재를 공격하지 않고 십여 리나 물러서 임시로 진을 쳤다. 밤이 된다는 것은 매복군에게 절대적으로 유리하기 때문이었다.

안코쿠지는 운장산 산자락에 있는 빈 암자를 임시 본부로 삼았다. 부장들이 오기 전에 그는 승려로 돌아간 듯 향을 피우고 저녁 예불을 드렸다. 전장에서도 반드시 치르는 의식이었다. 안코쿠지는 불단의 부처에게 합장하고 나서 중얼거렸다.

"전주로 가는 길목에 적이 없다면 그것이 더 이상한 일이 아닌가. 나는 척후병의 말을 무시하고 반드시 적이 있을 거라 믿었다."

부장 중에는 공명심이 강한 사람도 있었다. 안코쿠지가 공격하지 않고 물러난 것에 대해서 불만을 터뜨렸다.

"대사님, 우리 군사는 만 명입니다. 산자락의 매복군은 얼마 되지 않을 것입니다. 그런데도 만 명의 군사가 물러서다니 이해할 수 없습니다."

"싸우지 않고도 이기는 방법이 상책 아닌가? 그래도 싸울 수밖에 없다면 유리한 고지와 시간이 우리 편이어야 한다. 오늘은 매복군이 유리한 곳을 선점해 있고 게다가 밤이 돼버렸다."

"만 명이나 되는 우리 군사가 물러가는 것을 보고 적들은 기고만장할 것입니다."

"허나 그 시간은 길지 않을 것이다. 우리는 내일 새벽에 적들을 섬멸할 것이다."

다른 부장들은 안코쿠지의 계책을 믿었다. 척후병의 보고를
믿지 않고 조금 전에 보여주었던 지략도 상상을 초월했던 것이
다. 안코쿠지는 자신의 공격 전술을 부장들에게 지시했다. 만 명
이 돌아가면서 태풍이 몰아치듯 공격하겠다는 것이 안코쿠지의
전술이었다. 적이 지칠 때까지 우회하지 않고 공격하는 정면 돌
파였다. 조선군보다 군사가 월등하게 많으므로 태풍처럼 휘몰아
치듯 공격해야만 된다고 그는 믿었다.

같은 시각에 조선군 관민 장수들도 곰티재 동굴에 모여 작전
회의를 하는 중이었다. 명해(울진) 출신의 김제 군수 정담과 그
의 종사관 이봉, 강운 및 박형길 장수 등이 참석했다. 김제 출신
의 의병장 황박과 명주(강릉) 출신의 나주 판관 이복남, 원주 출
신의 해남 현감 변응정도 자신의 의사를 주장하는 데 적극적이
었다. 작전 회의는 좌장인 정담이 주도했다.

"왜군은 전공을 세울라꼬 안달이 나 있소. 그라니까 우리는
왜적들의 급한 심리를 이용해 최대한 지구전을 편다 카믄 승산
이 있을 끼요."

"1차 방어선에서 왜넘덜을 사즉생으로 막아불라요. 사즉생인
디 왜넘덜이 우리덜을 으짜게 넘어가불겄소?"

"막다카도 심이 부치면 운장산이나 부귀산으로 물러나야 헙
니데이. 2차, 3차 방어선이 있으니께 말이오. 불리한데도 개죽음
은 하지 마소."

정담과 황박이 자신의 전술을 주고받으며 말했다. 그러자 2차

방어선 군사를 지휘할 나주 판관 이복남이 나섰다.

"물러선다고 내바르는 것은 아니래요. 아래 우리 편이 비켜줘야 우에서 날래 바우를 굴릴 수 있갔지요."

정담이 다시 말했다.

"독뎅이가 굴러갈 때도 화살은 집중해서 막 쏴야 할 끼라. 그래야 왜적들이 정신 몬 차린데이."

그러나 해남 현감 변응정이 반대 의견을 냈다.

"싸우다 보면 틀림없이 화살이 부족할 기래요. 그러니 바우 공격을 한 뒤 가마이 있다가 화살을 쏴야 올라오는 적들을 더 지연시킬 수 있갔지요."

"그건 상황에 따라 장수들이 판단하믄 될 끼요. 2차 방어선도 마찬가집니데이. 심이 부치면 우짜든지 산자락으로 일단 피신해야 합니데이."

종사관 이봉이 정담의 전술을 이해했다. 정담이 1차, 2차 방어선을 저지하다 무너졌을 때 산자락으로 물러나라고 한 것은 도망가라는 지시가 아니었다. 산자락으로 올라갔다가 3차 방어선에서 왜적과 최후의 일전을 벌인다는 뜻이었다. 그러니까 산자락으로 피하라고 한 것은 공격을 위한 일시적인 후퇴인 셈이었다.

곰티재 방어 작전을 지휘하는 정담의 전술은 가파른 비탈을 이용해 적은 군사로 적의 공격을 지연시키면서 마지막에 총공격을 퍼붓는 것이었다. 정담이 아니면 짜낼 수 없는 방어 계책이었다. 그에게는 그럴 만한 무재가 있었다. 선조 16년(1583) 늦은 나이인 삼십육 세에 무과에 급제하여 신립과 김수의 부장, 함경도 회령 판관으로 니탕개의 변에서 무공을 세우고 김제 군수가 된 사람이었다. 그는 실전에 강한 무관이었다. 나주 판관 이복남역시 무과 급제했고 궁술에 능한 무관이었다. 뿐만 아니라 변응정도 무과 급제한 뒤 월송 만호와 선전관을 거쳐 해남 현감에 부임한 인물이었다. 그는 해남에 소요가 일어났을 때 관아의 물건을 훔친 자를 본보기로 효수하여 단기간에 평정한 강골이었다. 특히 변응정은 왜군이 본토를 비웠으니 우리 조선군이 대마도부터 점령하자는 상소를 올린 담대한 무관이었다.

의병장으로 의병군을 거느리고 온 황박만이 김제 향교를 드나들며 공부해 온 선비였다. 그를 따라온 박충길, 안징, 박석정, 이경주, 박정영, 박충일 등은 모두 김제 사람들이었다. 황박은 그들에게 그만큼 존경을 받는 김제의 재야 선비였다.

다음 날 새벽.

안코쿠지는 어김없이 만 명의 왜군을 거느리고 곰티재를 향해 공격해 왔다. 1차 방어선을 친 황박의 의병들은 밤새 산길에 말뚝을 촘촘히 박고 마름쇠를 깔았으며 구덩이를 파 왜군과 군마가 쉽게 통과하지 못하도록 장애물을 설치해놓고 있었다. 2차 방어선의 이복남과 변응정도 석탄이라 불리는 돌멩이를 무더기로 쌓아놓은 뒤 둥근 바윗덩이를 산길 위에 옮겨놓고 기다리고 있었다. 3차 방어선의 정담은 종사관 이봉과 부장 강운, 박형길 등과 함께 활과 칼을 들고 비장하게 백병전을 치를 각오를 하고 있었다. 전날 밤 작전 회의에서 죽어도 같이 죽고 살아도 같이 살자고 맹세를 한 그들이었다.

곰티재를 향해 나무뿌리처럼 힘차게 뻗어 나온 부귀산과 운장산 산자락에 매복해 있던 1차 방어선과 2차 방어선의 관민 군사들은 풀숲에 바짝 엎드린 채 숨을 죽였다. 풀숲의 이슬에 바지저고리가 축축해졌다. 긴장한 탓에 장졸들은 이슬에 젖는 줄도 몰랐다. 곰티재 초입에서 산새들이 일제히 솟구쳐 올라 멀리 날아갔다. 왜군 선봉대가 곰티재 초입에 다가와 있음이 분명했다. 황박이 신기전을 쏘아 올렸다. 왜군이 가까이 출현했다는 신호였다. 그래도 1차 방어선의 의병군들은 움직이지 않았다. 왜군이 산길로 들어서면 황박이 공격 명령을 내릴 것이었다. 마침내 검은 투구를 쓰고 가죽 전포를 입은 왜장이 또렷하게 보였다. 의병군들은 손에 땀을 쥐고 마른침을 삼켰다. 왜군 선봉대가 안코쿠지의 흰색 깃발을 등에 꽂은 채 조총을 들고 다가오고 있었다. 이윽고 왜군 십여 명이 말뚝을 뽑으려고 조총을 땅에 내려놓자, 바로 그 순간을 놓치지 않고 황박이 소리쳤다.

"활을 쏴부러라!"

왜군 십여 명이 조총을 되잡으려다가 쓰러졌다. 그것을 본 왜군들이 괴성을 지르며 공격해 왔다. 이열 종대를 지어 말뚝이 박히지 않은 산길가로 조총을 쏘며 올라왔다. 이번에는 의병 몇 명이 조총을 맞고 맥없이 쓰러졌다.

"활을 쏴부러라!"

의병들의 화살 공격도 정확하고 위력적이었다. 왜군들이 산자락에 엎드리거나 뒤로 물러섰다. 그러나 곧이어 나무 방패를 든 한 무리의 왜군들이 1차 방어선을 향해 돌진했다. 의병들의 화살 공격은 나무 방패에 막혀 주춤해졌다. 그 틈에 왜군의 조총 공격이 더욱 거세어졌다. 황박의 1차 방어선이 뚫렸다. 황박의 의병들이 왜군들을 향해 필사적으로 화살을 쏘았다. 왜군들이 다시 뒤로 물러섰다. 일진일퇴의 공방전이었다. 1차 방어선을 지켜낸 의병들이 다시 산길로 내려가 말뚝을 박고 마름쇠를 뿌렸다. 왜군의 기동력을 약화시켜야 했다. 총에 맞아 죽은 의병들은 풀숲에 숨겼다. 부상자는 가파른 산기슭을 타고 위로 옮겼다.

서너 식경 만에 나무 방패를 든 왜군들이 다시 벌 떼처럼 공격해 왔다. 바로 그때를 기다렸다는 듯 2차 방어선에서 바윗덩이와 석탄을 굴렸다. 바윗덩이가 쿵쿵 꽹음을 내며 굴렀다. 1차 방어선을 뚫은 왜군들이 비명을 지르며 나가떨어졌다. 안코쿠지의 흰색 깃발들이 피로 붉게 물들었다. 왜군 백여 명이 산사태처럼 굴러오는 바윗덩이와 돌멩이에 속수무책으로 당했다. 왜군들이 더 이상 공격을 못 하고 우왕좌왕하자 안코쿠지는 퇴각을 명령했다.

안코쿠지는 간밤에 작전 회의를 했던 암자로 올라가 불전에 무릎을 꿇었다. 전사한 군사들을 위해 극락왕생을 빌었다. 그는 군사들에게 자신이 염불하면 극락으로 간다고 호언장담해왔다. 왜군 선봉대는 그의 감언이설에 속아 자원한 군사가 대부분이었다. 암자에서 내려온 안코쿠지는 다시 선봉대 군사를 뽑아 등에 흰색 깃발을 꽂게 했다.

시신을 모아 태우고 부상자를 포로들의 지게에 지워 금산으로 후송하느라 왜군은 점심을 마친 미시와 신시 사이에 2차 공격을 개시했다. 조선군의 2차 방어선을 뚫지 못하고 많은 사상자를 냈으므로 독기를 품었다. 조선군 2차 방어선의 군사는 관군이었다. 안코쿠지는 부장들에게 지시했다.

"우리는 조선의 1차 방어선 의병과 2차 방어선 관군에게 당했다. 이번에는 절대로 물러서지 않을 것이다. 항복해도 사살하라. 그들의 시신에다 그들의 죽창을 꽂아주어라."

승려 출신이라지만 안코쿠지는 무자비했다. 그는 승려로서 입에 담지 못할 확인 사살의 지시를 내렸다. 왜군들이 군사를 보강하여 사열 종대로 노도처럼 공격해 왔다. 이복남과 변응정은 산길 양쪽에서 화살을 쏘고 칼을 휘두르며 왜군을 쓰러뜨렸다. 한쪽에서는 관군과 왜군이 엉켜 백병전이 벌어졌다.

그러나 2차 방어선에서 백병전을 하기에는 무리였다. 관군과 왜군이 1 대 10이었고 산자락이 가팔랐다. 관군들이 산자락에서 뒹굴었다. 2차 방어선의 관군은 공방전 끝에 3차 방어선으로 밀렸다. 그래도 지세는 아직 조선군에게 유리했다. 정담 휘하의 군사는 내려다보며 싸웠고, 왜군들은 올라오면서 조총을 쏘았다. 3차 방어선에는 퇴각했던 1차 방어선 황박의 의병군들이 어느새 가담해 있었다. 좁은 곰티재 정상에서 수백 명이 방어하고 있으니 마치 철옹성 같았다.

왜군들은 화살에 맞아 쓰러지면서도 나무 방패로 몸을 가리

고 꾸역꾸역 올라왔다. 정담의 관민 군사가 열세인데도 사력을
다한 방어가 가능한 것은 유리한 고지를 선점하고 있기 때문이
었다. 공방전은 오후 내내 이어졌다. 밤에도 계속 공방전이 벌어
질 기세였지만 저녁 예불 때문인지 야간 전투를 싫어하는 안코
쿠지는 또다시 왜군들에게 퇴각을 명했다. 그런데 그때 안코쿠
지의 귀에 조선 관군의 다급한 목소리가 들려왔다.

"화살이 떨어졌다!"

안코쿠지는 다시 왜군들에게 공격 명령을 내렸다. 곰티재를
방어하는 정담 휘하의 관군과 황박의 의병들은 화살 대신 돌멩
이를 들어 던졌다. 실제로 화살이 떨어져 바닥이 난 상태였다.
정담의 관민 군사들은 어느새 곰티재로 올라붙은 왜군들과 백병
전을 벌였다. 칼과 죽창의 공방이었다.

왜군들이 정담과 그의 부장들을 에워쌌다. 이봉이 정담에게
탈출하기를 권했다. 그러나 정담은 칼을 휘두르며 소리쳤다.

"나는 몸을 돌려 왜적에게 등을 보이지 않을 끼다! 왜놈을 하
나라도 더 죽여 왜장의 군마가 곰티재를 넘어가지 몬하게 할 끼
다!"

정담은 최후까지 싸웠지만 힘이 다하자 왜군의 칼에 맞아 쓰
러졌다. 그를 뒤따르듯 그의 종사관과 부장들도 곰티재 정상에
피를 뿌렸다. 이복남과 변응정이 정담을 대신해서 관민 군사에
게 명했다. 이복남이 소리쳤다.

"운장산과 부귀산으로 날래 내빼랐다가 기회를 다시 엿보
라!"

안코쿠지는 퇴각하는 조선군들을 보고 회심의 미소를 지었다. 그는 곰티재에서 피비린내를 맡고 나서 부처의 가피라고 믿었다. 멀리 산 아래 민가의 불빛이 보였다. 완주 다음이 바로 전주였다. 안코쿠지는 느긋하게 척후병을 보냈다. 안코쿠지는 전주가 그의 손안에 들어온 것 같아 무릎을 꿇고 합장했다.

그런데 그 시각에 금산에서 보낸 고바야카와 총대장의 전령이 말을 타고 달려왔다. 전령은 말에서 내리자마자 안코쿠지에게 큰 소리로 말했다.

"대사님, 고경명의 의병군 칠천 명이 진산에 도착하여 금산을 공격하려 합니다. 서둘러 귀대하라는 총대장님의 명을 가지고 왔습니다."

"우리는 전주를 눈앞에 두고 있다. 그러니 나는 귀대하지 않을 것이다. 그렇게 전하라."

그때 척후병이 부역자를 한 사람 데리고 돌아왔다. 척후병은 전주까지 들어가지 않고도 떠돌아다니는 난민 출신의 부역자를 만나 전주성의 첩보를 얻었던 것이다.

"전주성은 성 안팎으로 철벽입니다. 성문은 굳게 잠긴 채 많은 군사들이 지키고 있으며 성 밖에도 수많은 군사들이 횃불을 환하게 켜 들고 방어하고 있습니다."

부역자의 첩보 중 일부는 사실이었다. 이정란 장수가 흩어진 관군들을 모아 삼엄한 경비를 하고 있었다. 그러나 성 밖의 첩보는 사실과 달랐다. 순찰사 이광의 위장 전술이었다. 이광이 전주 부근의 백성들을 강제로 불러 모아 관군처럼 변복을 시켜서 횃

불을 들고 다니게 했던 것이다.

안코쿠지는 이를 악물었다. 전주를 눈앞에 두고 물러난다는 것이 분했다. 금산으로 귀대하라는 고바야카와 총대장의 명을 그는 끝내 거역하지 못했다. 고경명의 칠천 의병군이 진산까지 와 있다면 금산에 있는 왜군 제6군 본부가 위험할 것이 분명했다. 제6군의 만 오천 군사 가운데 안코쿠지 자신이 팔천 명을 지원받았기 때문이었다. 안코쿠지는 고경명을 저주하며 곰티재에서 퇴각했다. 그러자 부귀산과 운장산 정상에 있던 관군과 의병들이 함성을 지르며 내려왔다. 전주를 지켜냈다는 자부심에 흥분하지 않을 수 없었다.

1차 금산 전투

고경명의 지휘 본부에 적벽강까지 나갔던 척후병의 보고가 들어왔다. 왜장 안코쿠지의 대군이 금산을 향해 오고 있다는 보고였다. 왜군 제6군 총대장 고바야카와의 부대와 안코쿠지의 대군이 합류한다면 고경명으로서는 힘겨운 싸움이 될 수밖에 없었다. 군사 숫자로만 본다면 의병군 칠천여 명 대 왜군 만 오천여 명의 대결이었다.

고경명은 먼저 조헌에게 전령을 보냈다. 조헌의 의병군과 협공을 할 계획이었다. 그러나 그것은 나중 일이었다. 충주에 있는 조헌을 기다리고 있을 여유가 없었다. 고경명으로서는 당장 눈앞의 금산이 문제였다. 안코쿠지의 대군이 금산으로 들어오기 전에 금산성 안의 고바야카와를 공격해야 할지 말지 결단해야 했다. 선봉장 유팽로가 말했다.

"안코쿠지가 합세해불믄 우리덜은 불리해뻔진게 시방 쳐야겄지라우."

"나도 좌부장 생각과 같단 마시."

그러나 전라 방어사 곽영이 반대 의견을 냈다.

"선제공격은 위험할 낍니더. 안코쿠지의 대군이 우리 후방을 친다 카믄 우리는 함정에 빠진 산짐승 꼴이 돼버릴 끼요."

곽영의 군사는 광주, 영암, 흥덕에서 올라온 군졸들이었는데 기백 명밖에 되지 않았다. 품계로 치자면 방어사가 종2품이고 절충장군이 정3품이므로 고경명이 곽영의 지시를 받아야 했지만 실제로는 그 반대였다. 고경명이 칠천 대군을 거느리고 있기 때문이었다. 고경명은 곽영의 우려를 무시했다.

"금산성을 한쪽이라도 무너뜨려야 왜적의 사기가 꺾어질 거요. 그렇께 대대적인 공격을 허자는 말이 아니라 선봉군만 보내 타격을 가해불자는 말이오."

"맹주님, 작전이 옳지라우. 우리덜 심을 보여줘야 한당께요."

"선봉대만 보내 왜적의 반응을 떠보는 것 정도는 좋십니더."

곽영은 의병군 선봉대 장수로 군관 김정욱을 보냈다. 고경명은 즉시 작전을 개시했다. 군수물자를 담당하는 지원군만 대둔산 산자락에 남겨두고 본진 군사는 진산과 금산 사이의 들판으로 전진 배치했다. 선봉대로는 말을 잘 타는 기병 수백 명을 뽑았다.

선봉대의 함성 소리가 하늘을 찔렀다. 김정욱이 담양 의병군의 의義 자 장표章標(부대 깃발)를 들고 선봉대 선두에 있다가 바람같이 적진을 향해 달렸다. 뒤이어 의병군 기병들이 흙먼지를 일으키며 질주했다. 성벽 위에 있던 왜군들이 의병군 선봉대가 사정거리 안에 들어오자 조총을 쏘았다. 그러나 총알은 선봉대원들을 빗나갔다. 의병군 선봉대가 성 앞에서 빠르고 어지럽게 달리기 때문이었다. 조총 공격을 하는데도 두려워하지 않고 달려드는 의병군 기병들 기세에 총대장 고바야카와는 내심 놀랐다. 비록 김정욱의 말 엉덩이에 총알이 스쳐 퇴주하기는 했지만 왜군들은 선봉대의 기세에 눌렸다.

"선봉대가 다시 공격해 왜적덜 혼을 싹 빼내부러야겄다."

"똑같은 전술로 공격하는 것은 하지 않음만 못하오."

"방어사께서는 하나만 알고 둘은 모르오. 고바야카와는 우리덜이 물러났응께 다시 오지 않을 것이라고 생각하고 있을 것이오. 우리덜은 이때를 또 이용해야 허는 것이오."

"맹주님, 왜놈덜이 모다 사라져부렀습니다. 우리덜이 다시 공격허지 않을 것이라고 판단헌 것 같당께요."

"나는 왜적덜의 저녁 식사 시간을 이용해 특공조를 맹글어 공격헐 것이오."

곽영은 더 이상 고경명의 작전을 만류하지 않았다. 고경명은 담력이 크고 날랜 군사 삼십여 명을 선발하여 특공조를 만들었다. 그리고 성안에서 저녁을 짓는 연기가 피어오를 때를 기다렸다. 특공조장은 김정욱이 맡았다. 첫 공격 때 본의 아니게 퇴주하였으므로 명예 회복 차원이었다.

"특공조는 왜적의 눈에 띄지 않게 개천을 타고 가다 성에 접근해야 헌다잉."

"예."

유팽로도 지시했다.

"우리 작전이 끝난 담에는 왜적덜이 성 밖으로 나오지 못허게 성 밖의 공사가公私家를 다 태워부시쇼."

"백성덜이 피해를 볼 것 같은디요. 그렇께 불 지를 것까정은 옳지 않을께라우?"

"백성덜은 이미 성안으로 불러들여 빈집들인게 상관읎소."

고경명은 화포장을 가까이 불러 명했다.

"화포장은 성 밖에서 진천뢰를 쏘되 무기창이든 곡식창이든 무조건 창고만 쏴부러! 여그저그 박살 내불 자신 있제?"

"예, 맹주님."

이윽고 석양이 대둔산 산봉우리에 걸렸다. 잘 익은 사과처럼 해는 붉디붉었다. 특공조는 개천을 따라 푸른 갈대숲에 몸을 숨긴 채 살금살금 남문 성 밑까지 접근했다. 공격 개시는 성안에서 밥 짓는 연기가 피어오를 때로 맞추었으므로 특공조는 남문 부근에서 잠시 숨을 죽였다. 다행히 그들을 발견한 왜군 경계병은 없었다. 왜군들은 낮에 의병군 선봉대가 퇴주했으므로 방심하고 있었다.

특공조장의 한 손이 올라갔다. 준비하라는 수신호였다. 성안에서 한 가닥 연기가 피어오르고 있었다. 장수 김정욱은 지체 없이 화포장에게 민가 지붕 위로 올라가 진천뢰를 쏘라고 지시했다. 고양이처럼 지붕 위로 올라간 화포장이 진천뢰를 연달아 쏘았다. 진천뢰가 성안의 무기고와 창고들을 쿵쿵 강타했다. 성안에서 불길이 치솟았다. 화포장이 지붕에서 내려오자 이번에는 성 밖의 비어 있는 초가 이엉에 불을 붙였다. 성 안팎이 화염에 휩싸였다. 특공조는 재빨리 개울로 돌아와 철수했다. 왜군들은 불을 끄기에 정신이 없어 특공조를 추격하지 못했다.

특공조가 작전을 마치고 무사히 돌아오자 고경명은 일일이 그들을 격려했다. 왜군의 군수물자를 타격한 것은 일전을 앞둔 상황에서 큰 전과였다.

"오늘 공격으로 우리덜은 왜군에 대한 두려움을 없애부렀다. 내가 공격을 감행헌 것은 바로 용기를 얻고자 해서였다."

"안코쿠지 대군은 아적 금산에 이르지 못헌 것 같그만이라우. 성안에는 왜군덜이 벨로 읎었습니다."

김정욱이 말했다. 그는 곽영과 달리 아주 적극적이었다.

"군량미를 담당허는 유군만 대둔산 자락에 냉겨두고 오늘 밤 금산 가차이 결진하라."

"밤중에 기습 공격이 우려되니 진산으로 회군했다가 다시 기회를 엿보는 것이 타당하지 않겠소?"

곽영 휘하의 관군 선봉장이자 영암 군수인 김성헌도 방어사의 의견에 동조했다.

"저녁에 당한 왜군이 반드시 복수하러 올 것입니다. 그러니 회군하는 것이 안전할 것 같습니다."

고종후도 회군에 동조했다.

"오늘 우리 군사가 승리혔으니 이 기세를 온전히 보전하여 돌아갔다가 기회를 봐서 다시 나오는 것이 좋지 않을께라우? 만약 들판에서 잔다면 밤중에 습격당할 우려가 없지 않습니다요."

"네가 부자간의 정리情理로 내 죽을까 걱정허느냐. 나는 나라를 위해 한 번 죽는 것이 마땅할 뿐이다."

죽음을 두려워하지 않는다는 고경명의 말에 고인후가 말을 못 했다. 고경명이 다시 장수들에게 말했다.

"우리덜은 싸우러 온 것이지 왜군을 정탐하러 온 것이 아니여. 왜군이 기습해 온다면 받아쳐 물리치면 되는 것잉께 겁낼 필요는 읎네."

곽영은 마지못해 고경명의 주장을 따랐다. 진산으로 철군하고자 했지만 고경명의 전투 의지가 워낙 강했다. 더구나 고경명은 서전을 부상자 한 명 없이 유리하게 이끈 것에 대해서 몹시 만족해하고 있었다. 그날 밤 고경명은 장수들을 지휘 본부로 불러 작전 회의를 했다. 관군에서는 곽영, 김성헌, 김정욱, 의병군에서는 고경명, 유팽로, 안영, 고종후, 고인후가 참석했다. 고경명이 먼저 말했다.

"늙은 나와 고바야카와는 육십으로 띠가 같더그만. 나는 붓을 들었던 문인이고 고바야카와는 칼을 휘둘러온 무인인 것이 다르다면 다른 것이겠제. 싸우먼 누가 이기겠는가? 그러나 나는 사필 귀정이란 말을 믿는그만. 침략한 도적 떼를 우리덜의 의로움이 물리칠 수 있다고 본단 말이여. 이것은 하늘의 뜻이여."

유팽로가 눈에 힘을 주고 말했다.

"죽고 사는 일은 하늘이 알아서 허겠지라우. 지는 심이 다할 때까지 도적 떼를 한 놈이라도 더 죽여불라요."

"죽기로 한 데에 살길이 있을 것이네. 왜적이 전주로 나아가는 것을 단 메칠만이라도 막아준다믄 나는 고것으로 만족헐 것이네."

의병군과 관군은 금산성 공격로를 둘로 나누어 분담했다. 관군은 비호산을 장악한 뒤 북문을, 의병군은 초가들이 밀집한 서문 쪽을 공격하기로 했다. 남문은 특공조가 한 번 공격했던 곳이므로 피했다. 왜군은 남문 쪽에 경계를 강화했을 것이기 때문이었다. 동문은 안코쿠지의 대군이 들이닥칠지 모르므로 위험했다.

의병군은 밤새 철저히 경계를 섰다. 왜군은 의병군의 기세와 규모를 보고 야간 기습을 하지 못했다. 고경명은 왜군의 사기를 납작하게 할 날랜 기병 팔백 명을 선발하였다. 담양 의병군은 꼭두새벽에 공격을 개시했다. 곽영은 관군을 나누어 영암 군수 김성헌을 북문에 두고, 자신은 비호산에 진을 쳤다. 김성헌이 선봉장으로 광주와 흥덕 관군을 이끌었다.

고경명의 의병군 기병들이 꼭두새벽의 축축한 공기를 가르며 함성 소리와 함께 달렸다. 과연 왜군들은 서문 밖으로 나오지 못했다. 의병군 선봉장 유팽로가 서문 성루 위에서 왜군을 지휘하는 왜장에게 성 밖으로 나와 일전을 겨루자고 소리쳤으나 조총만 쏘아댈 뿐이었다. 기병들이 노도처럼 서문 밖까지 달려갔다가 민가에 불을 질렀다. 불길에 성안이 환하게 드러났다. 고바야카와 군사는 어제와 다르게 성문 안에서 삼중 사중으로 방어하고 있었다. 간밤에 안코쿠지 대군이 합류한 것이 분명했다. 그러나 아직 성 밖으로 나올 기미는 보이지 않았다. 의병군의 기병들이 워낙 빠르게 휘젓고 다니기 때문이었다. 늙은 여우 고바야카와는 의병군 기병들의 유인책에 말려들지 않았다. 고경명은 고바야카와 군사를 기다렸으나 기병을 쫓아 나오는 왜군은 단 한 사람도 없었다.

고바야카와의 작전은 고경명의 예상과 달랐다. 왜군이 성안을 비우고 나온 곳은 북문이었다. 북문 밖에는 선봉장 김성헌이 광주와 흥덕의 관군을 지휘하고 있었다. 곽영은 북문 밖의 비호산에서 관군의 전투 상황을 지켜보고 있었다. 왜군들이 방패를 들고 일시에 북문을 빠져나왔다. 관군 선봉장 김성헌은 화살 공격을 명했다. 그러나 김성헌의 관군이 쏜 화살들은 왜군을 저지하지 못했다. 김성헌의 관군이 화살 공격을 하면 왜군은 방패로 고슴도치처럼 웅크린 채 버텼다. 그러다가 다시 김성헌의 관군에게 찰거머리처럼 달려들었다. 지근거리에서 쏘아대는 조총의 위력은 대단했다. 방패가 없는 관군은 픽픽 나무토막처럼 쓰러졌다. 한두 번의 공방전 끝에 김성헌은 남은 관군들에게 곽영의 진으로 물러날 것을 지시했다.

"방어사군에 합류하라."

"비호산으로 물러나 방어하라."

김성헌의 판단은 옳았다. 평지보다는 유리한 고지를 선점하는 것이 화살 공격에는 효과적이었다. 그러나 곽영은 비호산에서 김성헌의 선봉대 관군을 엄호하지 않고 바라만 보고 있다가 흩어져버렸다. 고바야카와가 기회를 잡았다는 듯이 소리쳤다.

"조선 관군이 도망친다! 공격하라!"

김성헌도 비호산에서 방어할 생각을 접고 곽영을 뒤따랐다. 왜군들은 퇴각하는 관군의 선봉대를 조총으로 무참히 사살했다. 왜군 기병들은 칼로 내리치고 창을 휘둘러 관군 선봉대를 짓밟았다.

그때 고경명의 진에도 다급한 소리가 들려왔다. 전령으로 관군에 가 있던 고인후였다.

"방어사진이 무너져부렀소!"

"방어사군이 이짝으로 도망쳐 오고 있당께라우!"

과연 왜군의 대군이 방어사군을 쫓아오고 있었다. 고경명은 꿈쩍을 안 했다. 금산 들판에 자신의 운명이 걸려 있음을 직감했다. 진산에서 출진할 때 이미 옷깃에 자신의 이름을 적어두었으니, 이를 본 사람은 큰아들 고종후뿐이었다. 고경명은 천지신명께 빌었다.

"천지신명이시여, 싸움에 패허게 되든 구신이 되어서라도 이 나라와 임금님을 굽어살피게 허소서. 고경명의 한 목숨이 헛되지 않게 해주소서."

달려온 부하들이 고경명에게 애원했다.

"맹주님, 말을 타고 물러나 담 기회를 엿보셔야겠습니다요."

"나는 여그서 싸울 것을 장수덜과 결의했느니라."

부하들이 고경명을 붙들어 말에 태웠다. 그러나 고경명은 즉시 말에서 내려와 소리쳤다.

"내 어찌 구차스럽게 죽음을 모면헐라고 허겄느냐?"

부하들이 내어준 말이 길길이 뛰었다. 그러자 후군장 안영이 자신이 타던 말에 고경명을 태웠다. 안영 자신은 말고삐를 잡고 달렸다. 대둔산에도 자신의 지휘를 받는 지원군이 있기 때문이었다. 그러나 왜군들이 고경명을 알아보고 에워쌌다. 안영이 달려드는 왜 장수를 찔러 죽였다. 왜 장수가 쓰러지자 왜군들이 주춤했다.

창을 휘두르며 정신없이 싸우던 유팽로가 집종에게 소리쳤다.

"맹주님은 으디 겨시느냐?"

"왜적덜 속에 있습니다요."

"아적 모면허지 못했단 말이냐?"

"못 나왔습니다요."

유팽로가 창으로 왜군을 쳐내면서 고경명에게 다가갔다. 그러자 고경명이 소리쳤다.

"나는 죽음을 면치 못헐 것이네. 나는 이미 왜적덜의 표적이 되부렀네."

"지 말에 올라타시지라우."

"자네는 어서 빨리 여그를 달려 나가서 의병군을 추슬러 맞서야 하네. 명령이네."

"어찌 맹주님을 버리고 살기를 구헌당가요?"

"나는 여그서 왜적을 한 사람이라도 더 죽이고 버틸 것이네. 이것이 시방 내가 헐 일이네."

"지도 여그서 물러나지 않겠습니다. 군사가 패하믄 장수는 죽는 것이 도리지라우."

왜 장수가 칼을 들고 고경명에게 달려들었다. 유팽로는 말에서 뛰어내려 몸으로 막았다. 그렇게 유팽로는 죽었다. 안영이 고경명의 등 쪽에서 다가오는 왜군을 베었다. 그때 총알이 그의 가슴을 관통했다. 안영이 손에 칼을 쥔 채 쓰러졌다. 그 순간 고경명도 왜군의 칼에 목이 떨어졌다. 고인후도 아버지 고경명을 살리기 위해 달려들었다가 왜군의 칼에 맞아 피를 뿌렸다. 왜 장수가 고경명의 머리를 창끝에 달고 휘휘 돌렸다. 고인후의 머리도 왜군의 창끝에 올라갔다.

물러서려던 의병군들이 고경명의 머리를 보고는 필사적으로 덤벼들었다. 이번에는 왜군들이 의병군들의 창과 죽창 공격에 나가떨어졌다. 순식간에 의병군과 왜군들의 시체가 들판을 가득 메웠다. 천지간에 피비린내가 진동했다. 왜군들은 더 이상 공격을 못 하고 동료들의 시신을 수습해 물러났다.

의병군들은 고경명과 유팽로, 안영, 고인후를 한꺼번에 잃고는 전의를 상실했다. 지휘할 장수가 없으니 오합지졸이 돼버렸다. 그러나 의병군들은 바로 흩어지지는 않았다. 고경명과 장수들의 시신을 찾기 위해 들판 끝에 임시로 진을 쳤다. 왜군들이 성안으로 들어간 뒤 고종후는 의병들을 데리고 고경명과 장수들의 시신을 찾으러 나갔다.

고종후는 아버지를 잘 알아볼 수 있는 봉이와 귀인을 데리고 시신을 찾기 시작했다. 조금 전까지만 해도 웃고 떠들던 의병들이 시신으로 변해 널브러져 있었다. 고종후는 먼저 아우 고인후의 목 없는 시신을 시신 더미 속에서 찾아냈다. 그런 뒤 한참만에야 아버지 고경명의 목 없는 시신을 발견했다. 옷깃에 아버지 이름이 적혀 있었다. 고종후는 곡을 하지 못했다. 전시 중이므로 참았다. 치밀어 오르는 곡소리를 목울대 너머로 삼켰다. 그러나 흐르는 눈물은 어쩌지 못했다.

귀인은 고경명의 시신을, 봉이는 고인후의 시신을 들쳐 업었다. 고종후는 바로 옆자리에서 안영과 유팽로의 시신을 수습했다. 고종후는 수습한 시신들을 밤새 금산의 야산에 가매장했다. 선봉장 유팽로는 고경명의 좌측에, 안영은 우측에 자리를 잡아 주었다. 저승에서도 서로 다시 만나기를 바라서였다. 승려 출신 의병이 극락왕생 염불을 길게 했다.

담양 의병군은 맹주가 순절했으므로 해체될 수밖에 없었다. 그러나 의병들이 완전히 사라진 것은 아니었다. 금산에서 돌아간 의병들이 장성, 화순, 보성 등지에서 새로운 의병장을 만나 다시 일어났다. 금산 전투의 패배는 패배로 끝나지 않고 바람에 쓰러졌다가 다시 일어나는 들풀처럼 또 다른 의병들이 이 고을 저 고을에서 거병하는 계기가 됐던 것이다.

40일이 지난 뒤에야 고종후는 아버지 고경명의 시신을 광주 고향으로 귀장했다. 고경명의 순절 소식은 의주 행재소에도 전해졌다. 선조가 크게 슬퍼하면서 고경명에게 예조판서, 이어서 대제학을, 뒤에는 더 높여 좌찬성을 증직했다. 그리고 고인후에게는 예조 참의를, 유팽로에게는 사간을, 안영에게는 장악 첨정을 증직했다. 반면에 힘써 싸우지 않은 전라 방어사 곽영은 사헌부로부터 졸장이라는 탄핵을 받았다.

3차 출진 준비

장대비가 아침나절 내내 퍼부었다. 좌수영 성벽 안쪽으로 난 도랑은 금세 흙탕물로 콸콸 넘쳐흘렀다. 성벽 밖의 해자 역시 흙탕물로 붉게 변했다. 놀란 개구리들이 도랑에서 뛰쳐나와 성안을 폴짝폴짝 뛰어다녔다. 조를 나누어 훈련하던 장졸들은 장대비가 멈출 때까지 가까운 건물 처마 밑에서 휴식을 취했다. 3차 출진을 앞두고 가상 전투 훈련을 하던 장졸들이었다.

이순신의 엄한 지시로 훈련은 하루도 멈춘 일이 없었다. 사부들은 활을 쏘고 격군들은 모래밭에서 각력을 겨루면서 힘을 길렀다. 화포장들은 화포를 이리저리 옮겨 가며 발포 연습을 했다. 이번 3차 출진에는 삭발한 의승군들도 포함돼 있었다. 석보창에서 온 의승군들은 칼과 창을 들고 군관의 구령에 맞추어 베기와 찌르기를 익혔다. 굴강에는 전라 우수사 이억기의 전선들이 이미 들어와 좌수영 전선들과 합류해 있었다.

2차 출진에서 승전한 지 벌써 스무 날이 지나고 있었다. 어느새 달도 6월 장마철에서 불볕더위가 쏟아지는 7월 초로 바뀌었다. 2차 출진에서 분연히 몸을 돌보지 않고 싸워 이순신에게 크게 격려를 받은 흥양 출신의 신영해가 장대비를 흠뻑 맞은 채 남문으로 들어왔다. 진해루 누각에 있던 송희립이 소리쳤다.

"성님, 으째서 인자 오시오?"

"의병 일이 틀어지는 바람에 늦어부렀네."

"먼 일이당가요?"

"동상은 야그 못 들었는갑네잉."

신영해와 송희립은 같은 흥양 출신으로 나이와 계급을 떠나서 마음을 터놓고 지내는 사이였다.

"흥양 의병군덜이 광주꺼정 올라갔다가 와부렀당께."

"그 야그라믄 신여량 군관헌티 들었그만요."

"종질이 벌써 여그 와부렀단 말인가?"

"어저께 왔는디 시방 동헌에 있을 것이요."

"수사 나리허고 있다는 말이여?"

"야그를 허고 있지라우."

신영해는 신여량의 종숙이었다. 신여량이 선조를 호위하는 근왕군이 되고자 흥양 의병군을 이끌고 북진하려다가 중단한 것은 신영해의 사정 때문이었다. 흥양 의병군 좌부장이 된 신영해가 갑자기 이순신 함대의 2차 출진에 출전하는 바람에 북진을 연기할 수밖에 없었던 것이다. 별수 없이 신여량은 신영해가 흥양 의병군에 복귀할 때까지 기다렸던 것인데 이번에는 부대장 신여극이나 우부장 신여기의 전의가 식어버렸다. 흥양 의병군이 광주에 가서 보니 목사인 권율은 군사를 이끌고 남원으로 가 있었다. 남원은 경상도에서 호남으로 넘어오는 왜군을 저지하는 요해지였기 때문이다. 권율을 만나지 못한 흥양 의병군 장졸들은 주춤했다. 광주 관아의 군교로부터 김천일의 나주 의병군이 왜장 와키자카가 이끄는 강력한 왜군 부대에 막혀 수원에서 한 발짝도 전진하지 못하고 있다는 말을 전해 듣고는, 대부분이 노비들인 천여 명의 의병군만으로는 무모하다는 것을 깨달았기 때문이었다.

와키자카는 관군의 수장이나 모든 의병군 장수들에게 잘 알려진 적장이었다. 용인 전투에서 삼도 근왕군 오만 명을 패퇴시킨 젊은 왜장은 기고만장해 있었다. 패기에 찬 신여량은 흥양 의병군만이라도 북진하여 와키자카와 싸워 설욕하고 싶었지만 나이 든 신영해 등의 반대에 부딪혔다. 신영해는 종질인 신여량을 대장으로 추대했지만 족장으로서 중심을 잡고 있었다. 흥양으로 돌아가서 의병들을 더 모병한 뒤 권율 휘하로 들어가 한성을 수복하자며 신여량을 설득했다. 신영해는 종질인 신여극과 함께 흥양 의병군이 된 장수로 누구보다도 권율을 '육지의 이순신'이라고 존경하는 장수였다.

"아따, 성님은 고향에서 휴가를 보낸 줄 알았는디 고새 흥양 의병군에 들어갔그만이라우."

"나가 여그 좌수영으로 와서 출전헌 바람에 의병군덜이 출병을 못 헌 채 지달리고 있었드랑께."

"성님이 빠져부렀다고 의병덜이 출병허지 못한 이유가 뭣인디라우?"

"의병덜 중에는 우리 집 가동덜이 꽤 많거든. 아무래도 우리 집 가동덜을 움직일라믄 내가 있어야 헌당께."

신영해와 신여량은 가동 삼사백여 명을 거느리고 사는 홍양의 토호 세력이었다. 노비들은 의병이 됐다고 하더라도 원래 주인을 더 따랐다. 대대로 한 주인만 섬겨왔기 때문이었다. 신영해의 가동들도 마찬가지였다. 그러니 삼백여 명의 가동을 의병으로 보낸 신영해는 이순신 함대의 2차 출진에서 돌아와 바로 신여량의 홍양 의병군 좌부장으로 가담할 수밖에 없었다.

"근디 요번 3차 출진에 성님 자리가 있을랑가 모르겄소."

"동상, 먼 소리여."

"장수덜 진용을 다 짜부렀당께요. 그렇다고 성님이 수졸멩키로 아무 데라도 붙어서 싸울 수는 읎지라우."

"내사 별장도 괴안찮네. 지달리고 있다가 빈 자리로 투입되믄 고만이잖은가."

"사실은 신여량 동상도 들어갈 자리가 읎어서 시방 면담허고 있그만이라우."

달포 전에 이순신이 짠 3차 출진의 진용은 다음과 같았다.

중위장 순천 부사 권준

중부장 광양 현감 어영담

전부장 방답 첨사 이순신

후부장 홍양 현감 배흥립

우부장 사도 첨사 김완

좌척후장 녹도 만호 정운

좌별도장 전 만호 윤사공, 가안책

우척후장 여도 권관 김인영

우별도장 전 만호 송응민

좌돌격귀선장 급제 이기남, 보인 이언량

우돌격귀선장 급제 박이량

우부장 낙안 군수 신호

유군장 발포 만호 황정록

한후장 본영 군관 전 봉사 김대복, 급제 배응록

참퇴장 전 첨사 이응화

급제란 문과나 무과에 합격했지만 벼슬을 박탈당했거나 얻지
못한 사람을 말했다. 송희립의 말대로 신영해나 신여량이 들어
갈 자리는 없었다. 장수들이 이미 위와 같은 임무를 받아 훈련을
해왔기 때문이었다.

신영해가 몸이 찌뿌드드한 듯 웃통을 벗더니 젖은 옷을 짜 진
해루 난간에 걸었다. 신영해의 가슴은 멧돼지처럼 검은 털이 잔
뜩 나 있었다. 신영해가 보란 듯이 두 팔을 휘휘 저으며 진해루
를 한 바퀴 돌았다. 남문 아래서 경계를 서고 있던 수졸들이 창
을 치켜들고 탄성을 질렀다.

"수사 나리께서 보낸 승첩 장계에 성님 이름도 올랐응께 베슬
이 내려지겠그만요."

"베슬헐라고 싸우간디. 왜놈덜 읊애불라고 나선 것이제."

"성님멩키로 잘사는 부자덜은 베슬이 부럽지 않겄지만 그래도 한미헌 우리덜 입장은 다르당께요."

장대비는 점심 전에 그쳤다. 여름 해가 나자 수영 안의 땅이 금세 고슬고슬 말랐다. 때마침 청매와 승설이 남문을 지나치다가 웃통을 벗고 있는 신영해를 보더니 고개를 숙였다. 청매와 승설이 고개를 들지 못하고 도망치듯 잰걸음을 했다. 송희립이 청매를 보고는 큰 소리로 물었다.

"수사 나리께서는 아적도 동헌에 겨시느냐?"

"예."

"성님, 저고리를 입으셔야 헐랑갑습니다요."

"가스나덜이 속으로는 좋음시롱 방뎅이를 흔들어부네잉."

"말씀 조심허셔야겠습니다. 청매는 수사 나리 소실이나 다름 읎단 말이요."

"오매, 그런가? 몰라부렀네."

햇볕이 쨍쨍해지자 수졸들의 훈련이 수영 안의 연병장에서 다시 이어졌다. 전선에 승선하기 전까지 훈련은 계속될 터였다. 특히 3차 출진 군사들 중에서도 의승군 훈련의 강도가 셌다. 창과 칼을 들고 격군과 전선 위에서 가상 전투를 벌였다. 전선에 달라붙는 왜군은 창으로 찌르고 함상에서는 칼을 휘둘러 왜군을 제압하는 훈련이었다.

의승청의 수승이 석보창에서 온 의승군들을 지휘했고 실제 훈련은 군관 유기종이 시켰다. 의승군들 중에는 좌수영 관내 송

광사, 화엄사, 흥국사, 봉갑사 같은 절들에서 온 승려들이 대부분이었지만 서산대사의 격문을 가지고 온 충청도 법주사 복천암 승려도 있었다.

　동헌에서 이순신과 신여량의 이야기가 길어지고 있는 까닭은 행재소에서 내려온 선전관의 첩보 때문이었다. 선전관은 한성 왜군 지휘부에서 얻은 첩보를 이순신에게 보고했다.
　"풍신수길이 왜 수군의 연패에 격분하여 육전에 참여하고 있는 세 명의 수군장에게 조선 수군을 격파하라는 엄명을 내렸다고 합니다."
　원래는 수군장이지만 육전에 참전하고 있는 세 명의 왜장은 구키 요시타카九鬼嘉隆, 와키자카 야스하루, 가토 요시아키加藤嘉明였다. 도요토미 히데요시가 해전을 경시하여 왜 수군 장수들을 육전에 투입시켰던 것이다. 세 명의 왜장들이 한성에서 협의한 뒤 6월 10일까지 모두 웅천으로 급거 남하했다. 와키자카는 용인 전투에서 조선의 삼도 근왕군을 물리친 뒤였으므로 거드름을 피우고 있던 때였다. 히데요시는 6월 23일부로 붉은 도장, 즉 주인장朱印章이 찍힌 군령을 세 명의 왜장들에게 보내 독려했다.
　'해상 경비를 엄히 하고 3인이 협동하여 단시일 내에 조선 수군을 격파하라.'
　세 명의 왜 수군장들은 다시 부산으로 이동하여 6월 24일부터 전선들을 정비했다. 와키자카는 조선 수군도 조선 육군처럼 전투력이 형편없을 것이므로 당장에 출전해도 이길 수 있다고 떠들었다. 그러나 구키와 가토는 남해 바다에 이순신이 있으니 전선과 전력을 더 보강한 뒤 출전해야 한다는 입장을 취했다. 공명심에 사로잡힌 와키자카의 생각과 달랐다. 어쨌든 왜장들 사이에 공격 시기만 조금 이견이 있을 뿐 이순신의 조선 수군을 격파한다는 목표는 같았다.

선전관의 보고를 다 듣고 난 이순신이 말했다.

"나두 경상도루 군관을 보내 계속 적정을 탐문혀보구 있었지유. 최근에는 심상치 않은 보고를 받아 출진을 준비허구 있었구먼유."

"무슨 보고를 받았소이까?"

"1, 2차 출진으루 가덕, 거제에 왜선덜이 사라진 줄 알았더니 다시 나타났다는 보고지유. 십여 척, 삼십여 척이 수시로 돌아댕긴다는 보고를 받았지유."

신여량이 끼어들었다.

"선전관님 말씸이 틀림읎십니다. 박살을 내도 시원찮을 협판안치(와키자카 야스하루)란 놈이 인자 겡상도 바다에 나타난 것입니다요."

"신 군관은 어찌케 협판안치를 아는 겨?"

"방금 선전관님이 말씸허지 않았습니까요. 삼도 근왕군을 물리친 놈이라고. 삼도 근왕군은 우리 전라도 군사나 다름읎는 이광 순찰사님의 부대가 아닙니까요. 그렇께 더 분헙니다요."

신여량이 이광을 들먹이자 이순신도 가슴에서 분노가 치밀었다. 더구나 이광은 자신과 같은 덕수 이씨 문중 사람으로 관직이 없는 자신을 전라 감영 조방장으로 이끌어주었고, 임란 전해에는 거북선을 건조할 때 돛에 다는 천을 지원해주었던 인물이었다. 그런데 와키자카란 놈이 단 한 번의 전투로 이광을 무능한 졸장으로 만들어버린 것이다.

"나두 협판안치를 가만 놔두지 않을 겨."

"서른아홉 살이라고 하니 대가리에 아직 피도 마르지 않은 놈입니다."

오십 대 초반의 행재소 선전관이 자신의 흰 수염을 만지면서 말했다. 그러나 장수는 나이로 싸우는 것은 아니었다.

"오만의 삼도 근왕군이 무너진 것을 보믄 분명 녹록치 않은 놈일 겨."

"수사 나리, 협판안치허고 싸울 때 지가 선봉에 서불랍니다요."

승설이 차를 들여오고 청매가 오이를 가져왔다. 여름철에는 다식茶食으로 오이보다 좋은 먹거리가 없었다. 차를 마시는 동안 위장에 부담을 주지 않으면서도 공복감을 없애주는 데는 오이가 최고였다. 중늙은이 선전관이 청매의 미모를 보더니 야릇한 미소를 지으며 말했다.

"이 공, 처자다운 처자를 여기 좌수영에서 보는 것 같소이다. 행재소의 여자라곤 늙은 상궁과 궁상맞은 궁녀들뿐이오. 행재소에서 온 선전관에게 배려해줄 처자는 없겠소?"

"전라 좌수영에는 관기청이 읎는디 곤란허구먼유."

"관기청이 없는 수영도 있단 말이오?"

"가까운 순천에는 있으니께 오늘은 여그 객사에서 편히 쉬시는 것이 어처겠습니까유."

"하하하. 좌수영에 관기청이 없다니 이 공은 목석이나 다름없소이다."

"지보구 목석이라니, 섭섭헌 말씀이구먼유. 왜적덜이 물러가믄 여그 좌수영에두 관기청이 다시 생기겄지유."

선전관은 곧 동헌 토방에서 대기하고 있던 색리의 안내를 받아 객사로 물러갔다. 그러자 송희립이 들어왔다. 송희립은 들어오자마자 오이를 하나 들어 우걱우걱 씹어 삼켰다. 이순신을 오랫동안 보좌한 참좌군관으로서 말이나 행동에 거침이 없었다.

"신영해 군관이 시방 왔습니다요."

"지난번 싸움에서 몸을 돌보지 않구 싸운 장수인디 이번에는 자리가 읎으니께 유진장으루 돌릴까?"

"수영에 남기기는 아까운 장수지라우."

이순신도 신영해가 왜 늦게 귀대했는지 신여량으로부터 상세하게 보고를 들었으므로 그의 사정을 알고 있었다.

"홍양 의병군 좌부장으로 광주까정 갔다가 돌아온 바람에 이제사 왔다는 얘기를 들었네."

"의병덜이 아조 흩어진 것은 아니라고 헙니다요. 때를 보아 다시 모여 출병헐 모양입니다요."

"으쨌그나 신영해 장수는 좌수영에 남는 유진장이 좋을 겨. 더구나 신여량 군관의 종숙이라니께."

"종숙과 종질이 한꺼번에 출전허지 말라는 벱이 있습니까요?"

신여량이 묻자 이순신이 말했다.

"전쟁이란 칼날 위에 서 있는 거나 마찬가진 겨. 한 치 앞의 생

272

사를 알 수 읐는디 종숙과 종질이 모다 죽으믄 그 집안이 워치게 되는 겨?"

"홍양의 우리 고령 신가는 생사를 다 같이허기로 약조했습니다요."

신명원의 장손인 신용해의 아들 신여극이나 차남인 신홍해의 아들 신여량, 신여기, 신여정과 신명달의 아들 신영해 등은 모두 무부 기질이 넘치는 한 집안이었다. 신영해는 궁마에 능했고, 일찍 무과 급제를 한 신여량은 거구의 장사였고, 신여극은 날렵하게 칼과 창을 잘 다뤘다.

"수사 나리, 신 군관의 직책은 정했습니까?"

"고민혔는디 아적 적소를 찾지 못혔어."

"은젠가 귀선 돌격장감이라고 허지 않았습니까."

"이번에 출전허는 거북선은 세 척인디 한 척은 예비루 이용헐라구 혀."

지난 전투 때는 본영 선소와 방답 선소에서 건조한 두 척이었는데, 나대용이 석보창과 순천 선소를 다스리는 대장으로 임명된 이후 거북선을 한 척 더 만들었던 것이다. 이순신은 지난 전투 때 파손돼 수리를 많이 한 방답 선소 거북선은 예비용으로 계획하고 있었다. 송희립은 신여량보다 아홉 살이나 많은 홍양 선배였다. 송희립이 후배인 신여량의 입장을 고려해서 말했다.

"신 군관을 방답 귀선장에 임명허믄 으쩌겠습니까?"

"나두 그리 생각허고 권혔지. 근디 신 군관은 앞에서 돌격허는 거북선을 타구 싶다는 겨."

"수사 나리. 방답 귀선을 예비로 둘 거 머 있습니까요."

"송 군관 전술은 뭔 겨?"

"이번에도 겡상도 원균 수사와 연합함대를 꾸릴 거지라우?"

"그럴 겨."

경상도 바다로 나가니 전라 수군과 경상 수군이 연합하는 것은 당연했다. 원균의 전선이 후방 경계를 하든, 공격 일선에서 전투를 하든 연합함대를 만들어 왜군과 맞서 싸워야 하는 이순신으로서는 아군의 전력을 극대화시켜야만 했다. 전투에서의 금기는 감정으로 전략과 전술을 짜는 일이었다. 무군지장의 원균이 지난번처럼 또다시 전공 쌓기에 급급하더라도 그의 전력을 보탤 수밖에 없었다.

"방답 귀선을 예비로 두지 말고 차라리 원균에게 파견시키믄 으쩌겠습니까요?"

이순신이 신여량의 눈치를 보았다. 신여량이 어금니를 꽉 물고 있었다. 원균이라는 말에 비위가 상한 듯했다. 이순신 휘하에서 싸우고자 좌수영을 찾아온 것이지 원균의 부하가 되기 위해 자원한 것이 아니기 때문이었다.

"신 군관, 좌돌격귀선장은 이기남, 우돌격귀선장은 박이량에게 이미 맽겨부렀네. 송 군관 말대루 방답 귀선을 원균 수사에게 보낸다믄 예비용이 아니라 돌격선으루다가 쓸 수 있을 겨. 신 군관 생각은 으쩐 겨?"

"수사 나리, 전선덜 앞에서 싸울 수만 있다믄 고로코롬 허겠습니다. 협판안치가 탄 대장선을 반다시 지가 탄 거북선 화포로 박살 내불겠습니다!"

　신여량의 자리가 정해지자, 이순신은 마음이 한결 가벼워진 듯 내아 부엌데기에게 술상을 봐 오도록 했다. 신여량이 자기 발로 들어온 군관인 데다가 그의 무재와 기개를 아끼고 있던 차여서 아침나절 내내 고민했던 것이다.

　"수사 나리, 삼도 근왕군에게 수모를 준 협판안치를 만나 기어코 복수허겠습니다요."

　히데요시의 심복으로 용인 전투에서 대승을 거두어 두려움이 없는 와키자카이지만 이십 대 후반의 신여량도 바윗덩이를 들어 던져버릴 만큼 혈기왕성한 무장이었다. 이순신은 회심의 미소를 지었다. 장수들이 적재적소에 배치되었다면 전투는 벌써 반은 이긴 것이나 다름없었다.

　청매는 내아 부엌데기 늙은 여종이 차린 술상을 동헌방으로 들고 들어왔다. 이순신으로서는 3차 출진을 앞둔 좌수영 동헌에서의 마지막 술상이었다. 해시에 굴강으로 나가 출진하는 전선들을 점고해야 하므로 술은 세 잔으로 그쳤다. 세 잔의 술은 이순신의 정신을 더욱 또렷하게 했다. 송희립에게도 세 잔은 목구멍을 겨우 적시는 정도였다. 그러나 신여량은 술기운과 상관없이 전의가 솟구쳐 진저리를 쳤다. 문득 심장이 벌렁거렸고 짜릿한 전율이 등골을 타고 흘러내렸다.

연합함대

히데요시는 자신의 붉은 도장이 찍힌 명령서를 보냈다. 구키 요시다카가 함대 사령관, 와키자카 야스하루가 선봉장, 가토 요시아키가 참모장이 되어 조선 수군을 전멸시키라는 명령서였다. 세 장수는 부산포에 함대 사령부를 두고 공격의 기회를 엿보았다. 전선을 수리하고 무기를 정비하는 등 전력을 강화하면서 한편으로는 척후선을 띄워 조선 수군의 동태를 정찰했다.

호전적인 성격의 와키자카를 선봉장으로 내세운 것은 도요토미 히데요시의 지략이었다. 와키자카는 날마다 선공을 못해 안달이 나 있었다. 히데요시의 명령서를 받은 지 2주가 되는 날이었다. 와키자카는 전선 수리에만 몰두하고 있는 함대 사령관 구키를 찾아가 말했다.

"사령관님, 언제까지 부산포에만 있을 것입니까? 우리 척후선에 의하면 조선 수군이 고성 바다와 미륵도 바다에 겁 없이 출몰

한다고 합니다. 아직 거제도 바다까지 나타나지는 않고 있지만 그다음은 바로 부산포 바다입니다. 앉아서 당할 수 있습니다."

구키는 자신의 안택선에 철판을 깔고 있는 중이었다. 일본에서도 철판을 깐 전선을 만들어 본 경험이 있었으므로 그것에 대한 미련을 버리지 못하고 있었다.

"걱정하지 말게. 숨어 있자고 부산포에 온 것이 아닐세. 날마다 임시 함대를 만들어 거제까지 나가 작전하고 있지 않은가? 나는 서두르는 자네의 마음을 알지 못하겠네."

중늙은이 구키가 공명심에 사로잡힌 와키자카를 점잖게 나무랐다. 해적 출신으로 해전은 물론 전선 건조에도 능한 구키의 눈에는 와키자카가 애송이로 보였다. 그러나 최근에 히데요시의 신임이 두터워진 와키자카는 중늙은이 구키가 지나치게 몸을 사린다고 생각했다. 구키의 참모장이 된 젊은 가토는 누구의 편도 들지 않은 채 입을 다물고만 있었다. 이십 대 후반의 가토는 마치 늙고 노회한 장수와 같이 언행을 무겁게 처신했다. 그러니 구키에게 한마디라도 건의할 수 있는 장수는 성질이 급한 와키자카뿐이었다.

"사령관님, 우리 부대가 여기에만 있지 말고 선봉대를 아예 거제도로 보내는 것이 전술에 보탬이 될 것입니다. 선봉대인 저희 부대와 사령관님 부대와 가토 참모장 부대가 하나의 몸처럼 사령관님의 명령대로 움직이는데 무엇이 문제이겠습니까?"

"부산포와 거제도까지는 동선이 길지 않은가?"

"전령이 수시로 오갈 수 있는 거리입니다. 사령관님의 명령이

끊어지는 일은 없을 것입니다. 오히려 조선 수군을 저의 선봉대와 사령관님 부대와 가토 부대 사이로 유인하여 협공할 수도 있을 것입니다."

"우리가 육전에 동원되었다가 간바쿠關白님의 명으로 수군에 복귀한 것은 조선 수군의 전력이 만만치 않기 때문이 아닌가."

"걱정하지 마십시오. 조선 수군도 조선 육군과 마찬가지로 오합지졸일 것입니다."

"방심하지 말게. 조선 수군에는 이순신이라는 신출귀몰하는 장수가 있네. 우리 수군은 그자와 싸워 이겨본 적이 없네. 자네는 바다를 모르는데도 조선에 올 때 수군 장수로 선발된 사람이 아닌가."

"그렇습니다. 저는 바다를 모릅니다. 그러나 바다의 귀신인 와키자카 사헤에脇坂左兵衛를 전술 참모로 삼았습니다. 이순신도 그의 지략을 넘지 못할 것입니다. 우리는 반드시 이순신의 함대를 찾아내어 섬멸할 것입니다."

해적 출신인 구키는 역시 해적질로 유명한 와키자카 사헤에가 그나마 그의 휘하에 있다니 안심했다. 바다의 특성을 알고 섬을 이용할 줄 아는 해적 출신끼리는 믿고 통하는 데가 있었다.

결국 구키는 히데요시의 총애를 받는 와키자카의 건의를 받아들였다. 와키자카는 낙동강 하구와 부산포에 있는 와키자카 사헤에, 와타나베 시치에몬, 마나베 사마노조眞鍋左馬允 등의 참모 장수들에게 발선을 지시했다. 와키자카 함대의 규모는 대선 서른여섯 척, 중선 스물네 척, 소선 열세 척으로 총 일흔세 척이었다. 함대에는 만 명에 가까운 왜 수군 장졸들이 승선했다. 전선에 오른 왜 수군의 사기는 하늘을 찔렀다.

와키자카 함대는 선봉장 마나베의 안택선을 앞세우고 거제도 바다로 나아갔다. 해적 우두머리 출신인 와키자카 사헤에가 작전 지역으로 선택한 곳은 거제도와 통영 반도 사이의 견내량이었다. 함대를 은폐시키기가 좋고, 썰물과 밀물을 타고 쉽게 드나들 수 있으므로 공격하고 후퇴하기가 용이한 해협이었다. 과연 바다의 귀신이라고 별명이 붙은 와키자카 사헤에였다. 바다를 모르는 대장 와키자카 야스하루는 그가 조언한 대로 견내량에 전선들을 정박시켰다.

7월 6일 아침.

와키자카 왜 수군 함대가 견내량에 정박하기 하루 전이었다. 이순신 함대는 전라 우수영의 이억기 함대와 함께 여수 앞바다에서 발선했다. 거제도 바다에 왜 전선이 무리지어 출현한다는 탐망선의 보고를 받은 뒤였다.

이순신 함대는 남해를 돌지 않고 원균 함대와 합세하기 위해 고성과 남해의 경계인 노량으로 항진했다. 노량은 부산포가 가장 멀리 떨어져 있었으므로 경상 우수영 수군들이 안전하게 여기는 곳이었다. 송희립이 이순신에게 말했다.

"여그서 함대를 멈춰야 쓰겄습니다요."

"기여."

노량 바다는 여수와 남해, 광양과 하동 사이에 있었다. 이순신

함대가 늘 원균 함대를 만나는 곳이었다. 잠시 후 원균 함대가 나타났다. 수리한 일곱 척이 원균 함대의 전부였다. 그래도 이순신과 이억기 함대에 타고 있던 장졸들이 함성을 질렀다. 함성 소리는 아침의 노량 바다를 들었다 놓을 것처럼 우렁찼다. 이순신은 미소를 지었다. 원균은 이순신이 탄 대장선으로 올라왔다.

"이 공, 그동안 잘 계셨소이까?"

"원 수사께서도 잘 겨셨지유?"

"보다시피 그동안 저는 일곱 척의 전선을 수리했소이다. 이에 이 공께 감사드려야 할 게 하나 있소."

"무신 말씀이지유?"

"이 수사께서 아시다시피 경상 우수영 관할의 노량은 노출이 된 곳으로서 왜적에게 정탐당하기 쉽고, 하동 선창은 수심이 얕으니 전선을 수리하기에 적합한 곳이 아니오. 그래서 내가 찾아낸 곳이 광양 선소였소. 광양 선소는 수심이 깊고 앞에 섬들이 있어 전선을 감추고 수리하기에 더 없이 좋은 곳이었소. 물론 광양 어 현감에게 허락을 받고 우리 전선이 들어갔소. 그러나 미처 이 수사께는 말씀드리지 못했소. 사정이 이러했으니 이제야 감사드린다는 것이오."

"비록 지 관내지만 다 같은 조선 수군인디 전선을 으디서 수리헌들 무신 문제가 있었습니까?"

"이해해주니 고맙소. 앞으로도 전선을 수리할 때는 광양 선소를 이용하겠소이다."

이순신과 이억기, 그리고 원균은 즉시 함대 편제를 전선 오십

육 척의 연합함대로 바꾸었다. 1차, 2차 출진에서 편제한 대로 이순신이 연합함대의 총사령관이 되고, 원균과 이억기는 각 함대의 장졸들을 지휘하는 대장이 되었다. 이번에 달라진 점이 있다면 방답 선소에서 건조한 거북선 한 척을 원균에게 파견하는 것이었다.

"이번 작전부터는 방답 귀선을 원 수사께 파견헐 거구먼유."

"돌격선장은 누구입니까?"

"신여량 장수구먼유."

"신여량 장수는 권율 목사가 몹시 아꼈던 군관이 아닙니까?"

원균은 투구를 벗어 이마의 땀을 훔치면서 흡족해했다. 거북선을 한 척 파견해준다고 하니 앞으로 있을 해전에서는 공격다운 공격을 해볼 수 있을 것 같아서였다. 지금까지 해전에서는 이순신 함대의 후방에서 경계하거나 방어만 해왔던 것이다. 신여량이 대장선으로 올라와 원균에게 인사했다.

"수사 나리께서 명을 내리시믄 이 몸땡이를 던져 싸와불겠습니다."

"어서 오게."

"돌격선장이 되고 잡었는디 이제사 꿈을 이뤘그만요."

신여량은 원균보다 머리 하나가 더 있는 것처럼 키가 컸다. 신여량이 고개를 숙여 예를 갖추는데도 원균은 그를 우러러보았다. 원균이 만면에 미소를 띠며 말했다.

"이 공, 저도 이제 전공을 크게 세워 임금님을 기쁘게 해드릴 수 있게 됐소이다. 다 이 공 덕분이오."

송희립이 고개를 돌리며 혼잣말로 투덜거렸다.

"백성덜을 위해 싸워야 헐 장수가 임금 타령만 허고 있그만."

"송 군관, 척후선 보고는 아적 읎는 겨?"

이순신이 일부러 큰 소리로 화제를 돌렸다. 그 바람에 원균은 송희립이 중얼거리는 소리를 듣지 못하고 대장선을 내려갔다. 대장선에 올랐던 장수들도 각자의 전선으로 돌아갔다. 세 척의 거북선은 각 함대에 한 척씩 배당돼 우두머리 기러기가 무리 앞에서 날듯 전선들을 이끌었다. 연합함대는 전방을 경계하면서 항진하는 첨자진 대오를 유지했다.

거북선 돌격장이 된 신여량은 잠시도 앉지 않고 선내를 돌았다. 격군실에 들러서는 어린 격군을 쉬게 하고 자신이 직접 노를 저었다. 그의 장딴지만 한 팔뚝 근육을 본 격군들이 모두 놀랐다. 사부실에서는 낱낱이 활을 점고했고, 화포실에서는 늙은 화포장을 불러 총통의 종류와 사거리를 물었다.

"거북선에 있는 총통을 말해보드라고잉."

"가장 큰 것이 천자총통이고 그다음이 지자총통, 현자총통, 황자총통이지라우."

"아무래도 천자총통이 화약을 많이 잡아묵겠제잉."

"천자총통이 서른 냥, 지자총통이 스무 냥, 현자총통이 네 냥, 황자총통이 세 냥을 잡아묵지만 적선을 박살내부는 디는 최고지라우."

"사거리는 을매여?"

"총통에 넣고 쏘는 철환은 사오백 보 나가불고 천자총통의 화살인 대장군전은 천이백 보, 지자총통의 화살인 장군전은 이천 보, 현자총통의 화살인 차대전은 이천 보, 황자총통의 화살인 피령차중전은 천 보쯤 나가지라우."

"탄환은 총통에 을매나 넣고 쏘는가?"

"철환은 각 총통에 많게는 이백 개, 작게는 마흔 개를 넣고 쏘는디 적선으로 산탄처럼 날아가 적을 모다 죽여불지라우."

"우리 화포장은 총통 구신이그만. 참말로 안심이여."

신여량은 총통의 제원에 대해서 막힘없이 술술 대답하는 늙은 화포장이 믿음직스러워 그의 거친 손을 잡아주었다. 방답 거북선에 승선한 장졸들은 신여량의 진실한 격려에 마음이 격동되어 전의를 다졌다. 신여량은 선장실에만 있지 않고 선실의 부엌과 침실, 격군실, 사부실, 화포실 등을 돌아다니며 스스럼없이 장졸들과 함께 어울렸다. 그러자 그들도 마음을 열었다.

첨자진 대오의 연합함대 항진은 더뎠다. 서행하는 것이 이순신 함대의 특징이기도 했다. 이순신은 철저하게 수색 정찰 나간 척후선의 보고를 받아가며 연합함대를 움직였다. 연합함대가 진주 땅 창신도에 이르자 날은 벌써 저물고 있었다. 갈매기들이 함대를 따라오다가 사라졌다.

이순신은 즉시 창신도에 수 명의 경계병을 내보내고 바다에는 임시 진을 쳤다. 그런 뒤 바닷길에 밝은 군관 유기종을 탐망선장으로 임명하여 거제도로 보냈다. 2차 출진 때 거제도 안의 왜군 부역자들을 가려내고 적정을 정탐하고자 어부로 위장해 들어간 선거필을 데려오기 위해서였다. 이순신은 선거필이 귀대하면 그동안의 노고를 보상하는 차원에서 본영의 유군장이나 조방장으로 특진시켜 보낼 계획을 갖고 있었다.

해가 진 여름의 밤바다는 팔뚝에 소름이 돋을 만큼 금세 서늘해졌다. 때마침 반달이 떠 바다에 금빛을 뿌리고 있었다. 이따금 창신도에서 소 울음소리가 들려왔다. 본영에서부터 협선에 실어온 암소였다. 백정 출신의 수졸이 암소에게 풀을 뜯기는 모양이었다. 해전에서 승리하면 백정의 손에 죽을 암소였다. 밤바다에서 듣는 암소의 울음소리는 유난히 처량했다. 그러나 의원이 가져갈 소의 골수와 피는 찰과상을 입은 부상자 치료에, 배식 당번이 챙기는 살코기는 장졸들의 국거리에 쓰일 터였다.

반달인데도 밤바다는 훤했다. 먼바다에서 움직이고 있는 좌우 척후선들이 보였다. 척후선끼리는 불빛을 주고받으며 연락을 취했다. 임무를 부여받은 탐망선도 마찬가지였다. 자정 무렵이었다. 먼바다에서 불빛이 서너 번 깜박였다. 이는 초저녁에 연합함대를 떠났던 탐망선이 귀진한다는 신호였다.

"수사 나리, 탐망선이 돌아오고 있그만요."

"확실혀?"

"탐망선에서 보내는 불빛을 지 눈으로 봤습니다요."

"탐망선장의 보고를 듣고 잘 겨."

이순신은 대장선 장대에서 갑옷을 입은 채 자려고 누웠다가 다시 일어났다. 벗은 투구와 지휘봉으로 사용하는 날창은 그 자리에 두었다.

"수사 나리, 선 진무가 참말로 돌아오겠습니까요?"

"반다시 돌아올 겨."

"으째서 그렇습니까요?"

"선 진무는 침투조를 자원혀서 거제도에 들어갈 때 사즉생을 말혔어. 죽기를 각오헌 사람은 반다시 사는 법이여. 그라고 시방 탐망선장 유 군관이 선 진무를 만났으니께 빨리 오고 있는 겨."

송희립이 또 다시 자신의 뺨을 때려서 모기를 잡았다. 바다 모기는 뭍의 것보다 몇 배나 더 독했다. 갑옷도 뚫을 만큼 그악스럽게 달라붙어 피를 빨았다. 모기는 이순신보다는 피부가 탱탱한 송희립에게 더 날아들었다.

"송 군관, 술을 준비혀. 거제도에서 살아 돌아온 선 진무허구 한 잔 마실 겨."

"으째서 모구가 나만 무는지 모르겄그만잉."

송희립이 자신의 뺨을 또 치면서 모기를 잡았다.

"쪼글쪼글헌 나보다 젊은 희립이 피가 맛나니께 그런 겨."

"그것보담도 한 놈을 죽이니까 오늘 밤 모구덜이 지에게 복수허는 것 같습니다요."

"하하하."

그때 탐망선이 대장선 옆구리 쪽으로 바짝 다가왔다. 이순신의 예측대로 선거필이 돌아왔다. 탐망선장 유기종이 어부로 변복한 선거필을 데리고 왔다. 선거필의 몰골은 그동안의 고생을 말해주었다. 피골이 상접하여 얼굴은 해골처럼 변해 있었다. 유기종이 이순신에게 보고했다.

"당포에서 선 진무를 운좋게 만나 델꼬 왔그만요."

"거제도에 있다가 위험해서 미륵도로 들어와 당포에서 우리 덜 배가 오기만 지달리고 있었지라우."

"천운인 겨. 근디 그짝 적정은 워뗘?"

"미륵도는 안 그런디, 가덕도는 말헐 것도 읎고 거제도까정 왜놈덜이 들어와 수시로 노략질 허고 그짝에는 벨시럽게 왜놈덜 앞잽이가 많그만이라우. 가배량에 있던 경상 우수영 군사가 읎 어져분 뒤로 더 그란 거 같습니다요."

"거제는 인자 왜적덜 땅이 돼부렀겄구먼."

"한 달 전부텀 왜놈덜 노략질이 더 심해졌지라우. 지가 오죽 허믄 거제도를 빠져나와 미륵도로 옮겨부렀습니까요. 미륵도로 옮겨 가면서 무인도나 다름읎는 한산도에서는 메칠을 굶었는지 모그겠그만이라우. 고사리나 해초를 뜯어묵고 살다가 게우 뗏목 을 맹글어 미륵도로 갔지라우."

"미륵도 사정은 워떤 겨?"

"목장에서 사복시 내구마를 기르던 목자 한두 사람이 남아 있 드랑께요. 덕분에 하루 한 끄니는 얻어묵을 수 있었그만요."

"감목관도 만난 겨?"

"목자를 감독해야 헐 감목관은 진작에 고성으로 빠져나가불 고 읎드그만요."

"전라도가 가차운 남해 관아마저 텅텅 비었는디 거그 감목관 이야 말헐 것두 읎겄제."

"지가 만난 목자덜도 갈 디가 읎어 그러고 있었습니다요."

286

"자, 선 진무. 살아 돌아왔으니께 이 큰 사발루다가 한 잔 혀."

"아이고, 수사 나리."

막걸리가 담긴 사발을 받아든 선거필은 단숨에 마셨다. 송희
립과 유기종이 따라준 사발의 술도 게걸스럽게 흘리며 벌컥벌컥
들이켰다. 그러더니 트림을 길게 하면서 도리질을 했다.

"아이고, 오랜 만에 마신 술이라 머리가 핑 돌아부요."

"오늘밤은 대장선에서 자구 말여, 내일 포작선을 타구 본영으
로 가게. 선 진무는 몸을 추슬러야 혀."

이순신은 탐망선장 유기종이 돌아간 뒤 선거필을 대장선 선
실로 내려 보냈다. 이순신은 술을 마시지 않았다. 선거필을 위로
하고자 술을 내오게 했을 뿐 자신은 자제했다. 이순신이 마시지
않으니 송희립도 술을 입에 대지 못했다.

"송 군관, 이번 작전에서는 말여, 가덕, 거제의 왜적덜을 완전
히 토멸허고 말 겨."

"선 군관 야그를 들어봉께 그짝에 왜적덜이 다시 살아난 거
같습니다요."

"모다 박살 난 줄만 알았는디 뭔가 수상혀."

"지 예감도 이상허그만요. 큰 싸움이 벌어질 조짐 같그만요."

"나두 그려. 이번 판이 명운을 건 건곤일척의 싸움일 거 같단
말여."

"싸웠다 허믄 무조건 이겨야지라우."

이순신과 송희립은 반달을 쳐다보면서 스스로에게 맹세했다.
이번 싸움에서 왜군의 전의를 완전히 꺾어버리겠다는 각오를 다

졌다. 그렇게 승전해야만 가덕, 거제 바다에 왜선이 다시는 나타나지 않을 것이었다. 전라도 바다가 안전하려면 가덕, 거제 바다의 왜 수군을 제압해야만 했다.

이순신과 송희립은 갑옷을 입은 채 뒤척거리다가 축시가 되어서야 토막잠을 잤다. 반달이 구름장 너머로 사라지면서 바다는 어느새 검은 장막을 두른 듯 캄캄해졌다. 배불리 풀을 뜯어먹었는지 소의 처량한 울음소리는 더 이상 들리지 않았다. 암소는 이순신 연합함대가 승전할 때까지는 창신도의 풀을 뜯어먹으며 살아 있을 터였다.

한 산 도 해 전

창신도 앞바다에서 하룻밤을 정박한 이순신 연합함대는 즉각 발선하지 못하고 더 머물렀다. 꼭두새벽에 작전 지역으로 이동해야 했지만 샛바람이 크게 불어 잦아들기를 기다렸다. 이번 이순신 함대의 특징은 의승 수군이 첫 출전하고 있다는 점이었다. 의승 수군들은 승려와 절의 노비, 즉 사노寺奴들로 구성되어 있었다. 사노라고 하지만 실제로는 승려와 다름없었다. 승복 차림의 사노들은 본영 의승청 수승인 의승장의 지시를 따랐다. 의승 수군은 각 전선에 주로 격군으로 배치됐다.

필동이처럼 사부가 된 사노도 있지만 사노들은 주로 격군이 되어 노를 저었다. 풍세, 팔련, 말련, 풍자동, 모노손, 귀세, 맹수 등 이름에 성이 없는 그들이었다. 이순신은 의승장 성운을 대장선으로 불렀다. 성운은 광양 송계사로 돌아갔다가 1년 만에 의승청 수승이 된 승려였다. 이순신 곁에는 본영 거북선에 타고 있는 조방장 정걸, 송희립, 훈도 정춘이 작전 회의를 끝내고 역풍이 멎기를 기다리며 잠시 쉬고 있었다.

"수사 나리, 부르셨습니까요?"

"승군덜이 합세허니 두 가지 효과가 있구먼."

"무신 말씸인지요?"

"첫째는 승복을 입은 승군덜이 전선에 합류허니 수군덜 사기가 올라가구 말여, 둘째는 중덜이 무운장구를 빌어주니께 장졸덜 맴이 편헌 것 같어."

의승 수군에 대한 이순신의 평가는 정확했다. 의승 수군이 각 전선에 배치되자 새로운 분위기가 감돌았다. 승려와 사노들은 의승 수군에 자원한 사람들이었으므로 강제로 징집된 수졸들보다 자발적으로 움직였다. 무엇보다 석보창 나대용 대장에게 두서너 달 동안 군사훈련을 받았기 때문인지 정규 수졸들과 호흡이 잘 맞았다.

또한, 의승 수군 승려들은 각 전선의 수졸들에게 기도를 해주었다. 전투를 앞두고 불안해하는 수졸들에게 승려들의 역할은 뜻밖에 컸다. 승려가 염불과 기도를 하고 나면 수졸들의 태도는 금세 달라졌다. 두려움이 사라진 듯 어두웠던 얼굴이 밝아졌다. 수졸들뿐만 아니었다. 장수들도 마찬가지였다.

사노 중에는 토병이 된 사람도 있었다. 본영 거북선에 승선한 김말손이 사노 출신 토병이었다. 토병이란 전시에만 군사로 차출되는 마을 병사를 뜻했다. 김말손이 마른 청어를 가지고 대장선으로 왔다.

"돌격장님 지시로 가지고 왔습니다요."

"어느 전선에서 왔는 겨?"

"좌돌격귀선에서 왔습니다요."

"놓구 가거라."

김말손은 돌아가려다 말고 의승장 성운을 보더니 그 앞에 넙죽 엎드렸다.

"아이고, 대사님 여그 겨셨그만요."

"애초에 니 것이 아닌 몸땡인께 아끼지 말어라."

"처자식 읎는 지덜이 무신 잡생각을 허겄습니까요."

"백성덜을 괴롭히는 왜적을 몰아내는 것도 공덕이여. 아조 큰 공덕이여."

"승군덜 모다 고로코롬 생각허고 있습니다요."

"얼릉 가봐."

정걸이 성운을 쳐다보며 물었다.

"우리덜이 말허는 전공허고 공덕은 어찌케 달라부요?"

"비슷허지라우. 둘 다 세세생생 복을 주지라우."

성운은 정걸에게 공덕과 전공을 이야기했다. 정춘과 송희립은 마른 청어를 질경질경 씹으면서 수승의 이야기를 들었다. 성운은 뿌리는 대로 거두는 것이 부처님 법이므로 살아서 공덕을 쌓으면 영원히 없어지지 않고 복을 준다고 말했다. 전공 역시 임금이 공을 세운 사람에게 벼슬을 높이고 후손까지도 음직을 주니 전공과 공덕은 비슷하다고 성운이 덕담을 했다.

"콩 숭군 디 콩 나고 팥 숭군 디 팥 난다는 것이 부처님 법이지라우?"

"고것을 부처님 인과법이라고 헙니다요."

정걸은 흥양 능가사 주지 의능을 잘 알고 있었으므로 성운에게 호의적이었다. 늙은 자신보다 훨씬 손아래인 성운에게 예를 갖추어 물었다.

"자비를 말허는 대사는 으째서 칼을 들어부렀소?"

"소승은 사람을 죽이고자 배를 탄 것이 아닙니다요. 백성덜을 죽이고 괴롭히는 마구니를 이 땅에서 몰아내고자 칼을 들었습니다요."

성운의 말에 이순신은 물론 모두가 자세를 고쳐 잡았다. 특히 마른 청어를 씹고 있던 송희립이 눈을 크게 떴다.

"아따! 대사님은 말씸도 일품이시요. 대사님 말씸을 듣고 봉께 왜놈덜을 더 많이 죽여부러야겠소."

이순신이 은근하게 한 마디 했다.

"수승, 여그 대장선에서 목탁을 한번 쳐주믄 좋겠는디 말여."

"예, 수사 나리. 뱃머리에 나가 바다에 겨신 용왕님께 빌겠습니다요."

성운은 먼저 관세음보살에게 역풍이 멎기를 빌었다. 그리고 이순신 연합함대가 승전하기를 지장보살에게 빌었다. 목탁 소리가 나고 염불 소리가 들리자 각 전선의 의승 수군들이 선상으로 나와 합장했다. 1차, 2차 출진에서 보지 못했던 모습이었다. 이순신은 문득 그동안 까맣게 잊고 있었던 작년 초파일의 꿈이 떠올랐다. 본영의 의승청 법당에 연등을 걸고 동헌에서 잠시 낮잠을 잤는데 꿈속에서 불상을 보았던 것이다.

대장선에 모였던 장수들이 자기 위치로 돌아가고 난 뒤였다. 배식 당번들이 점심으로 주먹밥을 막 나르기 전이었다. 누군가가 소리쳤다.

"샛바람이 그쳐부렀다!"

샛바람이란 쓰시마 쪽에서 불어오는 동풍이었다. 바람이 아주 멈춘 것은 아니었다. 아침보다 바람의 방향이 남풍인 마파람으로 바뀌어 기세가 약해졌을 뿐이었다. 대신 가랑비가 바다에 모래를 흩뿌리듯 내리기 시작했다. 한산도로 나아가는 데는 아무 지장이 없는 날씨였다. 척후선과 탐망선을 미리 보냈는데 척후선으로부터 특별한 보고는 없었다. 이윽고 이순신은 대장선 장대에 올라 바로 앞에 있는 중군선의 중위장 순천 부사 권준에게 발선을 지시했다.

"당포로 출발혀!"

그러자 권준은 북을 두드려 전 함대에 첨자진 대오로 항진하라고 알렸다. 돛을 올리자 마파람을 받은 첨자진 대오의 전선들은 동쪽으로 미끄러졌다. 격군들이 노를 슬슬 저어도 되는 순풍이었다. 이순신은 장대에서 먼바다를 응시했다. 1, 2차 출진 때 항해한 바다였으므로 섬들의 위치는 눈을 감고서도 알 수 있었다. 송희립을 불러 말했다.

"사랑도 밑으루 돌아가니께 시간이 쪼깐 걸릴 겨."

"왜적덜이 남해안에 숨어 있을지 모릉께 반다시 돌아가야지라우."

"바다는 육지보다 더 조심혀야 혀."

"수사 나리, 쩌그 척후선이 돌아오고 있습니다요."

"좌척후선장 정운 배구만."

좌척후선에서 흰 기를 흔들었다. 앞에 적이 없다는 신호였다. 대장선에서도 송희립이 흰 기로 응답했다. 잠시 후에는 우척후선에서 흰 기를 보였다. 우척후선장은 여도 권관 김인영이었다.

"곁꾼덜이 심들 겨. 설렁설렁 젓게 혀."

"진작에 지시가 내려갔지라우. 순풍 받고 있응께 배덜이 선선히 잘 나가고 있당께요."

"싸움이 읎을 때는 심을 모아둬야 허는 겨."

"싸울 때는 조상님 심까정 빌려 써야 하고라우."

"근디 선 진무는 본영으로 돌아간 겨?"

"예, 어젯밤에 협선을 띄웠그만요."

연합함대는 사랑도의 하도 바다를 지나치고 있었다. 그런데 그때 느닷없이 화포 소리가 났다. 대장선 앞 본영 거북선의 천자총통에서 나는 소리였다. 돌발 상황에 연합함대가 일제히 멈추었다. 연합함대 전선에 긴장이 돌았다. 그러나 대장선의 진무가 전령선을 타고 본영 거북선으로 가서 확인해 보니 단순한 오발 사고였다. 화포장이 꾸벅꾸벅 졸다가 일어나 총통 속의 화약에 불을 붙였다는 것이었다. 화포장이 극도로 긴장한 상태에서 저지른 사고였다. 화포장은 몽유병 환자가 아니었다. 싸울 생각만 하고 있다가 꿈과 현실을 분간하지 못하고 화약에 불을 붙여버렸던 것이다.

사랑도와 추도 사이의 무인도인 작은 섬들을 지나치자 멀리 곤리도가 보였다. 미륵도 당포는 곤리도 뒤편에 있었다. 벌써 날이 저물고 있었다. 한나절 동안 항진했던 연합함대 전선들은 당포로 들어가 닻을 내렸다.

배식 당번들은 재빨리 포구로 내려가 식사를 준비했고, 수졸들은 나무를 하고 샘을 찾아 물을 길었다. 그제야 산속에 숨어 있던 미륵도 사람들이 포구로 내려왔다. 그중에는 미륵도에 있었던 왕실 목장의 목자도 있었다. 목자가 이순신을 찾아왔다.

"사또 나리, 목자 김천손입니다."

"무신 일인 겨?"

"왜놈덜 배를 봤십니다."

"워디서 본 것인지 소상히 말혀."

"왜선 칠십여 척이 미시에 영등포 앞바다에서 나와가꼬 견내량으로 들어갔십니다."

이순신이 송희립을 불러 지시했다.

"김천손을 배불리 멕이구, 섬사람들헌티두 주먹밥을 나눠주도록 혀."

이순신은 즉시 원균과 이억기를 오게 하여 작전을 짰다. 견내량의 특성은 원균 휘하의 장수들이 잘 알고 있었다. 수심이 성인 걸음으로 네 보에서 일곱 보쯤 되는 견내량은 거북선이나 판옥선이 들어가 싸우는 데는 불리한 해협이었다. 거북선은 물에 잠기는 부분이 성인 걸음으로 다섯 보쯤 되고, 판옥선은 네 보쯤 되었으므로 비쭉 솟은 암초에 걸리기 쉬웠다. 또한 물살이 빠르고 해협이 좁은 곳에서는 전선들이 화포 공격하기가 여의치 않았다. 전선의 좌측 총통과 우측의 총통을 교대로 바꾸면서 화포 공격을 하려면 전선이 수시로 회전해야 하기 때문이었다.

이순신은 왜선들을 한산도 바다로 끌어내어 공격하는 유인, 포위 작전을 선택했다. 한산도 바다는 견내량보다 수심이 훨씬 깊었다. 깊이가 견내량의 두 배 이상으로 열여덟 보쯤 되었다.

8일 이른 아침.

연합함대는 진시에 견내량을 향해 나아갔다. 이동해 왔을 때와 다르게 거북선 한 척을 두 척의 척후선에 포함시켰다. 왜군의 대함대가 있는 곳을 정찰하기 때문에 소규모의 교전이 벌어질지 모르므로 방답 거북선을 척후선에 포함시켰던 것이다. 척후선이 된 방답 거북선에는 신여량이 타고 있었다.

왜군도 척후선을 내보내어 정찰하고 있었다. 대선 한 척과 중선 한 척이 견내량 안쪽 바다를 수색 중이었다. 왜의 척후선들은 거북선을 보자마자 선수를 돌렸다. 괴상하게 생긴 거북선을 난생처음 보았던 것이다. 신여량은 격군장에게 지시했다.

"도망치는 왜선을 쫓아가부러!"

"예, 돌격장님!"

신여량의 지시에 격군들이 복창했다. 특히 힘이 황소처럼 센 사삿집 종 김가와 응적이 노가 부러지도록 저었다. 닻의 물레를 다루는 무상 송쌍걸이 소리쳤다.

"왜놈덜이 수로 같은 디로 숨어부요."

"쥐새끼 같은 놈덜이 좁은 디로 쏙 들어가부네잉."

물살이 소용돌이치며 세지고 있는 견내량에는 왜선들이 진을 치고 정박해 있었다. 신여량은 정박한 배들을 세었다. 대선 서른여섯 척, 중선 스물네 척, 소선 열세 척으로 총 일흔세 척이었다. 칠십여 척을 보았다는 김천손의 말은 정확했다.

척후장들로부터 보고를 받은 이순신은 대장선에 모인 여러 장수들에게 말했다.

"물살이 센 견내량은 지형이 매우 좁으니께 우덜 전선찌리 부딪치어 싸우기가 어려울 겨. 암초두 많으니께 전선이 다니기두 위험혀. 또 적덜은 형세가 급허게 되믄 배에서 내려 기슭을 타구 도망칠 겨. 그러니께 적덜을 한산도 바다루 유인혀서 모조리 잡아버려야 혀. 한산도는 바다 가운데 있는 섬이니께 헤엄쳐 나갈 수 읎구, 섬에 올라 도망친다구 혀두 굶어 죽구 말 겨. 장수덜은 내 말을 이해허겄는가!"

"예, 수사 나리."

이순신 연합함대는 한산도 바다에서 일자진을 쳤다. 이윽고 이순신은 유인작전에 돌입했다. 왜선을 유인하는 작전에 전라 우수영 수사 이억기와 방답 첨사이자 전부장인 이순신, 그리고 방답 거북선 돌격장이자 척후장인 신여량이 자원했다. 이순신은 그들의 전선에다 세 척의 본영 판옥선을 더 합류시켰다. 본영 판옥선이 다른 수영의 판옥선과 다른 것이 있다면 이순신이 발명한 쇠도리깨를 십여 개씩 가지고 있다는 점이었다. 발이 여섯 개인 쇠도리깨는 근접전 때 아군 전선에 기어오르는 적들을 무자비하게 후려치는 무기였다.

유인 전선들이 한산도 바다를 출발하여 견내량 입구로 들어섰다. 유인 전선 선두는 거북선이 맡았다. 그러자 소규모의 조선 수군 전선을 발견한 왜선들이 화포와 조총을 쏘며 공격해 왔다. 이억기의 판옥선이 먼저 선수를 돌려 뒤로 빠졌다. 너무 빠르게 물러서면 공격해 오는 왜선들이 공격을 멈출 수도 있었다. 신여량은 왜선들이 몰려와 공격할 때까지 물러서는 속도를 늦추었다. 왜선들이 근접할 때까지 일부러 느릿느릿 움직였다.

"노를 살살 저서부러라!"

"돌격장님! 왜선덜이 코앞까정 왔어라우."

"왜선덜이 개떡에 포리 떼멩키로 달라붙고 있당께라우!"

거북선 돛을 올리고 내리는 요수이자 경계병이 소리쳤다. 그때마다 신여량은 왜선들이 최대한 가까이 올 때까지 기다리라는 지시를 내렸다. 방답 첨사 이순신도 신여량처럼 배짱이 셌다. 그의 부하인 장졸들이 왜선의 수졸들에게 욕을 퍼붓는 등 약을 올렸다. 드디어 왜선 이십여 척이 거북선을 포위했다. 그제야 신여량은 격군장에게 지시했다.

"전속력으로 한산도 바다로 물러서부러!"

"공격하라! 조선 수군이 도망친다. 쫓아가 조선 전선을 박살 내라!"

왜국 함대 후미에서 명령을 내리고 있는 대장은 와키자카였다. 지금까지 싸워서 패한 적이 없는 와키자카는 눈을 부라리며 공격 명령을 내렸다. 물러서는 속도는 거북선이 방답 첨사 이순신의 판옥선보다 빨랐다. 노를 다루는 격군들의 차이였다. 이번에는 방답 첨사의 판옥선이 왜선들에게 포위당했다. 그래도 연합함대 총사령관인 이순신은 일자진을 친 상태에서 꿈쩍을 안했다. 방답 첨사 이순신이 소리쳤다.

"수사 나리! 왜 우리 배의 장졸들을 버리려 하십니까?"

어느새 와키자카 함대는 견내량을 완전히 빠져나와 한산도 바다로 들어서고 있었다. 거북선과 방답 첨사 판옥선을 향해 벌떼처럼 공격했다. 방답 첨사 이순신이 지휘하는 방답 제1선의 별군 김두산이 조총을 맞아 쓰러졌다. 연달아 방답 거북선의 격군 김윤방과 서우동, 김인산, 이수배가 부상을 입었다. 전투가 아닌 유인작전에 전사자와 부상자가 생긴 것은 그만큼 느린 속도로 물러서며 적을 한산도 바다까지 끌어냈기 때문이었다.

와키자카의 공격 명령을 받은 선봉장 마나베는 멀리 일자진을 치고 있는 이순신의 연합함대를 보고는 주춤했다. 놀란 왜장은 마나베뿐만이 아니었다. 와타나베도 얼굴이 사색으로 변했다. 화려한 안택선에 올라 선봉장 마나베의 층각선을 지켜보고 있던 와키자카가 소리쳤다.

"마나베는 왜 공격을 하지 못하고 있는가?"

"조선 수군의 함정에 걸려든 것 같습니다. 조선 수군은 일자진 공격 대오입니다."

"무엇이 두려운가? 일자진을 깨부숴버리면 되잖은가. 공격하지 않고 무엇들 하는가! 마나베 부대를 무시하고 우리 부대가 공격하면 되잖은가!"

"장군, 여기 있어야 합니다. 그래야 협공할 수 있습니다. 우리
는 전세가 유리해질 때까지 여기 있어야 합니다."

"불리해진다면?"

"전투는 오늘만 있는 게 아닙니다. 다음에 복수하면 됩니다."

와키자카는 전술 참모인 사혜에의 조언을 받아들여 열네 척
의 왜선을 한산도 바다로 내보내지 않고 견내량 안쪽 바다에 대
기시켰다. 와키자카는 안달이 나 참지 못했다. 사혜에 부대를 지
원군으로 마나베 부대에게 보냈다. 즉시 조선 수군을 공격하도
록 명령했다. 와키자카가 좋아하는 작전은 오직 공격뿐이었다.

마침내 이순신이 칼을 빼어 들었다. 한산도 바다에 들어온 왜
선들을 포위하도록 명령했다. 공격 대오를 비장의 학익진으로
바꾸었다. 학이 날개를 펴듯 이순신 함대의 전선들이 왜선들을
가두었다. 그러고는 북을 치고 나각을 불고 색색의 깃발들을 올
렸다. 공격 명령이었다. 한산도 바다에 갇힌 왜선들이 당황하자
이억기 함대와 원균 함대가 재빨리 왜선들의 퇴로를 차단했다.

공격 전술은 2차 출진 때와 같았다. 돌격선인 거북선이 먼저
왜선을 향해 돌진하면서 모든 총통으로 화포 공격을 가했다. 순
식간에 왜 수군의 대선 두 척이 박살 났다. 왜군 수졸들이 부서진
배를 버리고 바다로 뛰어내렸다. 거북선이 이리저리 돌진하면서
왜선 함대의 대오를 흩트려 놓았다. 왜군 전선들은 단박에 혼란
에 빠져 자중지란이 일어났다. 그러자 장수들의 지휘를 받는 판
옥선들이 왜의 대선과 중선들을 쫓아가 하나씩 제압해 나갔다.

중위장 순천 부사 권준이 화포 공격으로 왜장 와타나베가 탄 층각선을 반파시켰다. 이에 권준이 거느리는 순천 제1선에 탄 장졸들이 왜의 층각선에 올라 와타나베와 왜적 머리 열 급을 베었다. 그리고 선실을 수색하여 조선인 한 명을 되찾아왔다. 권준은 왜장의 머리를 장대 끝에 달아 부하들의 사기를 북돋았다. 바다로 뛰어든 왜군들은 던진 갈고리에 걸려 창과 죽창에 찔려 죽었다.

"바다가 뻘개질 때까정 다 죽여부러!"

장졸들은 피 냄새를 맡은 상어처럼 바다에 뛰어들어 허우적대는 왜 수군들을 보이는 대로 죽였다. 중부장 광양 현감 어영담도 왜장 사헤에가 탄 층각선을 깨뜨렸다. 층각선에 올랐을 때 왜장 사헤에는 화살을 맞아 의식을 잃고 있었다. 광양 제2선의 수졸들도 왜적의 머리 열두 급을 베고 조선인 한 명을 되찾았다. 왜장 사헤에는 어영담이 타고 있는 제1선으로 끌려왔다. 어영담은 그를 심문하고자 했으나 말이 통하지 않을 뿐더러 그가 죽어가고 있었기 때문에 머리를 베어 깃대에 꽂았다. 층각선을 버리고 한산도 절벽 위로 올랐던 선봉장 마나베는 추포 직전에 긴 칼을 뽑아 조선 수군에게 휘두를 것 같더니 돌연 자신의 배를 갈랐다. 칼끝이 깊숙이 들어가자 배 안의 것들이 밖으로 쏟아졌다. 조선 수군 중에 누군가가 마나베의 머리를 베더니 침을 뱉었다.

"비겁헌 놈이그만!"

"머리통은 챙겨."

"나가 시방 상 받을라고 싸우간디?"

악착같이 마나베를 쫓던 수졸이 그의 잘린 머리를 바다로 던져버렸다. 그러고는 침을 또 한 번 더 뱉었다. 세 장수를 한꺼번에 잃은 왜 수군 함대는 제대로 공격 한 번 해보지 못하고 이순신의 연합함대에게 대패했다. 하루 동안 해전에서 왜의 대선 스무 척, 중선 열일곱 척, 소선 다섯 척 등 마흔두 척이 부서지고 불태워진 채 바닷속으로 사라졌다. 조선 수군의 화살과 화포에 맞아 죽은 왜 수군은 사천여 명에 달했다. 왜 수군의 시신이 핏물로 붉어진 바다에 둥둥 떠다녔다. 헤엄을 쳐 한산도로 기어오른 왜군은 사백 명쯤 되었다. 무인도나 다름없는 한산도에서 패잔병들이 살아남을 확률은 희박했다. 이순신은 대장선에서 전투 중지를 명했다.

"공격을 중지혀!"

큰소리치던 왜 수군 총사령관 와키자카는 견내량 안쪽 바다에서 참패를 자인하고는 열네 척의 전선을 거느리고 도망쳐버렸다.

"섬에 올라 적을 추격허는 군사두 돌아오게 혀!"

날이 저물면서 바다 빛이 검붉어졌다. 썰물이 왜 수군의 핏물을 쓸어갔다. 그래도 한산도 바다에는 피비린내가 진동했다. 장졸들은 맞붙어 싸울 때와 달리 왜적이 사라지고 없자 맥이 풀렸다. 피로가 한꺼번에 밀려와 그대로 주저앉은 장졸도 있었다. 이순신도 발을 헛디딘 것처럼 다리가 후들거렸다. 이순신은 견내량 안쪽 바다에 임시 진을 친 뒤, 가덕으로 탐망선과 척후선을 보냈다. 장졸들에게 하룻밤 휴식을 주기 위해서였다.

물살이 빨라지는 밀물과 썰물 때는 바다 속으로 내린 닻이 조금씩 밀려났다. 닻을 다루는 수졸들은 신경을 곤두세웠다. 닻이 밀리면 전선은 제자리를 이탈하기도 했다. 그러나 물살이 느린 견내량 안바다는 닻을 내린 전선들이 정박하기에 좋았다. 마침 바다도 잔잔하여 전투에서 승리한 장졸들은 꿀맛 같은 휴식을 취했다.

이순신은 포작선을 지휘하고 있는 박만덕 진무를 창신도로 보냈다. 그곳에 두고 온 소를 잡아 와 내일 아침에는 군사들에게 소고기 국밥을 배불리 먹이도록 지시했다. 출진 때마다 소 한 마리씩을 실어 와 잡곤 하는 사기 진작책이었다.

저녁 식사 후 장수들이 대장선으로 모였다. 본영 거북선에 타고 있던 정걸이 먼저 와 이순신 옆자리에 앉았다. 의승장 성운도 전령선을 타고 왔다. 마지막으로 한후장 김대복까지 대장선으로 올라왔다. 각 전선의 전황을 보고하기 위해서였다. 필체가 좋은 유기종이 종이를 꺼내 기록하려고 준비했다. 이순신은 장수들이 다 모인 것을 확인하고는 말했다.

"오늘 승리는 유인작전이 성공혔기 때문여. 유인을 잘헌 방답 귀선장 신여량, 전부장 방답 첨사 이순신, 우수사 이억기 장수의 공이 아조 큰 거. 특히 신여량 장수는 원균 수사가 경상 우수영 수군 첨정으루 왔으믄 좋겄다구 원허니께 내가 임금님께 특별 장계를 쓸 겨."

이순신이 휘하 장졸들의 공로를 기록하는 승첩 장계에 신여량 이름을 올리지 않고 특별 장계를 쓰겠다는 이유는 따로 있었다. 신여량이 이순신의 부하이기는 하지만 원균 함대에 파견 나가서 공을 세웠기 때문이었다. 이순신은 유인작전에 가담한 장수들을 먼저 치하한 뒤, 승리하는 데 몸을 사리지 않고 싸운 장수들 모두를 격려했다.

"특히 오늘 전투에서는 중위장 순천 부사 권준, 중부장 광양현감 어영담, 후부장 홍양 현감 배홍립, 우부장 사도 첨사 김완, 좌척후장 여도 권관 김인영, 좌돌격귀선장 급제 이기남, 보인 이언량, 좌부장 낙안 군수 신호, 유군장 발포 만호 황정록, 한후장 김대복, 급제 배웅록 장수가 몸을 잊고 싸워서 승리혔으니 상을 주어 참으루 칭찬헐 일인 겨."

본영 거북선을 타고서 돌격선장에게 전술을 조언했던 조방장 정걸이 말했다.

"이 공께서 유인작전과 포위 작전이란 병법으로 왜놈덜을 섬멸헌 거지라우. 장졸덜이 목심을 아끼지 않고 잘 싸와준 것도 이기는 요인이었지만 말이요."

"조방장님께서 정확허게 보셨그만요. 공으로 치자믄 수사 나리께서 최고지라우."

송희립도 정걸의 말에 맞장구를 쳤다. 그러나 이순신은 자신의 공치사가 부담스러운 듯 말머리를 돌렸다.

"학익진으루 포위혀서 맞붙어 싸운 전술은 우덜 피해두 각오헌 작전인 겨. 각 전선의 전사자는 을매나 되는 겨?"

송희립이 장수들로부터 취합한 전사자 명단을 들고 말했다.

"열야달 멩이 전사했고라우 한 멩은 으쩔지 모르겄그만요."

"한 멩은 부상이 심한 겨?"

"본영 거북선을 타고 싸왔던 정춘 훈도가 위급허그만요."

이순신은 성주 판관으로 있다가 자신의 부하가 된 정춘이 위급하다는 말에 안타까움을 드러냈다.

"치료는 잘 받고 있는 겨?"

"의원이 바짝 붙어서 살릴라고 애쓰고 있습니다요."

"의지가 워낙 강헌 장수라 살아날 것 같으요만."

부상당한 정춘을 옆에서 지켜본 정걸이 이순신을 안심시켰다.

"전사자 명단을 이리 줄 겨?"

이순신은 화포나 조총을 맞아 죽은 전사자 명단을 송희립에게서 건네받았다. 전사자는 대부분 수졸과 의승 수군이었다. 본영 2선을 타는 순천군 진무 김봉수, 방답 1선을 타는 광양 별군 김두산, 여도선을 타는 흥양 수군인 격군 강필인, 임필근, 장천봉, 사도 1선을 타는 갑사甲士 배중지, 녹도 1선을 타는 흥양 신병 박응구, 강진 수군 강막동, 녹도 2선을 타는 장흥 수군인 격군 최응손, 낙안선을 타는 사부 사삿집 종인 붓동, 본영 거북선을 타는 토병인 사삿집 종 김말손, 흥양 2선을 타는 사삿집 종인 격군 상좌, 의승 수군인 절종 귀세와 말연, 본영 전령선을 타는 순천 수군 박무연, 발포 1선장 이기동, 흥양 수군 김헌, 흥양 3선을 타는 사삿집 종 맹수 등이었다.

"수사 나리, 전사자덜을 고향으로 보내기 전에 수승이 있응께 염불을 해주믄 으쩌겠습니까?"

"송 군관이 알아서 잘 혀."

"전사자를 태운 장의선에 수승이 올라가 염불허고 오도록 조치허겄습니다요."

이순신은 전사자가 생각보다 많은 것에 놀랐다. 적을 포위하여 맞붙어 싸우는 전투의 어쩔 수 없는 허점이었다. 1차, 2차 출진의 해전에서는 전사자가 아예 없거나 미미했는데 한산도 해전에서는 달랐던 것이다.

그러나 이순신은 학익진의 포위 전술이 최선의 작전이었다고 스스로를 위로했다. 한산도 바다에서 또 다시 전투를 치른다 해도 학익진 전법을 선택할 수밖에 없다고 생각했다. 거제도와 미륵도 사이에 있는 한산도 바다가 호수처럼 넓고 둥그렇게 생겼기 때문이었다.

"송 군관, 부상자덜두 잘 치료혀야 써."

"의원이 전선을 돌아다님시롱 치료하고 있습니다요."

의승장 성운과 송희립이 대장선을 내려갔다. 두 사람은 포작선을 개조한 전령선을 타고 장의선으로 다가갔다. 전사자들은 벌써 바닷물로 깨끗이 씻겨져 장의선 선실에 안치돼 있었다. 여름이므로 시신이 더 이상 손상되기 전에 가능한 한 빨리 여수 본영으로 갔다가 각자의 고향으로 운구되어야 했다.

〈4권에 계속〉

306

이순신의 7년 3

초판 1쇄   2016년 7월 11일
개정판 3쇄 2018년 8월 22일

지은이 / 정찬주
펴낸이 / 박진숙
펴낸곳 / 작가정신
편집 / 김종숙 황민지
디자인 / 용석재
마케팅 / 김미숙
홍보 / 박중혁
디지털컨텐츠 / 김영란
관리 / 윤미경
인쇄 및 제본 / 한영문화사

주소 (10881) 경기도 파주시 문발로 314
대표전화 031-955-6230 팩스 031-944-2858
이메일 editor@jakka.co.kr 블로그 blog.naver.com/jakkapub
페이스북 facebook.com/jakkajungsin 인스타그램 instagram.com/jakkajungsin

출판 등록 제406-2012-000021호

ISBN 979-11-6026-031-1 04810
    978-89-7288-580-1 (세트)

이 도서의 국립중앙도서관 출판시도서목록(CIP)은 서지정보유통지원시스템 홈페이지(http://seoji.nl.go.kr)와 국가자료공동목록시스템(http://www.nl.go.kr/kolisnet)에서 이용하실 수 있습니다.
(CIP제어번호 : CIP2017006273)